Mémoires
d'un quartier

· TOME 4 ·

Bernadette

LOUISE TREMBLAY-D'ESSIAMBRE

Mémoires
d'un quartier

• TOME 4 •

Bernadette

1960 – 1962

www.quebecloisirs.com

UNE ÉDITION DU CLUB QUÉBEC LOISIRS INC.
© Avec l'autorisation de Guy Saint-Jean Éditeur
© 2009, Guy Saint-Jean Éditeur Inc.
Dépôt légal — Bibliothèque et Archives nationales du Québec, 2010
ISBN Q.L. : 978-2-89430-989-6
Publié précédemment sous ISBN 978- 2-89455-329-9

Imprimé au Canada

À Claude,
en souvenir de nos discussions musclées
qui me manquent tant.
Sois heureux, où que tu puisses être...

NOTE DE L'AUTEUR

Je sais, je sais, j'avais dit que le tome quatre serait celui d'Adrien. C'est ce que j'avais annoncé à tous ceux et celles que j'ai rencontrés lors du Salon du livre de Montréal et au cours de toutes ces rencontres en bibliothèque que j'ai faites à l'automne. Et je le croyais vraiment. Je jugeais que ce personnage aurait ainsi la place qui lui revenait, suivant immédiatement le livre d'Évangéline. Après tout, Évangéline et Adrien s'aiment bien, se complètent bien. Mais quelqu'un voyait la situation d'un autre œil, et laissez-moi vous dire que j'ai eu droit à un accueil particulièrement frisquet quand je me suis installée à l'ordinateur pour terminer le livre d'Évangéline, prévoyant déjà que la suite serait dédiée à Adrien. Bernadette m'attendait de pied ferme. Pas question pour elle de passer son tour encore une fois. Du moins, c'est ce que j'ai cru percevoir dans l'œil noir de colère et d'impatience qui s'est posé sur moi. Elle avait déjà laissé sa place à Évangéline pour le tome trois, mais cette fois-ci, elle allait tenir son bout.

Qu'est-ce que Bernadette avait de si important à me dire pour s'imposer de la sorte ? Ça lui ressemblait si peu !

Jusqu'à ce moment-là, j'avais toujours estimé que Bernadette était une femme plutôt effacée. Elle avait toujours été, à mes yeux, quelqu'un menant une vie assez banale, une vie qu'elle abordait de manière terne, d'autant plus qu'elle n'osait jamais rien dire. Pas plus à son mari qu'à ses enfants, Bernadette Lacaille n'avait pas la hardiesse d'exprimer ce qu'elle pensait sauf pour les généralités du quotidien, et encore ! Cette façon d'être m'agaçait un peu, je l'avoue. J'admettais quand même qu'elle était une bonne mère. Elle avait des émotions sincères et de bonnes intentions pour ses enfants, mais elle manquait d'énergie, de caractère. Alors, pourquoi, ce matin-là, me regardait-elle avec cet air furibond ? Je le répète, son attitude m'a irritée, agacée, et de façon tout à fait délibérée, je lui ai tourné le dos. Si Bernadette avait vraiment l'intention de prendre la place d'Adrien pour être le pivot du quatrième tome, il faudrait qu'elle apprenne à exprimer ce qu'elle ressentait, ce qu'elle pensait, sinon nous n'arriverions à rien, elle et moi.

Je l'ai boudée le temps de faire la première correction du tome trois. Une semaine. Une longue semaine à sentir sa présence dans mon dos tandis que je travaillais. Pas facile de se concentrer dans de telles conditions.

Puis, j'ai laissé passer la fin de semaine et j'ai lu pour me changer les idées. Un excellent livre, d'ailleurs, d'un nouvel auteur : *Seul le silence*, de R.J. Ellory. Ça m'a fait du bien. Quand je lis, j'oublie tout autour de moi.

Cependant, ce matin, je n'ai plus le choix, il faut que je tranche. Mon éditrice attend ces quelques pages pour vous les offrir à la fin du tome trois. Finies la lecture et l'évasion facile, il faut que je travaille. Finie aussi la bouderie, car je dois me tourner vers Bernadette pour savoir ce qui m'attend.

Le temps d'une profonde inspiration qui ressemble un peu à un soupir, et je repousse ma chaise, je la fais tourner... Voilà, c'est fait. Je ne m'étais pas trompée, Bernadette m'attendait. En fait, j'ai l'impression qu'elle n'a pas bougé d'un iota depuis tous ces jours. Nos regards se croisent, se soutiennent un long moment. Le bleu des yeux de Bernadette est toujours aussi sombre, mais alors que je n'y voyais qu'impatience et colère, il y a de cela une semaine à peine, ce matin, c'est de la détermination que je peux y lire. Une détermination aussi profonde, aussi intense que l'amour qu'elle ressent pour ses enfants. Je suis la première à baisser les paupières, à détourner la tête.

Je viens de comprendre.

Bernadette a raison et toute la place lui revient. N'est-elle pas, finalement, le pivot de cette famille dont l'histoire s'échelonne au fil des tomes ? N'est-elle pas le lien qui unit chacun des membres de ces mémoires ? D'Adrien à Évangéline, de Marcel aux enfants, c'est Bernadette qui rassemble tout ce beau monde autour d'elle. Cette jeune femme ne connaît ni rancune ni ressentiment. Alors, depuis la confession d'Évangéline au sujet des Gariépy, elle aimerait bien mieux connaître Francine et ses parents. Et il y a Alicia, la fille aînée de Charlotte. Cette nouvelle amie de Laura ne ressemble à personne qu'elle connaît. Cette jeune fille au parler chantant vient d'un monde tellement différent du sien que ça l'intrigue et l'effraie un peu. Et s'il fallait que Laura soit malheureuse à cause de toutes ces différences ? Déjà qu'à côtoyer Cécile, Laura avait changé... Et puis, il y a Antoine... Que s'est-il passé pour qu'Antoine soit si proche de sa grand-mère tout d'un coup ? Autre mystère que Bernadette voudrait bien percer. Elle s'est juré d'apprendre ce qui est réellement arrivé chez monsieur Romain. Puis il y a Évangéline qui n'a toujours pas donné suite à la visite de cette nièce qu'elle ne connaissait pas. Qu'attend-elle pour le faire ?

Rien n'a plus d'importance, aux yeux de Bernadette, que le bonheur de ses enfants, de sa famille. Elle y consacre toute sa vie au détriment parfois de son propre bonheur, de sa propre vie. Et pour l'instant, elle a l'impression que si elle ne dit rien, ne fait rien, certaines choses ne seront pas exactement ce qu'elles devraient être, et ce serait dommage.

Oui, Bernadette a raison. Ce livre lui appartient, il était même plus que temps de lui laisser toute la place. Je reviens donc face au clavier, je m'installe, et par-dessus mon épaule, Bernadette regarde l'écran avec moi. Ensemble, elle et moi, nous allons retourner en 1960. Les élections provinciales s'en viennent et toute la maisonnée vit au rythme de la fébrilité un peu échevelée de Marcel et d'Évangéline.

P.-S. — Tout comme dans les tomes précédents, vous retrouverez, au fil des pages, certains personnages de mes autres séries. Cécile et les siens des *Années du silence*[1] tout comme Anne, Émilie et leur famille des *Sœurs Deblois*[2] seront au rendez-vous.

Je tiens aussi à souligner les quelques libertés d'auteur que je me suis permises au fil des pages. Je sais que les maternelles telles que nous les connaissons aujourd'hui n'existaient pas en 1960 à Montréal même si elles existaient à

---

[1] Louise Tremblay-D'Essiambre, *Les années du silence*, Laval, Guy Saint-Jean Éditeur, 1995-2002, 6 tomes.

[2] Louise Tremblay-D'Essiambre, *Les sœurs Deblois*, Laval, Guy Saint-Jean Éditeur, 2003-2005, 4 tomes.

Québec à cette même époque. Tant pis, j'ai choisi d'instaurer le système dans le quartier de Bernadette. Et cela vaut aussi pour l'auto de Laura et les boîtes à chanson.

Bonne lecture !

CHAPITRE 1

Mon doux, mon tendre, mon merveilleux amour
De l'aube claire jusqu'à la fin du jour
Je t'aime encore, tu sais, je t'aime encore

La chanson des vieux amants
JACQUES BREL

Montréal, lundi 13 juin 1960

—**M**oman ?

Appuyée nonchalamment contre le chambranle de la porte de la cuisine, Laura était songeuse. Son regard distrait fixait le dos de sa mère sans vraiment le voir, l'esprit à des lieues de la cuisine. Cela faisait maintenant des jours, pour ne pas dire des semaines, qu'elle ressassait la même question sans arriver à en pressentir la réponse. Hésitante, un peu craintive, elle n'avait su trouver le moment favorable pour poser cette fameuse question à sa mère. Ou elle-même était pressée, ou il y avait trop de monde autour d'elle, ou sa mère était d'humeur incertaine... Pourtant, ce qu'elle voulait demander était de la toute première importance. Les quelques années à venir dépendaient en grande partie de la réponse que sa mère lui ferait. Une réponse qu'elle espérait positive.

Laura expira longuement, encore un peu hésitante même s'il semblait bien que l'instant était propice. En effet, pour une première fois depuis fort longtemps, elle se retrouvait seule avec sa mère. Il était incroyable de voir à quel point l'annonce des prochaines élections provinciales avait plongé la famille Lacaille dans un tourbillon d'excitation, de fébrilité. Évangéline, sa grand-mère, et Marcel, son père, curieusement en bons termes pour l'occasion, en avaient fait une lutte personnelle. À les entendre discuter et livrer leurs analyses, les libéraux de monsieur Jean Lesage ne sauraient gagner sans eux ! Appels téléphoniques, visites de porte en porte et assemblées partisanes se succédaient sans répit depuis le 27 avril, date à laquelle monsieur Antonio Barrette, premier ministre du Québec et chef de l'Union nationale, avait annoncé la tenue d'élections pour le 22 juin. Le verdict tomberait dans un peu plus d'une semaine, et Laura attendait ce moment avec impatience. La vie familiale reprendrait peut-être enfin son rythme normal. « En autant que les libéraux gagnent, comme de raison ! », disait régulièrement sa grand-mère.

Pourtant, présentement, l'esprit de Laura était à des années-lumière des élections provinciales alors qu'appuyée contre le chambranle de la porte, elle contemplait le dos de sa mère affairée à quelque préparation culinaire en vue d'une quelconque réunion, comme cela lui arrivait souvent depuis un mois. Malgré cela et même si Laura savait pertinemment que sa mère détestait être dérangée quand elle cuisinait, la jeune fille jugea qu'elle avait assez attendu.

— Moman, répéta-t-elle après s'être mordillé la lèvre,

penses-tu que je pourrais rester un an de plus au couvent ?

Laura prit une profonde inspiration avant de poursuivre.

— Comme ça, je pourrais peut-être aller à l'université au lieu de l'école normale. Me semble que ça serait mieux. Qu'est-ce que t'en penses, toi ? lança-t-elle d'une traite sans reprendre son souffle.

Puis, le cœur battant, elle attendit.

Les mains occupées à mélanger la pâte des biscuits frigidaire qu'elle avait promis à Évangéline pour sa réunion du soir et l'esprit accaparé par la planification des heures à venir, Bernadette n'avait pas retenu grand-chose de la tirade de Laura. C'est à peine si elle avait porté attention à la présence de sa fille quand celle-ci l'avait interpellée une première fois. Un seul mot avait réussi à traverser le rempart de ses pensées.

Université.

Bernadette poussa un soupir de contrariété. Laura ne voyait-elle pas qu'elle était occupée ? Et puis de quoi voulait-elle parler au juste ? De son amie Alicia qui s'était mis en tête de devenir médecin ?

Bernadette sentit l'impatience lui hérisser le poil des bras.

Depuis quelques mois, Laura n'avait que ce nom à la bouche. Alicia. Alicia a dit ça, Alicia a fait ça. Alicia par-ci, Alicia par-là... Ça devenait agaçant à la longue.

Sans répondre, Bernadette ouvrit un tiroir et ramena vers elle le rouleau de papier ciré. Elle n'avait pas l'intention d'engager le dialogue avec Laura. Et pour parler de quoi, de toute façon ? Des projets d'études d'Alicia ? Si Laura avait effectivement prononcé le mot *université*, c'était que son amie devait être derrière ses intentions. Et justement, Bernadette, elle, n'avait pas l'intention de parler d'Alicia. Elle n'avait ni le temps ni l'envie de le faire.

— Tu m'excuseras, Laura, mais j'ai pas vraiment le temps de jaser, pour astheure, lança-t-elle d'une voix ferme pour désengager la discussion avant même qu'elle ne commence. J'ai plein de choses à faire pour ta grand-mère, en plus du lavage, comme de raison, pasque je le fais toujours le lundi. Ça fait que, si ça te dérange pas trop, on se reprendra une autre fois.

Laura ferma les yeux un instant. C'était pire que tout ce qu'elle s'était imaginé. Maintenant, il fallait qu'elle repose sa question. Déjà que ça lui avait pris tout son courage pour le faire une première fois !

— Ben justement, ça fait plusieurs fois que j'essaie de te parler pis ça adonne jamais ! rétorqua-t-elle un peu plus brusquement qu'elle ne l'aurait souhaité. J'veux pas juste jaser pour jaser ! As-tu écouté au moins ce que je viens de te dire ?

Bernadette haussa les épaules avec désinvolture.

— Pas vraiment, admit-elle sans regarder Laura. Me semble que t'as parlé d'université. Ce qui me fait croire que t'as encore envie de me parler de ton amie Alicia. On le sait qu'a' va aller à l'université. Tu nous l'as dit plein de fois. C'est justement pour ça que ça me tente pas de recommencer.

— Ben justement, c'est pas d'elle que...

— Non, non, Laura, j'ai pas le temps ! Comme tu vois, chus occupée comme c'est pas possible. Depuis qu'y' est question d'élections, y a pus personne pour m'aider ici dedans. Ton père pis ta grand-mère, y' ont l'air de deux dindes pas de tête tellement y' courent partout. À croire que le sort de la province de Québec dépend d'eux autres en personne. J'ai rien contre, comprends-moé ben, mais pendant ce temps-là, l'ordinaire de la maison, c'est moé tuseule qui le fait. D'autant plus que toé non plus tu m'aides pas fort, rapport que c'est le temps des examens de fin d'année. Pis je comprends très bien que c'est important pour toé pis qu'y' faut que tu étudies. Mais en attendant, c'est moi qui écope de toute l'ouvrage. Que c'est tu veux que je te dise de plus, ma pauvre Laura ? En temps normal, ça me fait plaisir de jaser avec toé, pis tu le sais, mais là, j'ai pas le temps. On se reprendra la semaine prochaine.

Tout en parlant, Bernadette avait enveloppé la pâte à biscuits dans le papier ciré et l'avait adroitement roulée en un long cylindre qu'elle déposa au réfrigérateur.

— Bon, une bonne affaire de faite, lança-t-elle en attrapant un torchon pour s'essuyer les mains tout en se tournant face à la cuisine, persuadée que Laura avait regagné sa chambre, ayant compris qu'il ne servirait à rien d'insister.

Elle fut surprise de voir que sa fille n'avait pas bougé d'un pouce, toujours appuyée contre le cadre de la porte.

— Coudon, que c'est tu fais encore là, toé ? T'es pas dans ta chambre en train d'étudier ? Me semble que tu disais que t'avais un examen ben important après-midi... À mon tour de te demander si t'as ben écouté ce que je viens de te dire.

— Oui, j'ai tout bien compris. Inquiète-toi pas, je le sais, que t'es occupée. Mais ça sera pas long, promis. Pis si tu veux pas me donner ta réponse tusuite parce que tu veux réfléchir, j'vas le comprendre.

— Pasque c'est une permission que tu veux demander ? Que c'est que l'université avait d'affaire dans ton boniment, d'abord ? Je te suis pas pantoute.

— Si tu me laisses parler, tu vas comprendre. Pis t'as pas tort quand tu parles de permission. Ça ressemble un peu à ça. Mais en même temps, c'est pas tout à fait ça.

— Bâtard ! Ça a ben l'air compliqué, ton affaire... Envoye, demande ! Je te donne cinq minutes, pas une de plus. Faut que je descende dans cave pour le lavage avant de faire le dîner pis y' est déjà dix heures.

Laura prit une longue inspiration avant de se lancer une seconde fois.

— J'ai juste demandé si je peux rester au couvent une année de plus au lieu d'aller à l'école normale comme c'était prévu. Comme ça, je pourrais peut-être aller à l'université l'année prochaine. Je te demande pas une réponse tout de suite, mais faudrait que je le sache assez vite parce que la directrice du couvent attend ma réponse.

Pendant que Laura parlait, Bernadette avait détourné les yeux vers la fenêtre. Elle pensa machinalement que le printemps, cette année, était particulièrement beau et chaud. Cet après-midi, avec un peu de chance, elle pourrait aller se promener avec Charles. « Au parc, tiens, avec le gros ballon rouge. »

Puis, imperceptiblement, les mots de sa fille se superposèrent aux images du parc jusqu'à les faire s'évaporer.

Le couvent, l'université, l'école normale, la directrice...

Bernadette retint un soupir. Pourquoi toujours chercher à compliquer les choses ? L'école normale, c'était bien, non ?

Depuis le temps que Laura clamait sur tous les toits qu'elle voulait devenir maîtresse d'école.

Du bout de l'index, Bernadette fit glisser l'élastique qui attachait ses cheveux sur la nuque comme chaque fois qu'elle cuisinait et, machinalement, elle le glissa dans la poche de son tablier. Puis, elle secoua la tête comme quelqu'un qui a l'air de douter de ce qu'elle vient d'entendre. À ce geste rempli de lassitude, devant le mur de silence qui semblait se dresser entre sa mère et elle, Laura baissa les yeux. Sur le plancher de prélart fleuri, une aiguille de soleil traçait entre sa mère et elle une démarcation très nette. Laura déglutit avec peine, la gorge brusquement serrée.

— Pis ? Qu'est-ce que t'en penses ?

Le filet de voix de la jeune fille se dissipa dans la pièce comme une fine brume évanescente, emportée par la petite poussière dorée qui dansait dans le rayon de soleil.

Bernadette regarda sa fille sans répondre avant de se détourner. Elle prit le temps d'essuyer le comptoir, de rincer longuement son torchon et de le suspendre sur le robinet avant de revenir face à Laura.

— Ce que j'en pense ? fit-elle enfin avec une pointe de découragement dans la voix. Tu veux vraiment que je te dise ce que j'en pense ? C'est pas compliqué, ma pauvre Laura, j'en pense rien de bon, de ton idée !

Bernadette ferma les yeux un instant en secouant la tête comme si le geste avait le pouvoir de rassembler ses idées. Quand son regard se posa de nouveau sur Laura, il était empreint d'impatience.

— Pis viens pas me répéter de prendre mon temps pour

réfléchir, reprit-elle vivement, sachant pertinemment que Laura n'avait pas son pareil pour argumenter. C'est déjà toute réfléchi. On n'a pas les moyens de t'envoyer à l'université, un point, c'est toute. Je comprends même pas comment c'est faire que t'as pu penser autrement. Bâtard, Laura ! On dirait que tu te rends compte de rien. Je pense, finalement, que c'est ton père qui a raison quand y' dit que c'est dangereux que tu te tiennes avec des gens qui sont pas de notre milieu. C'est comme rien que ça doit être à cause d'eux autres que t'as des idées de grandeur de même. Voir qu'on peut t'envoyer à l'université ! C'est pas pour du monde comme nous autres, l'université.

Tout en parlant, Bernadette continuait de hocher la tête pour souligner l'évidence de ses propos. Malgré cela, Laura fit un pas en avant, déterminée à faire entendre raison à sa mère. À ses yeux, la situation n'avait rien à voir avec les différentes classes sociales. Et Alicia, tout comme Cécile d'ailleurs, n'avait rien à voir avec ses ambitions.

— Mais moman, je...

— Non, Laura ! C'te fois-citte, y a pas de « mais moman ». C'est trop grave. J'veux même pas entendre ce que t'aurais à me dire. Tu trouves petête que c'est plate, que c'est pas juste, comme tu dis des fois, mais c'est ça qui est ça. Au lieu de passer ton temps la tête dans les nuages à rêvasser à des affaires pas réalisables, tu devrais regarder autour de toé pis apprécier toute ce que t'as. On est petête pas riches comme chez ton amie Alicia ou ben comme chez ta Cécile docteur, mais on est pas dans grosse misère noire non plus. Pis compte-toé ben chanceuse que ton père aye pas exigé que tu prennes le chemin de la shop comme ben des pères font quand leur fille arrive à dix-sept ans.

— Exiger ?

Le mot avait heurté Laura de plein fouet, lui faisant perdre de vue, momentanément, le but qu'elle s'était fixé.

— Je voudrais ben voir ça, que popa m'oblige à laisser l'école, poursuivit-elle avec une certaine agressivité dans la voix. J'ai toujours eu des bonnes notes, j'ai toujours travaillé fort. Pis en plus, c'est pas de ses affaires si je veux continuer à étudier, conclut-elle d'un ton boudeur. C'est pas lui qui va m'obliger à...

— Sois polie, Laura Lacaille ! Tu sauras que pour certaines affaires, ton père a son mot à dire. Son gros mot, à part de ça. Pis les études de ses enfants en fait partie. Après toute, c'est lui qui paye pour vous faire vivre. Faudrait pas l'oublier.

—Je l'oublie pas, non plus ! Fais-moi pas dire des choses que je pense même pas.

— Ben, tant mieux si je me suis trompée. Comme ça, le sujet est clos. Devenir maîtresse d'école, c'est un beau métier pis tu pourras pas dire le contraire : ton père pis moé, pis ta grand-mère avec, tant qu'à y être, on t'a toujours encouragée pour que tu puisses y arriver. Même si y' parle pas beaucoup, ton père est ben fier de toé pis des notes que t'as à l'école. C'est pour ça qu'y' t'achale pas pour que t'ailles travailler, à part durant les vacances d'été, comme de raison. Y' est prêt à t'aider jusqu'au boutte, tu sauras, pour devenir maîtresse d'école. Mais jusqu'à maintenant, c'est pas à l'université que ça s'apprend, ce métier-là, c'est à l'école normale.

Ça fait que c'est là que tu vas aller. La seule accommodation que je pourrais petête faire parce que je sais que ton père sera probablement pas contre, c'est te permettre de rester au couvent une année de plus. C'est vrai que t'es pas ben ben vieille encore pis une autre année avant de commencer l'école normale, ça peut pas te faire de tort.

Bernadette s'interrompit le temps de reprendre son souffle avant de poursuivre avec conviction :

— Ouais... Ça, j'aurai probablement pas de misère à le faire comprendre à ton père. Une année de plus au couvent, ça peut juste être bon pour toé. Pour le reste, par exemple, on va se dépêcher de toute oublier ça. L'université, c'est pour les docteurs, les notaires pis les avocats. Pas pour une Laura Lacaille qui veut devenir maîtresse d'école... Bon, astheure, j'vas faire mon lavage. Ça fait un boutte que le cinq minutes que j'avais pour toé est fini. Laisse-moé passer, j'veux aller chercher la manne de linge sale dans chambre de bain. Pis toé, tu ferais mieux d'étudier au lieu de vouloir parlementer avec moé.

Sans plus, Bernadette passa devant Laura pour regagner le corridor. Cette discussion l'avait épuisée. Le temps de se rendre à la salle de bain et d'en revenir avec l'énorme panier d'osier rempli de linge à laver, elle en était arrivée à regretter farouchement l'époque où Laura, plus jeune, se contentait de l'amitié de Francine pour embellir ses journées et s'entêtait à voir l'avenir aux côtés de son amie. Au moins, avec elle, Laura n'avait pas des idées de fou !

Empêtrée par la lourde charge qu'elle transportait à bout de bras, Bernadette buta contre Laura qui n'avait toujours pas quitté son poste à l'entrée de la cuisine.

— Bâtard, Laura ! Veux-tu ben me dire ce que tu fais encore là, toé ? Si tu t'imagines qu'on va recommencer à discuter ensemble, tu t'es ben trompée. J'ai d'autres choses à faire. Comme le lavage, par exemple.

— Je le sais.

— Ben si tu le sais, que c'est tu fais plantée là ?

Laura leva les yeux vers sa mère et se contenta de la regarder fixement sans répondre. Mal à l'aise, Bernadette déposa le panier sur la table et repoussa machinalement derrière l'oreille la longue mèche de cheveux châtains qui cachait ses yeux. Ce fut à cet instant que Laura déclara d'une voix évasive :

— T'es pas tannée de toujours avoir à descendre dans la cave pour faire ton lavage avec la vieille laveuse à tordeur ?

Bernadette, qui allait reprendre à bras le corps le gros panier d'osier, interrompit brusquement son geste. S'il y avait une question qu'elle n'attendait pas, c'était bien celle-là. Ce fut plus fort qu'elle : elle éclata de rire.

— Tannée ? demanda-t-elle enfin au bout de quelques instants. Tannée de faire mon lavage ? C'est sûr qu'y a des choses plus agréables que celle-là. Pis c'est sûr avec que de descendre dans cave pour faire mon lavage, j'aime pas ben ben ça, mais on avait pas le choix. Y a pas de place icitte à l'étage pour installer une laveuse pis on a pas de tambour pour l'entreposer entre les lavages. Laisser la laveuse sur la galerie avec la pluie pis la neige, ça se fait pas... Mais coudon, toé, pourquoi c'est faire que tu m'as posé c'te question-là ?

— Comme ça.

Bernadette haussa les épaules en soupirant.

— Des fois, toé, t'es pas facile à suivre. Tu le sais que j'vas dans cave pour le lavage, je l'ai toujours faite. Pourquoi décider d'en parler justement à matin ? Y'est-tu supposé avoir un rapport avec ça pis avec la discussion sur tes études ?

Laura soupira discrètement avant de répondre.

— Je pense que oui. Moi, vois-tu, j'ai pas envie d'aller dans une cave pour faire mon lavage pis ça me tente pas plus de me geler les doigts pour étendre mon linge sur la corde. Plus tard, quand j'vas être chez nous, je veux avoir une vie plus facile que la tienne, tu sauras. Aujourd'hui, ça existe, des machines à laver automatiques. Pis des sécheuses aussi. Suffit juste d'avoir assez d'argent pour les acheter.

Ces mots, en apparence banals, griffèrent le cœur de Bernadette. C'était comme si Laura venait de renier tout ce qu'elle faisait pour eux, jour après jour. Elle ravala sa peine en détournant brièvement les yeux. La vue du panier débordant de linge raviva son impatience.

— Coudon, Laura, demanda-t-elle en se tournant enfin vers sa fille, t'es-tu en train de me dire que ton histoire d'université, c'était juste pour une question de lavage ?

Laura se sentit rougir.

— C'est juste une manière de dire pour expliquer pourquoi je...

— Imagine-toé don que j'avais compris, interrompit Bernadette, de plus en plus cassante. Chus petête pas aussi instruite que toé, mais chus pas bouchée pour autant, tu sauras. Pis c'est surtout pas en me disant des affaires de même que tu vas me convaincre que l'université, c'est important... Quand on va à l'université, c'est pour être doc-teur, ou ben avocat, ou ben curé. Pis ces métiers-là, pour moé, c'est quasiment des vocations. C'est pas juste pour faire de l'argent ou pour devenir important, comme on dirait ben que tu le penses. Tes arguments tiennent pas, Laura. Pas pantoute. Astheure, je m'en vas dans cave. C'est petête moins facile que de tirer mon linge dans une laveuse auto-matique qui va toute faire à ma place, mais au boutte du compte, le résultat est le même. Mon linge est aussi propre que celui des autres. Pendant ce temps-là, comme y' semble que t'as pas ben ben d'étude à faire, va donc dans ta chambre pour réfléchir un peu. Je t'appellerai plus tard pour que tu m'aides à faire le dîner. Comme ça, j'vas petête récupérer un peu du temps que tu m'as fait perdre avec toutes tes niai-series.

Tout en parlant, Bernadette avait ouvert la porte qui donnait sur le balcon. Elle reprit son panier, bien décidée, cette fois-ci, à ne plus se laisser interrompre. Mais au mo-ment où elle allait refermer la porte derrière elle d'un coup de talon, elle se retourna et tenant le panier en équilibre sur un genou, elle glissa la tête dans la cuisine.

— Ah oui, avant que je l'oublie... Pas question que tu parles d'université à ton père ou ta grand-mère. Pas un mot. Y' sont petête comme des queues de veau depuis un mois mais au moins, y' sont de bonne humeur. J'veux surtout pas que ça change. Si les sondages disent vrai, les libéraux vont même remporter l'élection pis ça, ma fille, ça veut dire tout un été de bonne humeur. Pis en plus, les Canadiens ont gagné la coupe Stanley... Ouais, un ben bel été devant nous

— Ben tant mieux, jugea-t-elle. Ça fait plaisir d'y voir l'appétit, à c't'enfant-là. Depuis quèques mois, y' pousse comme du chiendent pis j'aime ça...

Comme souvent depuis quelques mois quand elle parlait d'Antoine, Évangéline marqua une pause mais si brève que Bernadette n'eut pas le temps d'intervenir.

— Ouais, chus ben contente de le voir grandir, notre Antoine, enchaîna donc Évangéline. Y' peut ben manger toutes les pommes qu'y' veut. Pis entre toé pis moé, aujourd'hui, c'est pas comme dans mes années de vaches maigres. Quand y en aura pus, des pommes, on en achètera d'autres. C'est toute.

Depuis l'automne, depuis la visite imprévue d'une nièce qu'Évangéline ne connaissait pas encore, une visite qui l'avait bouleversée, d'ailleurs, la vieille dame s'ouvrait de plus en plus à sa belle-fille, lui confiant certains souvenirs, certains regrets. Au fil des conversations et des confidences, Bernadette découvrait une femme toute en nuances et en délicatesse, alors qu'elle avait longtemps pensé que sa belle-mère n'était qu'une sans-cœur, rustre et froide.

— Ouais, poursuivit Évangéline, songeuse, un vague sourire aux lèvres, c'est fou comme ça prend pas grand-chose pour changer toute une vie. Des fois, juste un bol de pommes rouges peut faire la différence...

Elle se tourna enfin vers Bernadette.

— C'est ça qui m'a donné envie de travailler de plus en plus fort, tu sauras. Un bol de pommes ! Je voulais avoir des pommes sur ma table à longueur d'année. Pis j'ai réussi.

À travers la banalité du propos, Bernadette entendit

toute la fierté que ressentait sa belle-mère. Avec raison. Elle lui rendit son sourire.

— C'est vrai que vous avez bien réussi. Vous avez une maison confortable, vos deux gars sont ben établis...

— Pis grâce à toé, interrompit joyeusement Évangéline, j'ai trois beaux p'tits enfants. Pour moé, c'est probablement ça, le plus important. Mais remarque, par exemple, que j'ai petête pas autant de mérite que je veux ben m'en donner. Malgré toute ce qu'on peut en penser, dans mon temps, c'était plus facile de s'en sortir.

— Ben voyons don, vous ! Plus facile ? Moé, je dirais plutôt le contraire. Dans votre jeune temps, vous aviez pas les commodités qu'on a aujourd'hui. Toute prenait du temps, toute était plus malaisé à faire !

— Pour l'ordinaire d'une maison, c'est petête vrai... Te rappelles-tu, toé, quand les frigidaires existaient pas ? C'est quand Marius Bédard venait livrer sa glace... j'en avais ben pour deux jours à retrouver du bran de scie dans cuisine. T'as pas tort quand tu dis que la vie de tous les jours est plus facile aujourd'hui. Mais d'un autre côté, dans mon jeune temps, quand quèqu'un voulait réussir, y' pouvait le faire en autant qu'y' avait pas peur de travailler. Y' suffisait d'avoir un peu de talent pis du cœur au ventre. Mon Alphonse, lui, y' était dépareillé pour travailler le bois. C'est de même qu'y' est devenu menuisier pis y' gagnait pas mal d'argent, tu sauras. Moé, j'ai toujours été bonne en couture. C'est depuis la p'tite école que chus habile avec un moulin à coudre. Quand mon mari est mort, j'ai pas cherché longtemps. Je me suis relevé les manches pis j'ai cousu...

Le regard vague, perdue dans ses souvenirs, Évangéline hochait la tête.

— Ouais. Viarge que j'ai cousu ! reprit-elle, tant pour elle que pour Bernadette. Le jour, la nuitte... Même le dimanche, tu sauras. Notre bon curé Ferland m'avait donné la permission, rapport que j'avais charge de famille. Mais ça en valait la peine. On a jamais manqué de rien, les gars pis moé. C'est pour ça que je te dis que dans mon temps, d'une certaine manière, c'était plus facile. On avait pas besoin de suivre des cours compliqués pour gagner sa vie.

Affairée à plier les sacs de papier bruns de l'épicerie pour les ranger dans l'armoire à balais, Bernadette n'avait prêté qu'une attention toute relative au long monologue d'Évangéline. Les derniers mots, cependant, lui firent ralentir le geste et tendre une oreille attentive.

— Ouais... Je pense, dans le fond, que si la vie est plus facile aujourd'hui pour plein d'affaires, d'un autre bord, j'aimais mieux celle d'avant, analysait justement Évangéline. Pas que j'aurais pas aimé ça, faire des études, comprends-moé ben. J'ai toujours aimé ça, l'école, pour les quèques années que j'ai pu y aller. Mais dans mon temps, ça se passait autrement pis c'était pas si pire que ça. Pour les femmes, par exemple, ou ben on se mariait ou ben on faisait une sœur. On se cassait pas la tête. Aujourd'hui, les jeunes ont plein de possibilités. Y a plein de nouveaux métiers qui existaient pas avant. Moé, j'pense que ça devient ben mêlant, toute ça, mais en même temps, ça doit être ben excitant.

Bernadette buvait les paroles de sa belle-mère. À l'entendre parler, la jeune femme comprenait que les craintes ressenties au moment où Laura lui avait parlé d'université n'étaient peut-être pas justifiées.

Bernadette jeta un regard en coin vers Évangéline qui continuait de parler tout en se préparant une tasse de thé. La vieille dame semblait d'excellente humeur.

N'avait-elle pas présentement l'opportunité rêvée de confier à Évangéline les aspirations de Laura ? Dieu seul savait ce qu'elle pourrait en penser. Et si jamais elle trouvait l'idée bonne ? Pourquoi pas ? Après ce qu'elle venait de dire, c'était bien possible. Alors, peut-être aussi qu'elle aurait les moyens financiers d'aider Laura.

À cette pensée, Bernadette esquissa une moue d'incertitude et revint devant l'évier pour se donner un moment de réflexion supplémentaire. Par habitude, elle prit un torchon et se mit à frotter le robinet.

Sur le sujet de ses finances personnelles, Évangéline était muette comme une carpe. Cependant, de toute évidence, elle n'était pas dans le besoin. Alors ? Bernadette n'avait jamais été aussi indécise.

Fallait-il parler ? Maintenant ou plus tard ?

Pendant ce temps, Évangéline continuait de jacasser sur l'été qui avait commencé très tôt, cette année, à son grand plaisir. Bernadette y vit un heureux présage. Elle jugea que ça valait peut-être la peine d'essayer de lui parler des projets de sa fille. Après tout, elle ne risquait pas grand-chose.

Malheureusement, le temps de formuler mentalement sa question et il était trop tard. Marcel entra bruyamment dans la cuisine.

— La mère ! Chus don content que vous soyez là.

31

Bernadette poussa un soupir discret, s'en voulant d'avoir tant hésité.

Marcel ne tenait pas en place. Il claqua la porte derrière lui et tira une chaise pour s'asseoir avant de se relever aussi vite.

— Cré maudit, mon gars ! Le feu est-tu pogné quèque part ?

Évangéline regardait son fils, une lueur moqueuse au fond des yeux.

— Le feu, non. Mais ça urge en calvaire quand même. Les élections, c'est dans quatre jours, ça s'en vient vite.

— Ouais, pis ?

— Pis faudrait en profiter jusqu'au boutte. Quatre jours, c'est pas long pour finir de convaincre le monde que c'est Jean Lesage qu'y' nous faut comme premier ministre. Pas l'autre, pas Barrette. Comme y' disent dans le journal, c'est les trois L du Parti libéral que ça nous prend. Lesage, Lévesque pis Lapalme.

— Je sais toute ça, Marcel. Ça fait plus qu'un mois qu'on en parle. Pis pour une fois, on est d'accord, toé pis moé. Lesage, je le connais pas ben ben, mais quand y' dit que c'est maintenant ou jamais, chus ben d'accord avec lui. Y' est temps que ça change. Mais Lévesque, par exemple, ça fait longtemps que je trouve que c'est quèqu'un de bien. Chus vraiment contente qu'y' aye décidé de faire de la politique. On avait juste à l'écouter dans tivi pour comprendre que c'est un vrai monsieur. Mais ça m'explique pas c'est quoi tes sparages, à matin. Pis que c'est tu fais icitte au lieu d'être à boucherie ?

Marcel balaya l'air devant lui à petits gestes de la main.

— Laissez faire la boucherie, la mère. J'ai pris congé. Les élections, c'est plus important que du steak haché.

— Si on veut. Mais ça me dit pas pourquoi tu rentres icitte comme si y avait le feu pis que tu nous...

— Calvaire, la mère ! Laissez-moé finir pis vous allez comprendre...

Le ton de Marcel avait monté d'un cran. Saisissant que ce n'était pas en attaquant sa mère de front qu'il allait la convaincre, il se radoucit aussitôt.

— Prenez le temps de vous assire, m'en vas toute vous expliquer ça.

Marcel avait tiré une chaise pour sa mère dans un geste de galanterie qui était si insolite de sa part que Bernadette se détourna pour camoufler le sourire de moquerie qui lui monta impulsivement aux lèvres. Au bruit qu'elle entendit, elle comprit que Marcel s'installait devant sa mère, à l'autre bout de la table. Faute de mieux, elle reprit son torchon et se remit à frotter, l'oreille bien tendue. Pas question pour elle de se mêler à la conversation ; Marcel détestait quand elle osait parler de politique.

— C'est à cause de mes chums Lionel pis Bertrand si chus icitte, expliqua alors Marcel. Y' sont venus me voir à boucherie, justement à matin. Y' ont pensé à vous pis à votre amie Noëlla. Vous pourriez petête nous aider.

Et Marcel d'expliquer, avec une verve surprenante procédant d'une conviction tout récemment acquise, que si sa mère et Noëlla les accompagnaient dans leur tournée de porte à porte, elles ajouteraient une note de crédibilité à leur démarche.

— Sauf votre respect, la mère, conclut-il enfin, les vieux de votre âge, y' aiment pas ben ben ça, le changement. On le sent dans leur voix quand on frappe à leur porte. Y' sont méfiants. Je dirais que c'est eux autres les plus durs à convaincre. Mais si vous êtes là, vous, à votre âge, à dire comme les plus jeunes, petête que ça va amener les vieux à réfléchir dans le bon sens. Que c'est vous en pensez, vous ?

Évangéline ne répondit pas tout de suite et Marcel, connaissant intimement les manies de sa mère, se garda bien de la relancer. Il se contenta de tapoter du doigt sur le formica de la table tandis que, peu à peu, un sourire narquois déridait les traits du visage de sa mère. Il en fut inquiet. Qu'avait-il encore dit pour faire naître cette moquerie ? À des lieues des inquiétudes de son fils, Évangéline hocha la tête puis elle leva enfin les yeux vers Marcel.

— C'est une saprée bonne idée que vous avez là, mon gars.

Ces quelques mots furent un réel soulagement pour Marcel. Il en poussa un long soupir.

— Ouais, une vraie bonne idée, poursuivit Évangéline. Chus votre homme, si on peut dire ça comme ça. Quant à Noëlla...

À la mention de ce nom, le sourire d'Évangéline s'élargit. Il était maintenant franchement malicieux.

— Pour Noëlla, j'sais pas ! Faudrait petête le lui demander. Depuis le temps que j'veux savoir pour qui a' vote pis qu'a' veut jamais me le dire !

À ces mots, Évangéline laissa filer un petit rire rocailleux.

— C'est maintenant ou jamais que j'vas savoir, lança-t-elle avec espièglerie, reprenant à son compte les paroles de Jean Lesage, l'index pointé vers le plafond. Ou ben est de notre bord pis a' va vouloir nous aider ou ben est de l'autre bord, pis a' va se trouver une excuse. Mais anyway, j'vas finir par savoir de quel bord a' vote! Cré maudit! Ça fait vingt ans c't'année que les femmes ont le droit de voter au provincial pis ça fait vingt ans que Noëlla fait sa tête de mule. Y' était temps que ça finisse.

Les deux mains à plat sur la table, Évangéline repoussa sa chaise et se releva. Puis, plantant un regard décidé dans celui de son fils, elle demanda:

— Quand c'est qu'on commence, mon Marcel? M'as dire comme toé, y' reste pus grand temps! Donne-moé ton horaire pis je m'en vas appeler Noëlla drette-là!

C'est ainsi que le mercredi suivant, Jean Lesage et ses libéraux gagnèrent les élections, remportant cinquante et un des quatre-vingt-quinze comtés. Ceci fit dire à Marcel, soutenu inconditionnellement par sa mère, que c'était grâce à eux et à tous ceux qui avaient aidé à faire la campagne que le Québec venait enfin de prendre le bon sens.

— Vous allez voir, la mère, à partir d'astheure, toute va changer pour le mieux. Les libéraux viennent de mettre le Québec sur les tracks. Calvaire que chus content!

— Pour être contente, c'est sûr que moé avec, chus contente.

Malgré le propos sans équivoque, la voix d'Évangéline avait une curieuse retenue qui intrigua Marcel. Ses amis de longue date, Lionel et Bertrand, venaient de quitter la maison, et de la salle de bain, on entendait Bernadette qui se préparait pour la nuit. Marcel profita du fait qu'il était seul avec sa mère et se tourna franchement vers elle.

— Coudon, vous, on dirait pas que vous êtes contente.

Évangéline bâilla sans vergogne, la bouche grande ouverte, avant de répondre.

— Chus contente pis j'ai hâte de voir ce qu'y' vont faire, les libéraux, inquiète-toé pas. J'espère juste qu'y' seront pas comme toutes les autres qui tiennent pas leurs promesses...

À ces mots, les sourcils de Marcel se froncèrent. Il était prêt à argumenter durant toute la nuit s'il le fallait.

— Comment ça, pas tenir leurs promesses ? Vous saurez, la mère, que Jean Lesage, c'est un vrai monsieur. Un gentleman, comme y' disent dans les journaux. Pareil comme votre René Lévesque. Je le sais, chus allé le voir l'autre jour quand y' parlait au...

— Non, non, Marcel, chus contente, coupa aussitôt Évangéline, mettant un peu d'enthousiasme dans sa voix. Ben contente. C'est juste que chus ben fatiguée aussi. Ça a été des grosses semaines de réunions pis de placotage avec des tas de personnes que je connaissais pas. Sans parler des derniers jours, à monter pis descendre des escaliers pour sonner à porte du monde. J'ai pus vingt ans, mon gars, j'ai trouvé ça un peu dur...

Marcel approuva d'un bref hochement de la tête.

— Ouais, c'est vrai que des fois, c'était haut à monter.

— Ben haut.

— Mais au moins, mon char était pas loin quand vous vouliez vous reposer un peu. J'avais pensé à vous.

— C'est vrai. Pis je l'ai ben apprécié.

Marcel gardait un regard dubitatif sur Évangéline. Les explications qu'elle venait de donner ressemblaient à des excuses. En trente-sept ans de vie commune avec sa mère, Marcel avait appris à bien la connaître. Habituellement, quand elle était fatiguée, Évangéline s'endormait aussitôt assise devant le poste de télévision, ce qu'elle n'avait pas fait ce soir. Pourtant, depuis le début de la soirée, dès que la victoire des libéraux avait été presque assurée, elle était restée songeuse et très silencieuse, ce qui ne lui ressemblait pas du tout. C'est à peine si elle avait salué Lionel et Bertrand au moment de leur départ. Marcel la relança.

— Chus pas sûr que c'est juste de la fatigue qui vous rend caduque de même, la mère. Depuis le temps que je vous connais... J'aurais-tu dit quèque chose qui vous aurait déplu ?

Évangéline soupira avec impatience avant de tourner la tête vers Marcel.

— Pauvre Marcel ! Toujours en train de voir des complications là où y en a pas ! Ben non, t'as rien fait de désagréable. Je dirais même que t'es plutôt parlable depuis quèques semaines. Pis que ça serait pas désagréable si ça continuait comme ça.

Marcel se rengorgea, heureux de constater que sa mère éprouvait la même chose que lui.

— Vous avec, hein, vous avez trouvé que ça avait ben été depuis un boutte ?

— Cré maudit ! Quand y a pas de chicane durant le souper, moé, ça fait ma journée !

— Chus pareil. J'aime ça, manger en paix... Ben c'est

37

quoi, d'abord ? C'est pas juste de la fatigue qui vous a rendue muette à soir, j'en suis sûr.

Évangéline fixa Marcel avec une lueur amusée au fond du regard. Pendant quelques semaines, elle avait côtoyé un homme sûr de lui — ce dont elle n'avait jamais douté — mais aussi un homme capable d'organisation, de calculs savants, d'entregent, ce qui l'avait agréablement surprise.

— C'est vrai, t'as raison. À soir, quand j'ai vu que Jean Lesage pis sa gang allaient gagner, j'en ai profité pour jongler pasque je voulais trouver le p'tit quèque chose qui m'avait petête échappé pour, finalement, me rendre compte que j'étais pas plus avancée qu'avant.

— Comment ça, pas plus avancée ? Je vous suis pas, moé là. Rapport à quoi que vous êtes pas plus avancée ?

— Rapport à Noëlla, c't'affaire ! J'sais toujours pas de quel bord a' l'est !

Marcel ouvrit tout grands les yeux.

— Comment ça, vous savez pas ? Me semble que c'est clair, non ? Est libérale comme vous pis moé. Est venue avec nous autres, l'autre soir, pis a' l'a passé trois heures à monter pis descendre des escaliers, comme vous. Que c'est vous voulez de plus ?

— Jusque-là, t'as ben raison, pis moé avec je pensais ben qu'était rouge comme moé. Sans qu'a' le dise clairement, je pensais avoir compris. C'est à soir que toute a changé. Quand je l'ai appelée pour y dire de venir passer la veillée icitte, a' m'a répondu qu'a' l'avait mieux à faire, qu'Angélique l'avait déjà invitée.

— Ah ouais ? Pis ?

— Comment ça, pis ? Viarge, si Noëlla est libérale comme je le pensais ben, me semble qu'a' l'aurait voulu passer la soirée avec des libéraux, non ? Des affaires de même, c'est en gang qu'on fête ça. Pas avec ses rivaux. Pas avec la vieille fille à Angélique pis sa gang de bleus.

À son tour, Marcel fronça les sourcils et se concentra sur les quelques paroles que sa mère venait de prononcer. Puis il éclata de rire.

— Ce que je comprends surtout, c'est que votre amie Noëlla, c'est une fameuse ratoureuse ! Un jour est rouge pis le lendemain on dirait qu'est bleue. Vous avez raison, la mère : vous êtes pas plus avancée. Appelez don Angélique demain. Petête ben qu'a' l'a remarqué quèque chose de spécial durant la soirée. Sinon, entre vous pis moé, c'est-tu si important que ça de savoir de quel bord votre amie Noëlla a voté ? L'important, je pense, c'est que les libéraux ayent gagné. Ça, ouais, c'est ben important. Le reste, calvaire de calvaire, on s'en sacre un peu... Vous pensez pas, vous ?

Évangéline sembla réfléchir un moment, hocha la tête et se releva finalement en grimaçant.

— T'as ben raison, mon Marcel. Au diable Noëlla pis ses manies de vieille fille qui veut toute garder caché. Là-dessus, je te dis bonne nuitte...

Elle traversa le salon en traînant ses chaussons de laine sur le tapis, preuve qu'elle était effectivement très fatiguée. Néanmoins, une fois arrivée à la porte, elle s'arrêta et se retourna vers Marcel en disant :

— J'ai ben aimé ça, travailler avec toé pour les élections. Ouais, ben aimé ça... Astheure, j'vas me coucher. À demain, Marcel.

CHAPITRE 2

Sur un cheval blanc je t'emmènerai
Défiant le soleil et l'immensité
Dans des marais inconnus des Dieux
Loin de la ville uniquement nous deux
Pourtant je sais que ce n'est qu'un rêve
Pourquoi faut-il que ce ne soit qu'un rêve
Mais l'hymne à l'amour je l'entends déjà
J'entends déjà son alléluia
Alléluia

La légende du cheval blanc
CLAUDE LÉVEILLÉE

Montréal, jeudi 23 juin 1960

Par la fenêtre grande ouverte, Laura entendait piailler une volée de moineaux perchés dans l'érable du voisin dont elle n'apercevait que quelques branches au-dessus du toit grisâtre. En ce début de soirée, le soleil était encore haut. Il projetait de biais quelques rayons éclatants sur l'édredon fleuri qui recouvrait son lit. Le beau temps persistait, la chaleur était même accablante et enfin, pour la première fois depuis longtemps, la maison était calme. Depuis que Jean Lesage et ses libéraux avaient gagné, Évangéline et Marcel se reposaient.

Laura avait relevé ses cheveux et portait un chemisier léger, sans manches et en coton gaufré, en coton crêpé, comme le disait sa grand-mère. La mode était aux bermudas assortis au corsage, à petits carreaux, que la plupart des filles de son âge s'empressaient de rouler le bas pour les raccourcir dès qu'elles étaient hors de vue des parents. Mais pas Laura. La mode la laissait toujours aussi indifférente. Aujourd'hui, elle portait un jean défraîchi qu'elle avait coupé au-dessus des genoux. Certes, elle aimait être bien mise quand elle sortait, mais les détails lui importaient peu et elle préférait être confortable plutôt qu'attrayante. De toute façon, Alicia et elle avaient fait le serment solennel de ne s'occuper des garçons qu'après avoir terminé leurs études. À leurs yeux, la mode et les garçons formaient un tout indissociable. Elles se feraient jolies et suivraient la tendance le jour où elles auraient leurs diplômes en poche.

Et ce n'était pas pour demain !

Malgré l'opinion de sa mère qui semblait inflexible, et Laura avait sondé le terrain à quelques reprises pour en être convaincue, la jeune fille ne démordait pas de son idée. Un jour, elle irait à l'université et pour elle, ce jour se profilait déjà à l'horizon. Dans un an, après avoir terminé sa douzième année au couvent, elle poursuivrait ses études, et ce ne serait pas à l'école normale. Rien ne la ferait changer d'avis.

En fin de compte, après quelques jours de colère et de bouderie, elle avait admis en elle-même qu'elle s'attendait un peu au genre de réponse servie par Bernadette. Combien de fois avait-elle entendu ses parents, son père surtout, dire qu'ils attendaient avec impatience le jour où les enfants seraient autonomes ? La réponse de Bernadette était donc prévisible, et la raison évoquée l'était tout autant.

— Dans le fond, grommela Laura en se retournant sur son lit, c'est juste une question de gros sous. Si je trouve une solution toute seule, ils n'auront rien à dire et je pourrai faire comme je l'entends.

Et des solutions, il n'y en avait pas trente-six. En fait, il n'y en avait qu'une et une seule : elle devrait travailler et encore travailler, en plus de donner le meilleur d'elle-même à ses études pour avoir des notes parfaites. En effet, le cours classique restait la meilleure porte d'entrée pour l'université et Laura, elle, n'avait qu'un cours scientifique. Résultat : elle devrait trimer pour deux, comme le disait régulièrement sa grand-mère quand elle était fourbue à la fin d'une journée particulièrement remplie.

Cela voulait dire que l'emploi d'été au casse-croûte Chez Albert, le même qu'elle avait occupé l'an dernier, ne suffirait pas cette année.

— Deux jobs, soupira-t-elle en se retournant une seconde fois. Ça me prend deux jobs pour l'été plus une que j'vas pouvoir garder durant l'année scolaire. Si j'organise mon horaire comme faut, j'vas y arriver.

Ne restait plus qu'à trouver ce second emploi, de jour, de préférence, puisqu'elle commençait au restaurant lundi prochain et que monsieur Albert lui avait confirmé qu'elle travaillerait le soir et les fins de semaine.

— Mais où ? Où c'est que je peux me trouver ça, une job à temps plein, juste de jour ? Maudite marde que c'est compliqué !

Laura en était à ressasser pour la centième fois peut-être cette question qu'elle jugeait existentielle quand elle entendit Évangéline l'appeler depuis la cuisine.

— Laura, t'es-tu là ? C'est pour toé dans le téléphône !

Laura pensa aussitôt à Alicia, oubliant ses préoccupations. Elle sauta en bas de son lit.

— Oui, oui, je suis là, grand-moman. J'arrive !

Demain, jour de la Saint-Jean-Baptiste, une grande fête devait avoir lieu chez les parents d'Alicia, et Laura avait été invitée quelques semaines auparavant. Comme Évangéline connaissait et appréciait la famille Deblois, c'est-à-dire la famille de Charlotte, la mère d'Alicia, la permission n'avait pas été très difficile à obtenir. Évangéline était intervenue avant même que Marcel ou Bernadette n'aient pu ouvrir la bouche.

— T'es ben chanceuse, ma fille, d'être invitée à c'te fête-là ! L'an dernier, la réception avait lieu chez madame Anne pis a' m'avait invitée. J'ai pas regretté d'y être allée. J'espère que tu vas avoir la chance de connaître le grand-père de ton amie, monsieur Raymond. Ça, c'est un vrai monsieur, pas prétentieux pour cinq cennes. Pis sa dame aussi, c'est quèqu'un de bien. Antoinette, qu'a' s'appelle... Dans le fond, c'est du bon monde, la famille Deblois, même si y a eu une séparation entre les parents. Ouais, du ben bon monde !

— Ça, c'est vrai, avait renchéri Antoine entre deux bouchées de macaroni. Moé, c'est madame Émilie que je connais pis laisse-moé te dire qu'est fine en mautadit. Pis qu'est bonne comme professeur de dessin. J'en connais pas de meilleure, c'est pas compliqué.

Comme l'invitation était arrivée en pleine période électorale, Marcel s'était contenté d'approuver d'un vigoureux hochement de tête sans oser relancer sa mère, en soulignant que madame Émilie, toute bonne professeure qu'elle était, habitait quand même un peu loin.

C'est donc toute joyeuse que Laura se présenta à la cuisine pour froncer les sourcils dès qu'elle entendit la voix au bout de la ligne. Après des mois et des mois de silence, Francine, l'éternelle complice de ses jeunes années, avait envie de la voir.

— Tout de suite ? Maudite marde, Francine, ça fait des mois que j'ai pas eu de tes nouvelles pis là, tu veux me voir absolument ce soir ?

— Pourquoi pas ? J'ai plein d'affaires à te raconter.

— Ben là...

— Envoye don ! Dis oui !

La voix de Francine était implorante. Laura haussa les épaules avant d'ébaucher un sourire. En effet, pourquoi pas ? Depuis le temps qu'elles ne s'étaient pas parlé, ça pourrait être amusant et ça la changerait un peu de sa sempiternelle réflexion à propos de l'université. Laura raccrocha en promettant d'être chez son amie dans la demi-heure.

L'idée lui vint alors qu'elle empruntait le chemin la menant chez Francine, un chemin qu'elle aurait pu faire les yeux fermés tellement elle l'avait parcouru souvent. L'idée avec un grand « I » ! Elle ralentit le pas et soupesa le pour et le contre de cette idée qu'elle venait d'avoir. Nul doute, elle était excellente. Pourquoi n'y avait-elle pas pensé avant ?

— Avec Francine pour me servir d'intermédiaire, ça devrait marcher, murmura-t-elle en accédant à la ruelle qui débouchait dans la cour de son amie.

Elle était soudainement très pressée d'arriver. Ses problèmes d'argent tiraient peut-être à leur fin.

Francine l'attendait assise dans la balançoire que Laura avait tant admirée et enviée quand elle était enfant. Pourtant, ce n'était qu'un assemblage de planches plutôt grossier qui couinait en berçant. Curieusement, Laura se sentit déçue de le constater.

La cour des Gariépy, en terre battue, était toujours aussi poussiéreuse, et si ce n'était des jouets d'enfant qui avaient été remplacés par des bicyclettes, elle était conforme au souvenir que Laura en gardait. Renouant aisément avec ses vieilles habitudes, la jeune fille se glissa sur le banc en face de Francine et d'un coup de talon, elle mit la balançoire en branle.

— Pis, fit-elle sans préambule, qu'est-ce que t'avais de si important à me dire que ça ne pouvait attendre ?

Francine soupira, visiblement déçue.

— Coudon, Laura Lacaille, on dirait que t'es pas contente de me voir ? Depuis le temps, je pensais que ça te ferait plaisir de venir chez nous.

— Ben oui, ça me fait plaisir. C'est juste que ça me surprend un peu. Tu viens de le dire toi-même : depuis le temps ! Je pensais pus jamais avoir de tes nouvelles.

— Ben voyons don ! Je te ferais remarquer que toé avec, t'aurais pu m'appeler.

Laura fit mine de réfléchir. Sans chercher à comprendre le pourquoi de la chose, elle reconnut en son for intérieur qu'elle n'avait pas envie de parler d'Alicia qui prenait de plus en plus de place dans sa vie, ce qui expliquait en partie son long silence. Elle choisit donc de se rabattre sur son éternelle excuse.

— C'est vrai, admit-elle enfin. Mais avec mes études, j'ai pas grand temps à moi.

La réplique agaça Francine.

— Coudon, toé, tu serais-tu en train de me dire que chus pus assez bonne pour toé ? Que c'est pour ça que tu m'appelles pus ? Pasque j'ai décidé de lâcher l'école ? Si c'est le cas, tu peux ben t'en retourner d'ousque t'es venue.

— Pantoute, Francine. C'est pas ça que j'ai dit pis tu le sais.

— O.K, mettons que j'ai rien dit.

Le temps d'un regard entre elles, chargé de souvenirs et de complicité, et les deux filles éclatèrent de rire au même instant.

— On reprend ça à zéro, proposa Laura quand elle arriva à se calmer un peu. Allô, Francine, contente de te voir. Comment ça va ?

— Pas pire pantoute. Pis toé ?

— Pas pire pantoute.

— Bon ! Une bonne affaire de faite. On sait qu'on va ben... Pis le reste, astheure ? Que c'est tu fais de bon, que c'est tu deviens ?

Laura haussa les épaules. Il y avait eu si peu de changement dans sa vie depuis les derniers mois qu'elle n'avait pas grand-chose à dire.

— Rien de neuf, avoua-t-elle enfin. Je viens de te le dire : j'ai mes études et c'est bien assez.

L'image d'Alicia retraversa son esprit à ce moment-là. Leurs projets, l'université... Laura se redressa. Sans parler de sa nouvelle amie, elle pouvait quand même laisser entendre que la vie d'étudiante n'était pas si terrible.

— Mais en même temps, c'est ben excitant, poursuivit-elle. Savais-tu que les mathématiques comme on les connaît aujourd'hui, ben ça nous vient de...

Depuis le temps que Laura espérait convaincre Francine de reprendre ses études ! Elle mit une bonne dose d'enthousiasme dans sa voix pour parler de ses études jusqu'au moment où, devant le visage de Francine qui se rembrunissait à vue d'œil, elle comprit que non seulement son beau discours ne servait strictement à rien, mais que ce faisant, elle était en train de se nuire. Elle mit soudainement fin à son apologie des vertus étudiantes.

— Pis en même temps, je me demande à quoi ça va me servir tout ça, souligna-t-elle en baissant le ton et en poussant un long soupir qui se voulait convaincant. Des fois, je me demande si c'est pas toi qui as raison.

Une étincelle d'intérêt brilla enfin dans la prunelle de Francine.

— Comment ça ?

— Tu dois ben le savoir, maudite marde ! Le nombre de fois qu'on en a parlé ensemble. Se trouver une bonne job, penser au mariage... Ouais, des fois je me demande si t'as pas raison, dans le fond. Mais assez parlé de moi. À ton tour de passer au confessionnal ! Me semblait que t'avais plein d'affaires à me raconter, toi !

— Plein d'affaires, plein d'affaires...

Visiblement heureuse et fière, Francine minaudait.

— Faut quand même pas exagérer, mais...

Cela faisait longtemps que Laura avait vu Francine aussi pétillante, aussi espiègle. L'espace d'une fraction de seconde, elle l'envia.

— Envoye, lâche le morceau, pressa-t-elle, curieuse. Qu'est-ce qui se passe pour tu aies l'air aussi contente ?

Francine s'appuya contre le dossier de la balançoire et lui offrit un beau sourire.

— C'est vrai que chus contente. Imagine-toé don que j'viens d'avoir une augmentation. Cinq cennes de l'heure pasque le boss trouve que je fais de la belle job.

— Ouais... Cinq cennes de plus ? T'es pas mal chanceuse.

Heureusement que Francine ne retint que le terme employé par Laura et non le timbre de sa voix, car il était railleur.

— C'est pas juste de la chance, tu sauras, précisa-t-elle, vexée. Je travaille fort. Je fais cinquante heures par semaine. Ça fait que le deux piasses et demie de plus que j'vas avoir, je l'ai pas volé pantoute.

La moquerie de Laura s'estompa aussitôt. Francine resterait toujours Francine et si elle était heureuse, pourquoi gâcher son plaisir ? N'empêche que Laura trouvait désagréable cette manie de Francine de toujours déformer ses propos, et elle ne se gêna pas pour le souligner.

— C'est pas ce que j'ai dit, Francine Gariépy. Tu passes ton temps à t'imaginer des choses que j'ai jamais dites. J'ai pas dit chanceuse comme quelqu'un qui gagne un teddy bear au parc Belmont. J'ai dit chanceuse parce que tu vas être un peu plus riche.

— Bonté divine que t'es à pic, toé, des fois. Je le sais que c'est pas ce que t'as dit. C'est juste que j'voudrais pas que tu supposes que c'est pasque je sors avec Patrick de temps en temps qu'on me fait des faveurs. C'est pas le cas.

Laura s'obligea à ravaler le sourire qui lui monta spontanément aux lèvres. Voilà donc où Francine voulait en venir ! Elle voulait parler du beau Patrick. Laura décida de se laisser prendre au jeu. Après tout, pourquoi pas ?

— Ça non plus, je l'ai pas dit. Pis je l'ai pas pensé non plus, rapport que je savais pas que tu sortais avec Patrick.

Plus curieuse que jamais, Laura se pencha vers Francine avant de demander :

— Comme ça, tu sors encore avec ton boss ?

Si Francine avait l'air heureuse quelques instants auparavant, maintenant elle était tout simplement radieuse.

— Ça arrive, oui, avoua-t-elle en rougissant. Ça arrive même de plus en plus souvent... Dans le fond, c'est surtout de ça que je voulais te parler. Icitte, dans maison, les autres y' aiment pas ça que je parle de Patrick. Y' disent que c'est pour faire ma fraîche que je parle de lui. Mais c'est pas vrai. C'est... c'est juste que ça me fait plaisir de parler de lui.

La confiance que Francine accordait à Laura fit rougir celle-ci. Malgré les mois passés sans donner signe de vie, malgré les divergences d'opinions sur leur avenir, Laura venait de comprendre que Francine serait toujours son amie. De leurs différences pouvait naître une grande richesse ; elle ne devait jamais l'oublier. Elle posa la main sur le bras de son amie, le temps d'une pression pour l'inviter à poursuivre, et dit :

— T'as ben fait de m'appeler... C'est à ça que ça sert, des amies. Comme ça, tu sors avec Patrick ? C'est quel genre de garçon, ton Patrick ? Il ressemble à quoi ?

Il n'en fallut pas plus pour que Francine se lance dans une description exubérante et détaillée de celui qu'elle voyait plus grand que nature. Après moins de quinze minutes, Laura avait l'impression de connaître le jeune homme intimement et depuis fort longtemps.

— Ma parole ! On dirait bien que t'es en amour.

Francine vira à l'écarlate.

— Je pense que oui.

Laura n'en revenait tout simplement pas. Francine amoureuse ! Certes, Francine serait toujours son amie, mais le gouffre qui avait commencé à se creuser entre elles depuis quelque temps lui sembla de plus en plus profond parce que pour elle, les relations amoureuses étaient pour l'instant le cadet de ses soucis.

Laura fixa Francine en fronçant les sourcils.

— C'est pas des maudites farces... T'es bien sûre de toi ? demanda-t-elle enfin.

— Que c'est ça pourrait être d'autre ? Y' est tellement fin avec moé. Quand y' passe son bras autour de ma taille, c'est pas mêlant, j'ai les jambes qui viennent toutes molles. Si c'est pas de l'amour, ça, je me demande ben ce que c'est !

La seule référence que Laura avait en cette matière, c'étaient les photos-romans qu'elle avait lus quand elle était encore une enfant. L'explication de Francine lui sembla un peu simpliste, mais elle n'osa se lancer dans une discussion approfondie sur le sujet. Elle se contenta d'approuver d'un hochement de la tête assorti d'un regard un peu vague qui pouvait suggérer n'importe quoi.

— Pis lui ? osa-t-elle enfin demander.

— Quoi lui ?

— Ben, qu'est-ce qu'il dit, lui ? Est-ce qu'il t'a déjà dit qu'il t'aimait ?

Francine leva les yeux au ciel, qui commençait à foncer au-dessus de leurs têtes alors qu'il s'embrasait à l'horizon.

— Sainte bénite, Laura, on dirait que t'as encore dix ans ! Ben non, voyons. Les gars, ça dit pas des affaires de même. Mais ça le montre en s'il vous plaît quand une fille leur plaît. Tiens ! Prends moé, par exemple...

Francine était lancée ! Elle allait analyser sous toutes ses coutures l'opinion qu'elle se faisait d'une relation amoureuse. Laura savait, par ces expériences maintes fois répétées, qu'elle n'avait qu'à approuver d'un grognement ou lancer un « t'es ben sûre de ça ? » pour relancer le monologue. Francine n'y verrait que du feu.

Laura détourna légèrement la tête.

Au bout de la ruelle, le soleil brillant de la journée se transformait peu à peu en un disque incandescent. Dans quelques instants, il métamorphoserait la poussière ocre et collante de la cour en une pluie aveuglante d'étincelles abricot avant de glisser sous la ligne des toits que l'on apercevait au loin, à contre-jour. Puis la grisaille envahirait la cour, et ce serait à cet instant que madame Gariépy allumerait l'ampoule au-dessus de la porte. Quelques minutes plus tard, Laura annoncerait qu'elle devait partir. Malgré ses seize ans bien sonnés, Bernadette exigeait encore que sa fille revienne avant la grande noirceur.

Laura reporta son attention sur Francine qui venait de sortir un paquet de cigarettes de la poche de son chemisier tout en continuant de parler. Francine avait tout d'une femme maintenant. Alors, probablement qu'elle se moquerait de Laura quand celle-ci annoncerait qu'elle devait partir. Aussi bien s'y attendre.

Mais avant...

Laura poussa un bref soupir.

Avant que le soleil se couche, avant que l'ampoule nue s'allume au-dessus de la porte, elle avait quelque chose à demander. Quelque chose qui pourrait peut-être l'aider à réaliser ses rêves. Du moins était-ce là la façon d'aborder l'été que Laura avait trouvée en prévision de son avenir. Pour l'instant, elle ne voyait rien d'autre.

Laura profita donc de ce que Francine allumait sa cigarette pour faire dévier la conversation.

— Comme ça, d'après ce que je peux comprendre, ta vie se porte à merveille ?

Francine ne répondit pas tout de suite. La fumée de sa cigarette montait en spirale bleutée et se mêla à la poussière dorée qui dansait dans le dernier rayon de soleil. Même si elle détestait l'odeur de la cigarette, Laura trouva l'image jolie.

— Si on veut, approuva enfin Francine. C'est sûr que j'ai toujours hâte de partir d'icitte, de partir de la maison des parents, mais en attendant, Patrick me rend la vie acceptable.

— Pis ta job ? À part parler de ton augmentation, t'en as pas dit grand-chose.

Francine tira une longue bouffée de sa cigarette qu'elle rejeta négligemment par le nez avant de répondre.

— Que c'est tu veux que j'en dise ? C'est un peu mono-tone, mais ça s'endure. Même que des fois, on a ben du fun. Anyway, tu le sais : pour moé, c'est juste en attendant. Le jour où je me marie, je laisse toute tomber ça pour m'occu-per de ma maison à moé.

— Ah oui, c'est vrai... Comme ça, coudre à la journée longue, c'est pas si pire... De toute façon, on a juste à te regarder pour voir que tu dis la vérité. T'as l'air en super forme...

Laura parlait d'une voix évasive comme si elle faisait le constat des propos de Francine pour elle-même, tout en hochant la tête. Puis, elle reporta les yeux sur son amie.

— Pis si je te disais que j'aimerais ça, travailler avec toi...

Francine se redressa brusquement et plongea son regard dans celui de Laura comme si elle voulait sonder la sincérité de ses intentions jusqu'à l'âme.

— Toé, Laura Lacaille, tu voudrais travailler à shop avec moé ?

Dans un geste qui se voulait totalement détaché, Laura haussa les épaules.

— Pourquoi pas ?

— Sainte bénite, je te reconnais pus. T'es-tu tombée sur la tête ? Pis tes études, elles ? Me semblait que tu voulais devenir...

— Laisse faire les études, Francine. Je te l'ai dit tout à

l'heure : je le sais pus si ça donne de quoi étudier. Je commence à trouver ça un peu long.

Francine était radieuse. Elle se souleva à moitié et, se détournant, elle lança sa cigarette dans le fond de la cour. Puis elle s'appuya contre le dossier du banc et fixa Laura un long moment, toute souriante, un brin triomphaliste.

— Que c'est que je t'avais dit ?

Maintenant, c'était Francine qui faisait glisser la balançoire à grands coups de talons.

— Enfin, tu comprends le bon sens. Je sais ben que t'as toujours aimé ça, les enfants, c'est sûr. Mais entre devenir une maîtresse d'école vieille fille ou ben devenir une madame, me semble que le choix est pas dur à faire. Attends un peu ! Attends de rencontrer un beau gars, tu vas voir c'est quoi je veux dire...

À ces mots, Laura comprit qu'il valait mieux ne rien dévoiler de ses intentions. Francine ne comprendrait pas ses motivations et risquerait de lui mettre des bâtons dans les roues. Pour l'instant, elle avait trop besoin d'elle pour prendre le moindre risque. Alors, elle devrait jouer jusqu'au bout le jeu de celle qui en avait assez d'étudier. Elle devait laisser sous-entendre que cet emploi, elle y tenait vraiment et qu'elle voulait le conserver longtemps. En septembre, il serait toujours temps de dire qu'elle en avait assez, qu'elle avait changé d'idée.

Laura n'était pas très à l'aise avec cette façon d'agir, mais elle ne voyait pas d'autre solution.

— Je peux toujours essayer, fit-elle prudemment. Je... penses-tu que tu pourrais me présenter à ton patron ?

— À Patrick ? C'est sûr qu'un jour j'vas te présenter Patrick, mais pas pour l'instant. C'est pas Patrick qui engage. C'est son oncle qui est le grand boss. C'est lui qui choisit les filles pour la shop. Mais je le connais, ma sœur avec le connaît ben pis nos deux, on est des bonnes couturières. C'est pas moé qui le dit, c'est le grand boss en personne. Ça fait que si j'y' parle de toé en précisant que t'es ma meilleure chum de fille, y a des bonnes chances qu'y' veuille te rencontrer. Pis y a des bonnes chances avec qu'y' t'engage comme apprentie rapport qu'on a ben des commandes pis qu'y' ont besoin de monde. Ça, c'est Patrick qui me l'a dit. C'est sûr qu'au début, tu vas gagner moins que moé, mais si tu fais l'affaire, y' vont finir par t'augmenter, inquiète-toé pas. Mais pour l'instant, l'important à savoir, c'est que...

Pour une seconde fois en quelques minutes à peine, Francine était lancée. Elle décrivit l'atelier comme si elle en faisait l'inventaire, brossa un tableau précis du travail exigé et parla des filles avec qui elle travaillait avec tellement de détails que Laura était persuadée de pouvoir les reconnaître au premier coup d'œil. Laura en était tout étourdie.

Quand Laura prit enfin congé, profitant que Francine s'allumait une autre cigarette, elle fut soulagée de voir que son amie ne se moqua pas d'elle. Bien au contraire, celle-ci lui recommanda de bien se reposer, car, les premiers temps, le travail lui semblerait titanesque.

— Mais je te jure que ça dure pas, déclara-t-elle avec conviction pour atténuer la portée de ses prédictions. On finit par s'habituer au mal de dos pis aux épaules en compote. De toute façon, toé pis moé, on sait que c'est pas pour la vie. Promis, je parle de toé lundi matin pis je t'appelle lundi soir.

À ces mots, Laura interrompit sa glissade vers le bout de la balançoire.

— Lundi soir, je serai pas chez nous, fit-elle, hésitante. Je... monsieur Albert m'a engagée pour l'été.

Francine se hâta de rejeter la fumée de sa cigarette et, fronçant les sourcils, elle regarda Laura avec défiance.

— Monsieur Albert ? Lundi prochain ? Mais la shop, elle ? Pourquoi tu m'as dit que tu voulais travailler avec...

— Parce que c'est vrai, interrompit Laura qui avait très hâte que cette discussion finisse. Je veux travailler avec toi pis je veux aussi travailler au casse-croûte de monsieur Albert.

— Ben voyons don, toé ! T'es-tu en train de virer folle ?

— C'est juste que je veux m'acheter une auto, improvisa Laura tout en rougissant comme une tomate. C'est juste pour l'été. Après, j'vas me contenter de la job avec toi.

— Bonté divine... T'as l'air décidée en s'il vous plaît ! Laisse-moé te dire que t'es mieux d'aller te coucher tusuite si tu veux passer à travers ton été. Deux jobs, c'est pas des maudites farces. Pis toute ça pour un char... J'en reviens pas... Comme un gars! C'est mon frère Robert qui va en faire une tête quand y' va savoir ça... Ben, si c'est de même, lundi soir, j'vas aller manger un sundae chez Albert pis je te donnerai la réponse de mon boss.

Ce soir-là, Francine resta longtemps dehors à se balancer en pensant à Laura qui ne cessait de la surprendre. Elle en avait même oublié que si elle l'avait appelée plus tôt en soirée, c'était pour enterrer le fait que Patrick venait de décommander leur sortie et qu'elle avait le cœur gros.

*　*　*

L'été était passé sans que Bernadette le voie, coincée qu'elle se sentait entre ses deux aînés à l'attitude déconcertante.

Situation inconfortable s'il en est une !

Tous les deux, autant Laura qu'Antoine, avaient attisé ses inquiétudes tout au long de l'été sans qu'elle arrive à entamer de dialogue acceptable avec eux. Heureusement, d'un autre côté, son pronostic s'était avéré exact puisqu'à la suite des victoires combinées des Canadiens et des libéraux, la bonne humeur avait régné en maître sous le toit d'Évangéline. Surtout celle d'Évangéline et de Marcel qui semblaient avoir enterré la hache de guerre. N'empêche que ce fut cette fameuse atmosphère de détente et de convivialité qui, finalement, l'avait amenée à taire ses propres préoccupations par crainte de voir le ciel s'assombrir, et ce silence qu'elle s'était imposé avait gâché son été à elle.

Quand elle y pensait froidement, Bernadette reconnaissait que tout avait commencé le jour où Laura avait parlé d'aller à l'université !

— Verrat ! Tu parles d'une idée !

Depuis, elle n'arrivait pas à s'empêcher d'y penser.

Comme parler d'université avec Marcel n'aurait probablement pas été la meilleure chose à faire pour entretenir l'entrain, Bernadette n'avait rien dit et elle avait regardé sa fille maigrir à vue d'œil sans intervenir. Nul besoin qu'on lui fasse un dessin pour expliquer pourquoi Laura travaillait comme une forcenée ; Bernadette le devinait fort bien.

Et l'excuse d'envisager l'achat d'une auto ne l'avait pas impressionnée, loin de là !

Laura n'avait pas plus besoin d'une auto que de se faire raser la tête parce qu'elle avait des poux. À quelques reprises, Bernadette avait bien tenté de discuter avec elle, de lui faire comprendre que ce n'était pas en tombant malade qu'elle allait atteindre son but. Rien à faire : Laura était aussi hermétique qu'une huître.

— Ça me regarde, avait-elle répliqué, maussade. Si je veux acheter une auto, c'est de mes affaires. Je suis quand même assez vieille pour décider d'une chose comme celle-là. J'vas quand même avoir dix-sept ans dans pas trois mois !

— Une auto ! Voir que t'as envie de t'acheter un char... Prends-moé pas pour une imbécile, Laura Lacaille. Je le sais que c'est pour...

— Que c'est pour une auto, avait interrompu Laura, excédée. S'il te plaît, laisse-moi tranquille avec ça. De toute façon, popa est d'accord avec moi. Il est prêt à signer pour moi tous les papiers que je vas avoir besoin d'avoir.

Argument suprême, effectivement : Marcel était d'accord ! Il était même plutôt fier que sa fille soit prête à s'éreinter pour l'achat d'une auto.

Bernadette n'avait donc pas laissé entendre à son mari que l'auto n'était qu'un leurre. Qu'en septembre, il verrait bien que Laura finirait par retourner à l'école et que l'argent gagné ne servirait pas à acheter l'auto dont elle discutait régulièrement avec lui. Pourquoi courir après les malheurs ? Il faisait beau et tout le monde était agréable autour d'elle. Bernadette s'accrochait à cette providentielle bonne humeur comme un naufragé en plein océan se cramponne à sa bouée. Les nuages reviendraient bien assez vite, elle en était persuadée.

Puis, d'une semaine à l'autre, elle avait fini par admettre qu'après tout, Laura avait bien le droit de faire ce qu'elle voulait. Au fond, l'idée d'aller à l'université ne serait probablement pas une source de conflit si elle ne coûtait rien.

— On traversera la rivière quand on sera rendus là, murmurait-elle pour elle-même quand, bien malgré elle, son esprit revenait à Laura et à son envie d'aller à l'université.

Si ce n'avait été de la fatigue qui se lisait dans les yeux cernés et les joues creuses de sa fille, Bernadette n'aurait même pas pensé à s'inquiéter. Mais voilà ! Laura dépérissait à vue d'œil à travailler quatorze heures par jour, et le sommeil qu'elle tentait de récupérer le samedi matin ne suffisait plus.

Alors, oui, Laura avait été un sujet d'inquiétude tout au long de l'été, et cela avait grandement contribué à gâcher une saison qui, autrement, aurait pu être plaisante.

Quant à Antoine...

Bernadette poussa un long soupir.

À ses yeux, sur terre, il n'y avait rien de plus ambigu que le caractère de son fils.

En fait, pour être honnête, Bernadette devait admettre qu'Antoine n'était plus vraiment une source de préoccupation pour elle. Il allait même plutôt bien. Son été avait été partagé entre quelques heures de travail hebdomadaire comme pompiste au garage de Jos Morin et ses cours de peinture chez madame Émilie où, maintenant, il se rendait seul en prenant l'autobus. Donc, plus de dispute avec Marcel pour le transport ! Le jour, donc, Bernadette ne s'en faisait pas pour Antoine puisqu'elle savait ce qu'il faisait et où il était. C'était le soir que cela se gâtait.

Depuis juillet, visiblement en accord avec sa grand-mère qui avait pour lui, depuis quelque temps, toutes les faiblesses, Antoine s'éclipsait tous les mardis et jeudis soirs sans préciser où il se rendait. Toutes ses excuses avaient été éventées à force d'avoir été utilisées pour tenter d'expliquer ses absences, mais Bernadette n'était pas dupe. Antoine ne pouvait s'être découvert un engouement irrésistible et subit pour les jeux de ballon et autres balles de même acabit. Ce qui valait pour le hockey, qui ne l'avait jamais intéressé, au grand désespoir de Marcel, valait aussi pour tous les sports d'équipe.

Bernadette n'y croyait pas, à ces envies irrépressibles de jouer au ballon, au football, au baseball ! Mais chaque fois qu'elle avait tenté de suivre son fils en douce, Évangéline s'était mise de la partie et avait trouvé, à son tour, mille et un prétextes pour la retenir à la maison.

Un puits sans fond de curiosité et d'interrogations abreuvait et nourrissait quotidiennement les réflexions de Bernadette à propos d'Antoine.

Qui donc était son fils ?

Et surtout, oh ! oui, surtout, que s'était-il passé pour qu'il change à ce point ?

En effet, c'était depuis un certain samedi de novembre dernier que tout avait basculé. Que s'était-il réellement passé ce fameux samedi où Évangéline avait tenté, bien malhabilement d'ailleurs, de lui faire croire qu'elle avait parcouru la ville, toute seule, pour dénicher un nouveau professeur de dessin parce qu'elle estimait que monsieur Romain n'était plus à la hauteur ?

Allons donc ! Pas plus aujourd'hui qu'hier Bernadette ne croyait en ce mensonge.

Depuis ce jour, Bernadette se perdait donc en conjectures de toutes sortes pour trouver une explication à un revirement d'attitude quasi spectaculaire.

Car Antoine avait changé, nul doute là-dessus. Il était plus ouvert, plus volubile, plus taquin aussi, alors qu'auparavant, il passait tout son temps enfermé dans sa chambre et semblait fuir les gens. Même ses notes à l'école étaient meilleures, comme lorsqu'il était en première et deuxième année. C'est après que les choses avaient changé. Mais comment lui en parler sans risquer de voir réapparaître l'enfant taciturne et inquiet qu'il avait trop longtemps été ? Jamais Bernadette ne pourrait tolérer que le petit garçon anxieux et de toute évidence angoissé refasse surface et que cela soit de sa faute. Elle préférait se taire. Quant à Évangéline, passée maître dans l'art de l'esquive, Bernadette n'avait jamais pu tirer autre chose d'elle que ce qu'elle avait toujours dit : monsieur Romain ne convenait absolument plus et madame Anne, la musicienne qui habitait au coin de la rue, lui avait parlé de sa sœur qui peignait et accepterait peut-être de donner des cours à Antoine le samedi matin.

Une possibilité qui s'était finalement concrétisée au grand plaisir de tous, à commencer par Antoine.

D'instinct, Bernadette savait que toute cette mise en scène cachait autre chose.

Mais quoi ?

Le fait de changer de professeur, même pour le mieux, ne pouvait apporter un tel changement d'attitude.

Et que faisait-il tous les mardis et jeudis soirs pour revenir aussi fourbu ?

Alors, Antoine aussi, à sa manière, avait contribué à lui empoisonner l'existence au cours de cet été qui aurait dû être sans nuages tellement elle voulait en profiter avec son petit dernier.

Mais la belle saison était passée, malgré tout un peu trop vite, enveloppée d'inquiétude pour Laura et de questionnements au sujet d'Antoine.

Et voilà que ce matin, reléguée sur le trottoir par le directeur de l'école, les mains enfouies au fond des poches de son chandail en grosse laine du pays, giflée par un petit vent du nord plutôt frisquet, Bernadette regardait les tout-petits qui faisaient leur entrée officielle au primaire.

Septembre était déjà là, et Charles, son bébé, commençait la maternelle. Son vif-argent devrait apprendre à se tenir tranquille !

— Bâtard, murmura-t-elle pour elle-même, un autre pour qui j'vas commencer à m'inquiéter. Comment c'est que chus faite, coudon, moé ? Me semble que je devrais être contente de le voir partir pour l'école ! C'est juste normal qu'un enfant aille à l'école.

Pourtant, ce matin, Bernadette avait le cœur gros et si elle s'était écoutée, elle aurait pris son fils par la main et serait retournée à la maison avec lui.

Une vingtaine de bambins un peu turbulents entrèrent à la queue leu leu dans le gros bâtiment de briques rougeâtres, et la porte se referma sur le directeur qui, par la fenêtre, d'un geste autoritaire de la main, renvoya les quelques parents qui, comme elle, étaient restés à observer cette rentrée scolaire.

Bernadette renifla les quelques larmes qui menaçaient de déborder et fit demi-tour.

Qu'allait-elle faire de tout ce temps désormais disponible ?

Depuis sa naissance, Charles était le centre de son univers, et ce, pour une foule de raisons. Sauf en de rares exceptions, elle évitait d'y penser. Elle évitait de penser à la naissance de cet enfant, aux mois qui avaient précédé, à l'homme qui en était le père, toutes ces choses qui l'avaient amenée à avoir un petit faible pour cet enfant. Elle justifiait sa grande disponibilité auprès de Charles par le fait qu'il était turbulent et avait besoin d'être bien encadré. Elle avait même fini par le croire vraiment. Le nombre d'heures passées avec lui à jouer au parc était incalculable. Bernadette en profitait pour se changer les idées et oublier la monotonie de la routine quotidienne.

Cette étape de vie était déjà derrière elle.

Un long frisson secoua ses épaules, et ce n'était pas le vent d'automne qui lui donnait froid à ce point.

Dans quelques jours Charles aurait cinq ans et le secret

entourant sa naissance était toujours aussi bien gardé.

Brusquement, Bernadette eut envie de se replonger dans ses souvenirs. Il était rare qu'elle s'autorise à le faire. Mais ce matin, tout lui semblait différent. Une vie nouvelle allait commencer pour elle et il lui semblait qu'elle avait besoin de faire le point. Dorénavant, elle aurait droit à une existence sans petits accrochés à ses jupes et elle savait que cette fois-ci, ce serait définitif. Pas question d'avoir un autre enfant. Marcel n'en voulait pas et elle non plus. N'empêche qu'elle ressentait une certaine nostalgie à cette perspective.

Machinalement, arrivée au coin de la rue où elle habitait, Bernadette poursuivit sa route en direction du parc. Malgré la brise un peu froide, c'était là et nulle part ailleurs qu'elle avait envie de faire le point avec elle-même. Tant pis pour Évangéline qui devait l'attendre pour attaquer quelque corvée domestique ou prendre un thé. Aujourd'hui, Bernadette avait envie de penser à elle.

Le premier banc venu fit l'affaire. Bernadette s'y laissa lourdement tomber. Un long sentier goudronné ceinturait le parc, et quelques mères s'y promenaient en poussant un landau. Bernadette les suivit du regard, les enviant farouchement avec la conviction de ses plus beaux souvenirs. Puis, elle détourna la tête et porta les yeux vers le sud.

Le sud...

Pays lointain qu'elle n'avait vu qu'en photo où une grande maison blanche se chauffait au soleil, entourée d'arbres immenses qu'elle ne connaissait pas. Il y avait des fleurs, aussi, beaucoup et de toutes les couleurs. Bernadette se souvenait très bien qu'elle avait envié ceux qui avaient la

chance de vivre dans un tel environnement. Le Texas...
C'était là que vivait Adrien, le frère de Marcel, son beau-
frère, le père de son petit Charles.

Levant la tête pour offrir son visage aux rayons tièdes du
soleil, Bernadette ferma les yeux. Combien de fois au cours
des cinq dernières années avait-elle tenté de s'imaginer
vivant tout là-bas, auprès d'Adrien ? C'était son refuge
quand elle avait la sensation que plus rien n'allait dans sa
vie. Un peu comme ce matin. C'était sa tentation quand rien
ne fonctionnait comme elle l'aurait voulu entre Marcel et
elle. Parce qu'il y en avait encore de ces moments où la relation avec son mari était difficile. Elle n'avait qu'à penser à
l'université de Laura pour comprendre qu'entre son mari
et elle, la peur restait sa principale complice. Même si elle
ne le voulait pas, même si elle aurait aimé agir autrement,
Bernadette avait peur de Marcel, de ses mots mesquins, de
ses gestes brutaux parfois qui la muselaient dans un silence
intolérable. Elle avait beau se convaincre qu'il y avait pire,
qu'elle avait l'essentiel et les enfants aussi, n'empêche qu'elle
rêvait parfois de mieux. D'un mieux fait de dialogue et de
compréhension, de complicité, comme elle l'avait déjà vécu
avec Adrien.

Mais pour Bernadette, la chose était impensable : on ne
détruit pas un mariage pour en construire un autre. La vie
était ainsi faite, et ce n'était pas une simple question de religion. Adrien ne serait à jamais qu'un gentil beau-frère,
marié à cette Maureen Prescott qu'elle connaissait fort peu,
habitant à des milliers de milles plus au sud. Et c'était mieux
ainsi. Le voir quotidiennement aurait été intolérable, et le

secret entourant la naissance de Charles aurait eu nettement plus de risques d'être éventé...

À cette pensée, Bernadette secoua vigoureusement la tête. Elle préférait ne pas savoir ce que Marcel pourrait faire s'il fallait qu'il apprenne que Charles n'était pas son fils. Il aimait tellement cet enfant-là, il en était tellement fier.

Bernadette ouvrit précipitamment les yeux. À tous coups quand elle pensait à Adrien, la hantise de voir son petit monde s'écrouler lui donnait froid dans le dos. Alors, aussi invariablement, elle s'accrochait à tout ce qu'il y avait de beau et de bon dans sa vie et se dépêchait d'oublier Adrien. Cet homme ne serait toujours qu'un mirage inaccessible. Un mirage qui lui faisait mal. Penser à lui finissait toujours par une grande tristesse, voilà pourquoi elle se refusait de le faire trop souvent. La vie en soi portait déjà suffisamment d'épreuves pour qu'elle ne cherche pas à en rajouter une sciemment.

Bernadette se releva, jeta un dernier regard autour d'elle en croisant frileusement les pans de son chandail sur sa poitrine et elle reprit le chemin la menant jusque chez Évangéline qui devait commencer à s'inquiéter.

Elle était venue ici pour faire un certain bilan de sa vie, pour tenter d'imaginer ce que serait l'avenir maintenant qu'elle se retrouvait seule à la maison, mais elle ne l'avait pas fait. Adrien avait pris toute la place. Il y avait pour l'instant tellement plus à penser, à réfléchir, que Bernadette s'en voulut de perdre son temps en chimères inutiles.

À commencer par Laura qui devait retourner au couvent dans trois jours, mais qui n'en avait pas encore avisé son père.

Comment Marcel allait-il réagir quand il apprendrait que finalement, sa fille n'achetait pas d'auto et que tout l'argent gagné durant l'été resterait à l'abri des tentations en prévision d'un éventuel cours à l'université? Bernadette connaissait fort bien le point de vue de son mari sur les longues études. Lui-même n'en avait pas fait et il réussissait bien dans la vie; il n'en voyait donc pas l'utilité. Déjà, l'année dernière, quand Marcel avait compris que sa fille voulait retourner au couvent, ce fut au prix de longues et orageuses discussions que Bernadette avait réussi à lui faire admettre que Laura ne voyait pas les choses de la même manière que lui et qu'au lieu de lui en vouloir, il devrait être fier de son intelligence et de son acharnement à réussir.

— De toute façon, tu admettras avec moé que professeur, c'est un beau métier, avait-elle conclu quand elle avait compris que l'humeur de Marcel s'était radoucie et qu'il avait épuisé ses arguments.

— C'est sûr... Pis j'ai jamais dit que c'était pas un beau métier.

— Je le sais. Pis en plus, c'est un métier utile pis important. Que c'est qu'on ferait de nos enfants à grande journée si y avait pas d'école?

— C'est vrai. J'avais pas pensé à ça...

Marcel avait réfléchi un moment tout en préparant ses vêtements pour le lendemain.

— O.K. pour l'école normale, avait-il enfin consenti, au grand soulagement de Bernadette. M'en vas backer Laura pour l'argent que ça va coûter. Mais pas une cenne de plus! Pis quand a' va avoir fini son cours, qu'a' s'attende pas à vivre encore à mes dépens, calvaire ! A' va payer pension comme toutes les jeunes qui ont le cœur à bonne place.

— C'est sûr, Marcel, que Laura va accepter de te payer une pension le jour où va faire un peu d'argent autre que son travail d'été. Notre fille, c'est une bonne fille.

Ce fut à partir de cette discussion, tenue un an plus tôt, que Marcel avait commencé à s'intéresser aux notes de Laura, comme si ces dernières étaient garantes de la pension à venir ! Puis, cet été, il avait admiré Laura qui travaillait comme deux pour s'offrir une auto, disait-elle. Aux yeux de Marcel, c'était une raison supplémentaire pour être fier d'elle et pour une seconde fois, se sentant magnanime, il n'avait pas demandé de pension même si elle travaillait.

— Calvaire, comme un gars ! Ma fille a envie d'avoir un char comme un gars ! C'est une drôle d'idée, mais, c'est fou, je la trouve bonne, moé, son idée. Pis en plus, ça va être pratique d'avoir un autre char à porte ! Comme ça, t'auras pus besoin de moé pour faire ton Steinberg le samedi matin... Ouais, c'est une calvaire de bonne idée qu'a' l'a eu là, notre fille !

Bernadette s'était bien gardée de faire remarquer que s'il l'avait voulu, son auto à lui aurait pu servir à tout le monde. Après tout, il travaillait à deux coins de rue, et son auto, il la laissait dans la ruelle à côté de l'épicerie, inutilisée la plupart du temps. Encore une fois, Bernadette n'avait rien dit.

Alors, non seulement Marcel allait être déçu de voir que Laura n'achèterait pas d'auto, mais en plus, il devrait se faire à l'idée qu'elle poursuivrait ses études pour de nombreuses années encore.

— De quoi lui donner une attaque, murmura Bernadette en tournant le coin de rue qui menait à la maison d'Évangéline. Pas sûre, moé, que sa bonne humeur va tenir le coup quand y' va comprendre que la pension est pas pour demain ! Pis comment c'est que Laura va s'y prendre pour annoncer ça à son père ? Je trouve ça pas mal étrange qu'a' l'aye rien dit encore pis qu'a' soye de bonne humeur de même. Depuis quèques jours, on dirait qu'est même pus fatiguée ! Bâtard, ça devrait l'inquiéter. Quand on connaît Marcel...

Les idées se bousculaient dans la tête de Bernadette à un point tel qu'elle dut s'arrêter, presque étourdie.

Machinalement, elle leva les yeux vers la grosse maison grise au bout de la rue, la maison d'Évangéline. Nul doute que la vieille dame devait l'attendre.

Bernadette prit une profonde inspiration et recommença à marcher tranquillement.

Puis elle s'arrêta au bas du long escalier en colimaçon menant au perron de l'appartement et leva les yeux vers la porte close. Quelle corvée l'attendait derrière cette porte ? Et à quoi ressemblerait ce premier automne qui serait suivi d'un long, d'un très long hiver, si elle était seule, sans Charles ?

Finalement, c'est en ravalant ses larmes que Bernadette entra dans l'appartement.

CHAPITRE 3

Dans mon âme et dedans ma tête
Il y avait autrefois, un petit roi
Qui régnait comme en son royaume
Sur tous mes sujets, beaux et laids
Puis il vint un vent de débauche
Qui faucha le roi, sous mon toit
Et la fête fut dans ma tête
Comme un champ de blé, un ciel de mai

Et je ne vois plus la vie de la même manière
Et je ne vois plus le temps me presser comme avant
Hé, boule de gomme! S'rais-tu dev'nu un homme?
Hé, boule de gomme! S'rais-tu dev'nu un homme?

Le petit roi
JEAN-PIERRE FERLAND

Montréal, mercredi 28 septembre 1960

Depuis la rentrée scolaire, Bernadette se faisait un devoir d'aller reconduire Charles à l'école tous les matins et sur le coup de onze heures, tous les jours sans exception, elle se préparait à aller le rechercher. Beau temps mauvais temps, pas question pour elle de procéder autrement. Charles n'avait que cinq ans, le carrefour au bout de la rue était achalandé comme jamais et on rencontrait de plus en plus d'étrangers dans les rues. À ses yeux, c'était amplement suffisant pour accompagner Charles, d'autant plus que ce dernier semblait prendre plaisir à sa présence. Tout allait pour le mieux dans le meilleur des mondes, pour lui comme pour elle.

Jusqu'à ce soir.

Jusqu'à ce que Marcel arrive dans l'embrasure de la porte du salon, les cheveux en bataille, l'air furibond. Il venait d'apprendre que Bernadette accompagnait son fils à l'école et il n'en voyait pas l'utilité. Bien au contraire. À son avis, Charles, assez grand et costaud pour son âge, aurait très bien pu se débrouiller tout seul.

— Bon, une autre affaire, avait-il fulminé en entrant dans le salon après avoir mis Charles au lit. Paraîtrait que tu vas reconduire le p'tit à l'école, astheure ? C'est lui en personne qui vient de me dire ça. Va falloir que tu me donnes une calvaire de bonne raison pour que j'accepte que tu fasses...

Heureusement qu'Évangéline partageait l'opinion de Bernadette. Sans même un regard d'excuse pour sa belle-fille, elle coupa la parole à Marcel.

— Tu t'es-tu vu l'allure ? De quoi c'est que t'as à te plaindre, encore ? Ouais, Bernadette s'occupe de son fils. C'est une bonne mère, ta femme. Que c'est que t'as contre ça ?

Tout en se laissant tomber dans un fauteuil, Marcel, d'un regard sombre et colérique, dévisagea sa mère et sa femme tour à tour.

— J'ai-tu dit ça, calvaire ? explosa-t-il enfin en revenant

à Évangéline. Je le sais, que Bernadette, c'est une bonne mère. Mais des fois, a' l'exagère pas mal. Les femmes, on dirait que ça a toujours peur de toute. Une vraie gang de poules mouillées !

— Sois poli, Marcel. C'est pas de la peur, c'est juste de la prudence. C'est pas pareil pantoute, tu sauras.

— Ça, c'est vous qui le dites, la mère. Pis chus pas malpoli quand je donne mon avis. Après toute, Charles, c'est mon gars. Grand comme y' est, c't'enfant-là a l'air d'avoir sept ans. Pis en plus, c'est pas une tête folle.

— Je sais toute ça. Mais c'est pas une raison pour être...

— Ben, pour moé, c'en est une, raison, interrompit Marcel. Pis une bonne, à part de ça. Y' va faire rire de lui, si vous voulez savoir !

— Ben voyons don ! Tu dis encore des niaiseries, Marcel. C'est pas le jour ousqu'y' va avoir un accident, ton Charles, qu'y' sera le temps d'y penser.

— Un accident ! Toujours les grands mots ! Voir que Charles va avoir un accident ! Pourquoi pas un enlèvement, tant qu'à y être ?

À ces mots, Évangéline posa un regard goguenard sur son fils.

— Tu vois ! C'est même toé en personne qui dis que c'est dangereux. Un enlèvement, viarge, on rit pus !

Marcel était hors de lui. Maintenant que les élections étaient loin derrière, l'entente entre sa mère et lui commençait à s'effriter.

— Calvaire ! Encore ! Comment c'est que vous faites, vous, pour toujours toute revirer ce que je dis ?

— Je revire rien pantoute. C'est toé qui as parlé d'enlè-vement, Marcel, pas moé. Toute ce que je dis, c'est que ta femme a raison pis que Charles est encore trop p'tit pour faire la route d'icitte à l'école tuseul. C'est toute. Qu'y' soye un peu plus grand que les autres change rien au fait qu'y' vient tout juste d'avoir cinq ans. Si je me rappelle ben, ça t'achalait pas tant que ça quand Bernadette faisait la même chose pour Antoine.

— Antoine ?

La voix de Marcel avait pris un ton dédaigneux.

— Avec lui, c'était pas pareil, y' était gros comme un pou... Pis on voit c'que ça a donné, avec ! À part dessiner des chars, y' fait pas grand-chose de bon. Pas question de faire une moumoune avec Charles. Une lavette dans maison, ça me suffit. C'est-tu clair, calvaire ?

— Pour être clair, c'est clair. Pis arrête de dire qu'Antoine est une lavette. C'est pas vrai. Fais ben attention, mon gars. Antoine pourrait ben te surprendre, un jour, pis tu pourrais avoir à ravaler tes mots. De la part d'un père devant son fils, ça doit pas être ben ben agréable.

— Bon, Antoine, astheure ! Que c'est qui se passe depuis un boutte ? Antoine a ben dû passer dix ans de sa vie sans que vous vous en occupiez pis tout d'un coup, on dirait qu'y a juste lui qui existe. C'est le monde à l'envers.

Évangéline balaya l'air devant elle du bout de ses doigts ravagés par l'arthrite.

— Laisse faire le sens du monde, Marcel, la terre est capable de tourner sans toé.

— Encore des bêtises...

Marcel était déjà debout. De toute évidence, il bouillait de colère et se retenait pour ne pas envoyer promener tout le monde. Assise dans son fauteuil habituel, Bernadette avait assisté à l'escarmouche sans dire un mot. La moindre intervention de sa part aurait probablement envenimé les choses. En trois enjambées, Marcel était dans l'embrasure de la porte du salon, au grand soulagement de Bernadette qui n'espérait qu'une chose: que Marcel s'en aille au plus vite.

— J'en ai assez entendu pour à soir, annonça-t-il en se retournant. Je m'en vas à taverne Chez Phil rejoindre les gars. Eux autres, au moins, y' sont parlables. Mais je vous aurai prévenues, vous pis Bernadette, faites ben attention à votre manière d'agir avec Charles sinon, vous allez avoir affaire à moé.

Avertissement souligné par un index menaçant qui se promena d'Évangéline à Bernadette, puis il quitta les lieux.

Dès qu'elle entendit la porte de la cuisine se refermer en claquant, Évangéline égrena son rire rocailleux.

— Pauvre Marcel! Je le comprendrai jamais. Pourquoi c'est faire qu'y' prend toujours le mors aux dents pour des niaiseries? Tu peux-tu me le dire, toé? Pourtant, je l'ai pas élevé de même, me semble. C'est vrai qu'y' a pas eu de père, analysa-t-elle, songeuse, comme si elle devait à tout prix trouver une excuse à l'attitude de son fils. C'est ça qui a pas dû aider.

— Petête... Mais en attendant, je vous remercie d'avoir pris pour moé, la belle-mère. Ça me fera toujours ben une chicane de moins avec lui.

— Si c'est de même que tu vois ça... Tant mieux si j'ai pu me rendre utile. Mais laisse-moé te dire que par bouttes, j'ai l'impression que je continue de l'élever, celui-là. À trente-sept ans passés, c'est pas des maudites farces.

Les deux femmes échangèrent un sourire de connivence avant que Bernadette prenne le tricot qu'elle avait commencé tandis qu'Évangéline se levait pour allumer la télévision. De la chambre de Laura, en sourdine, leur parvenait une musique rythmée comme sa fille en aimait. Pourtant, Laura était absente. Dès son souper terminé, elle avait filé au casse-croûte Chez Albert.

Bernadette soupira.

À son grand désespoir, sa fille continuait de travailler tout en poursuivant ses études au couvent, et la raison de ce zèle n'avait pas changé : elle voulait toujours se payer une auto, ce qui avait acheté la paix avec Marcel quand il avait compris que sa fille retournait au couvent au lieu de se présenter à l'école normale comme il pensait qu'elle le ferait.

— C'est juste pour un an, popa. Mais comme je veux toujours avoir une auto, je vais continuer de travailler au casse-croûte par les soirs. Dans un an, pis petête même avant, je devrais avoir assez d'argent pour une auto.

Du moins, était-ce là ce que Laura continuait de prétendre et elle y mettait tellement de conviction que Bernadette elle-même commençait à douter de ses intuitions.

Laura voulait-elle vraiment s'acheter une auto ? Peut-être bien, après tout. Sinon, pourquoi perdrait-elle tout ce temps à regarder les petites annonces, à éplucher les publicités avec son père ?

Bernadette hésitait de plus en plus.

Quant à Marcel, il n'y voyait que du feu et c'était bien pour cela que Bernadette n'avait toujours pas parlé de l'université. Mais, ce n'était pas la curiosité qui lui manquait ni l'envie d'étaler le problème au grand jour, un soir durant le souper, pour en avoir le cœur net. En famille et devant Évangéline, elle risquait peut-être moins les soubresauts de la mauvaise humeur clinique de Marcel. Cependant, chaque fois que l'envie se faisait pressante, un simple regard sur Laura l'en dissuadait. En fin de compte, c'était elle qui risquait le plus gros dans toute cette histoire-là. Marcel serait tellement déçu d'apprendre que Laura lui avait menti à propos de l'auto.

Si Laura avait menti, bien entendu.

Bernadette soupira une seconde fois et déposa son tricot sur ses genoux.

— Coudon, toé, que c'est qui se passe à soir ? T'arrêtes pas de soupirer comme une balloune qui se dégonfle. Y aurait-tu un problème ? T'aimes pas le programme que j'ai mis ?

Bernadette fut sur le point de tout confier à Évangéline et fort probablement, si sa belle-mère l'avait fouillée du regard comme il lui arrivait parfois de le faire, Bernadette n'aurait pu résister à la tentation. Mais comme Évangéline avait les yeux vrillés sur la télévision, elle se contenta d'un évasif :

— Oh rien ! Probablement un peu de fatigue. Même la tivi me tente pas, à soir. Vous pouvez ben écouter ce que vous voulez.

— Je me disais, aussi...

Sur ce, Évangéline se releva pour éteindre la télévision avant de regagner sa place.

— T'as ben raison à propos de la tivi. Ben des fois, c'est juste une maudite perte de temps, c'te machine-là. À part *Les belles histoires des pays d'en haut...*

Puis après un bref silence, elle ajouta, redevenue songeuse comme quelques instants auparavant:

— T'es chanceuse, toé, de pouvoir t'occuper en regardant la tivi. Ben chanceuse. Moé, avec les mains que j'ai, j'peux pus rien faire de bon à part le moulin à coudre. C'est fou comme y a des choses qui changent dans une vie. Si quèqu'un m'avait dit un jour que je passerais mes soirées à me bercer en regardant une boîte à images, j'y aurais dit qu'y' s'était ben trompé... Moé, rien faire ? C'était pas pensable, y a quèques années... Ouais, dans une vie, toute va pas toujours comme on pense que ça devrait aller.

Bernadette laissa passer quelques instants avant de dire, d'une voix très douce comme chaque fois que sa belle-mère semblait dans un de ses moments de confidence:

— Vous avez l'air ben jongleuse, vous, là, à soir ?

— Oh ! Pas juste à soir, ma p'tite fille, pas juste à soir. Ça fait un boutte que je pense à ben des affaires. Même que si t'es pas trop fatiguée, j'aimerais ça jaser avec toé. Jaser de ce qui me fait jongler, comme tu dis.

— Pas de trouble. Chus petête un peu fatiguée, mais pas au point d'aller me coucher à même heure que Charles.

Évangéline échappa un petit rire.

— En parlant de Charles... Dans le fond, c'est juste une

bonne affaire que Marcel soye parti. On a un bon boutte de soirée à nous autres pis ça fait longtemps que j'ai envie de te parler. Quand y' est là, le pauvre Marcel prend toute la place.

— Pour ça...

Un silence fin comme une dentelle succéda aux paroles de Bernadette. De la chambre de Laura, c'était maintenant le dernier succès d'Elvis Presley qui lui parvenait en douceur, *Are You Lonesome Tonight ?* Avec cette chanson langoureuse, le diable de chanteur était en train de gagner le cœur de Bernadette, au grand plaisir de Laura. Elle ferma les yeux et se laissa bercer par la musique jusqu'à ce qu'Évangéline reprenne le cours de ses confidences.

— Tu dois ben te rappeler de la jeune fille qui est venue me voir l'automne dernier ?

Et comment, si Bernadette s'en souvenait ! Même qu'elle s'était souvent demandé pourquoi Évangéline ne lui en avait jamais reparlé. Bernadette se redressa sur son fauteuil, oubliant aussitôt Elvis et toute sa discographie. Elle reprit son tricot pour se donner une certaine contenance.

— C'est sûr que je m'en rappelle, dit-elle, entre une maille à l'endroit et une maille à l'envers, pour rassurer Évangéline. Je me rappelle même qu'a' s'appelait Angéline, vous saurez. Angéline Bolduc.

— Ouais, Angéline. Vu que moé, je m'appelle Évangéline Bolduc de mon nom de fille, ça m'a fait ben drôle d'entendre c'te nom-là. Ouais, ben drôle pis ben plaisir, avec. Ça voulait petête dire que finalement, Estelle, ma p'tite sœur, a' m'avait pas oubliée... Ça avec, j'pense ben que je te l'avais dit.

— Oui, vous me l'aviez dit.

— Me semblait, aussi... Savais-tu que moé avec, je viens de Saint-Eustache ?

Le tricot retomba sur les genoux de Bernadette.

— Saint-Eustache ? Comme moé ? Ben voyons don, vous ! Comment ça se fait d'abord qu'on se connaissait pas ? J'veux dire, si on demeurait dans même paroisse, me semble que ça aurait été...

— C'est juste que j'étais partie depuis belle lurette quand t'es venue au monde, ma pauvre enfant ! Ça fait drôle de dire ça, mais c'est icitte, en ville, que Marcel t'a connue, Saint-Eustache a rien à voir là-dedans. Pis c'est pas plus important que ça, rapport que je sais même pas si j'ai encore de la parenté par là-bas. Mais c'est quand même d'elle que je veux te parler. De ma famille. C'est pas pasque j'en ai jamais parlé qu'a' l'existe pas. Après, quand j'vas t'avoir toute raconté comme faut, j'aimerais ben ça que tu me dises ce que toé, tu ferais à ma place. Pasque moé, j'sais pus trop quoi penser.

Bernadette ne sentit pas le besoin de répondre. Quand Évangéline s'apprêtait à faire des confidences, elle avait toujours besoin d'un bref moment d'intériorité avant de commencer à se livrer.

Effectivement, durant quelques instants, on n'entendit que le cliquetis des aiguilles à tricoter soutenu cette fois par le murmure d'une voix monocorde qui parvenait de la chambre de Laura. Bernadette pensa machinalement qu'il devait être huit heures, l'heure habituelle du bulletin de nouvelles. Elle tendit l'oreille pour essayer de comprendre ce que le lecteur disait. Elle tressaillit et perdit une maille quand Évangéline se mit à parler.

— Vois-tu, ma fille, quand j'essaye de me rappeler mon enfance, même si je sais que c'était pas une époque facile, c'est du soleil que je vois dans ma tête. Du soleil pis des moutons...

Durant plus d'une heure, Évangéline se laissa porter par ses souvenirs. Elle raconta son enfance entre la grange et la maison à s'occuper des poules qu'elle détestait et des moutons qui étaient ses amis. Elle raconta aussi son regret de quitter l'école pour aider sa mère à la maison quand ses deux sœurs aînées furent engagées comme bonnes, l'une chez le notaire et l'autre chez le médecin du village. Elle parla de ses amours d'adolescente avec le fils des voisins puis expliqua son départ pour la ville.

— J'en pouvais pus. Trois frères plus vieux qui te donnent des ordres à journée longue, deux sœurs qui font leurs fraîches quand a' viennent te visiter le dimanche, un père pis une mère qui comptent sur toé pour un peu toutes sortes d'affaires en plus des p'tits que je devais aider pour leurs devoirs... Non, c'est pas mêlant, j'en pouvais juste pus ! Pis faut dire avec qu'Onésime, le fils de mes voisins, y' faisait pas le poids. Ma décision a pas été ben dure à prendre. Chus pas partie pour la ville, tu sauras, je me suis sauvée ! Pis j'ai ben faite de m'en aller pasque c'est icitte, à Montréal, en ville, que j'ai rencontré mon Alphonse.

Ce fut chez Ogilvy, où elle était vendeuse à l'occasion et couturière pour les retouches, dans l'ascenseur entre le troisième et le quatrième étage, qu'Alphonse lui avait souri pour la première fois.

— Comme dans les vues, toé ! Alphonse pis moé, ça s'est passé comme dans les vues. Un mois après, je savais déjà que c'était avec lui que je voulais passer le reste de ma vie. On s'est mariés en mai, trois mois plus tard, pis je l'ai jamais regretté. Jamais.

Puis il y avait eu la naissance d'Adrien, l'achat du terrain et la construction de la maison. À la même époque, elle avait amèrement regretté la perte en couches de deux petites filles. Puis, Marcel était arrivé et Évangéline avait sincèrement cru que jamais la vie ne pourrait être aussi belle qu'à ce moment-là.

— Je pensais pas si bien dire.

Deux ans plus tard, elle pleurait la mort de son Alphonse.

— Mais j'ai pas eu le loisir de pleurer longtemps, je te dis rien que ça ! Du moins, pas comme moé je l'aurais voulu. Deux bouches affamées à nourrir, deux gars qui grandissent à vue d'œil pis qu'y' faut rhabiller de pied en cap à tout bout de champ, une maison que je voulais garder à tout prix pasque c'était celle de mon Alphonse... Non, laisse-moé te dire que j'ai pas eu le temps de m'apitoyer sur mon sort. Fallait que je trouve une solution, pis vite. La seule chose que je savais faire, c'était coudre. Ça fait que j'ai préparé des p'tits papiers qu'Adrien pis moé on est allés mettre dans les boîtes à malle du monde pour m'annoncer comme couturière, je me suis mise au moulin pis j'ai cousu. Le jour, la nuitte, la semaine, le dimanche...

Évangéline enjolivait son histoire de petits gestes des mains qui traçaient des arabesques dans le vide devant elle. Elle ponctuait certains passages de grimaces parfois moqueuses, parfois nostalgiques, et Bernadette ne tricotait plus. Pendue aux lèvres de sa belle-mère, elle voyait se profiler une vie faite de labeur, de tristesse, d'opiniâtreté, certes, mais une vie marquée aussi par la fierté du devoir accompli et parsemée de petits bonheurs au quotidien malgré une solitude qui pesait.

— Te dire que j'étais contente quand Estelle, ma plus jeune sœur, est venue s'installer icitte avec moé, ça serait te mentir. Cré maudit ! J'étais pas contente : j'étais folle comme un balai ! Si j'avais su...

Il y avait bien eu quelques mois où Évangéline avait cru que sa vie venait de prendre un tournant positif. Elle avait enfin quelqu'un avec qui parler, avec qui partager son quotidien. Malheureusement, Estelle n'avait pas mis longtemps à s'amouracher de l'aîné des fils Gariépy, et ce qui devait arriver arriva ! Elle était tombée enceinte et Maurice Gariépy n'avait jamais voulu reconnaître la paternité de l'enfant à naître.

— T'aurais dû voir ça, toé. À cause d'Arthémise Gariépy, la mère à Maurice pis la grand-mère à Francine, l'amie de Laura, la vie du quartier a changé boutte pour boutte en quèques jours seulement. Une vraie guerre de tranchées. Les uns prenaient pour Arthémise, les autres prenaient pour moé pis Estelle... Maudite grand' langue sale à Arthémise ! Voir qu'a' l'aurait pas pu attendre qu'on s'explique avant d'aller bavasser notre histoire à tout le monde ! Ça fait que demande-moé pus jamais pourquoi j'haïs les Gariépy, tu le sais astheure ! Arthémise Gariépy a empoisonné ma vie comme tu peux pas t'imaginer, Bernadette. A' m'a traînée dans boue comme une malpropre. Des affaires de même, ça se pardonne pas !

Mais la guerre des clans non plus n'avait pas duré. Un beau dimanche soir, Georgette, l'aînée de la famille Bolduc, était venue chercher sa sœur Estelle.

— A' parlait au nom de mon père, qu'a' disait. Maudite langue de vipère, elle avec ! À l'entendre, c'était moé, moé tuseule, qui étais responsable de toute dans c't'affaire-là. J'aurais dû mieux surveiller Estelle, qu'a' disait.

À partir de ce soir-là, Évangéline n'avait plus jamais eu de nouvelles de sa famille. Le feu allumé par les médisances d'Arthémise Gariépy s'était éteint de lui-même, surtout lorsque cette dernière avait déménagé, mais le mal était fait. Évangéline n'avait plus confiance en personne autour d'elle. Obligée de travailler sans relâche, elle avait coupé les ponts avec tout le monde, à l'exception de ses amies Noëlla et Angélique qui l'avaient inconditionnellement soutenue tout au long de cette pénible mésaventure. Et la vie avait continué, des années durant, jusqu'à ce fameux soir de l'automne dernier où Angéline Bolduc, la fille qu'Estelle avait finalement mise au monde, avait sonné à sa porte pour lui demander de venir voir sa sœur, qui ne l'avait jamais oubliée.

— L'an dernier, je t'avais un peu parlé de ça, les grandes lignes comme on dit. J'étais pas capable d'en dire plus, mais astheure, tu sais toute... Pis ? Que c'est t'en penses ? Je devrais-tu aller voir ma sœur ou ben je serais mieux de rester icitte ? Y' serait petête temps que je me décide, rapport que ça fait presque un an que j'ai promis d'y penser pis que j'ai toujours pas donné de réponse à ma nièce. Le papier avec son adresse pour y écrire ma décision est encore dans le tiroir avec mes bas. Mais j'arrive pas à me décider, viarge ! Pourquoi c'est faire que ma sœur a pris trente ans pour me faire assavoir qu'a' voulait me parler ? Trente ans, on rit pus ! C'est pas juste long, c'est quasiment une vie au grand complet. Pis c'est la même affaire pour le reste de ma famille. Pendant trente ans, j'ai pas eu une maudite nouvelle d'eux autres. Pas un mot, pas un téléphône, pas une lettre. Rien. J'sais même pas si les parents sont encore en vie, c'est toute te dire, hein ? Pis là, pasque ma sœur s'est rappelée de moé, faudrait que je me garroche pour aller la voir à Québec comme si de rien n'était ? Comme un p'tit chien qu'on attire avec du nanane. Je comprends pas. Pis moé, quand je comprends pas, d'habitude, je bouge pas... Pis ? T'as rien dit... Que c'est t'en penses, toé ? J'y vas ou ben j'y vas pas ?

Bernadette prit le temps de ranger son tricot dans le grand sac de toile avachi à ses pieds et de déposer le tout sous la petite table en coin avant de lever les yeux vers Évangéline. C'était la première fois que sa belle-mère la consultait sur un sujet d'importance ; elle ne voulait pas répondre n'importe quoi.

— C'est ben difficile à dire, commença-t-elle prudemment. Je peux pas parler à votre place, ni me rendre à...

— J'sais toute ça, interrompit Évangéline avec son habituelle impatience. Je le sais, que tu pourras rien faire à ma place. C'est pas ça que je veux pis c'est pas ce que je t'ai demandé, non plus. Mais tu dois ben avoir une opinion sur toute ça, non ?

— Une opinion ? C'est ben difficile à dire. C'est toute votre vie que vous venez de me raconter, c'est pas rien.

— J'sais ben que c'est pas facile.

— Pas facile, pis ben délicat en même temps...

Bernadette prit un instant de réflexion, concentrée sur les plis de sa jupe qu'elle lissait du bout de l'index. Puis, comme cela lui arrivait souvent, elle se décida tout d'un coup. Elle leva la tête et fouilla Évangéline du regard en lui demandant :

— Pis vous, la belle-mère, que c'est que vous auriez envie de faire, pour vous, juste pour vous ? Ça vous tente-tu de revoir votre sœur Estelle ? Me semble que ça aussi, c'est ben important à savoir.

— Estelle ?

Évangéline ébaucha un sourire presque affectueux qui surprit Bernadette, peu habituée à voir de la tendresse chez Évangéline.

— C'est sûr que ça me tenterait de revoir Estelle. On s'adonnait ben, elle pis moé.

— Ben, que c'est vous attendez, d'abord, pour aller la voir ?

Ce fut au tour d'Évangéline de soupirer bruyamment.

— J'attends de comprendre pourquoi c'est faire que ça y a pris trente ans pour me donner signe de vie, viarge !

— Y' doit ben y avoir une explication, reprit Bernadette le plus délicatement possible. Pis probablement que c'est quèque chose de ben simple à comprendre. Mais, de loin, icitte à Montréal, vous...

— Y'a pas trente-six choses à comprendre, ma pauvre fille, interrompit brusquement Évangéline. C'est toute une gang d'airs bêtes, dans c'te famille-là. Même Estelle, par bouttes, est pas mieux que les autres ! C'est pour ça que j'ai pas eu de leurs nouvelles. Dis-toé ben que je me suis pas sauvée en ville pour rien quand j'avais dix-sept ans. J'étais pus capable de les endurer. Pis j'ai pas mauvais caractère pour rien, non plus ! Non, non, fais pas c'te face-là ! Je le sais que chus malendurante, des fois. Mais c'est pas de ma faute, c'est héréditaire, c'te caractère-là. On est toute de même, dans famille... T'as juste à regarder Marcel pour comprendre que je dis vrai. Ça fait que pour moé, c'est une raison de plus pour prendre ben mon temps pour décider la bonne affaire. Je le sais-tu, moé, ce qui m'attend à l'autre boutte ?

Bernadette posa un regard surpris sur sa belle-mère.

— Ben là, je vous suis pas. Que c'est qui peut vous arriver de plus que le fait de faire plaisir à votre sœur Estelle qui semble vous espérer ?

— Mon autre sœur, petête ? T'as pas pensé à ça, toé, hein ? Mais moé, j'y pense ! Des fois que la grande Georgette aurait envie de continuer à me sonner les cloches. On sait jamais !

— Ben voyons don, vous ! Pas après trente ans, quand même !

— Pourquoi pas ? On a le ressentiment tenace dans ma famille, tu sauras, ben tenace. Ça va avec le caractère, je pense ! Regarde-moé ! Pas question de pardonner à Arthémise, même pour une terre en bois deboute, même si a' l'était sur son lit de mort pis que son ciel dépenderait de mon pardon à moé ! Non, madame ! A' m'a fait trop mal pis jamais j'vas changer mon avis là-dessus. Astheure que j'ai dit ça, que c'est qui me prouve que c'est pas la même chose avec la grande Georgette ?

— Pasque vous y avez rien faite, à elle. Pourquoi c'est faire qu'a' pourrait vous en vouloir à c'te point-là si vous y avez rien faite ?

— Ça, ma fille, on en sait rien pantoute de ce qu'a' l'a vécu. Je le sais-tu, moé, de quoi a eu l'air sa vie après qu'a' l'a amené Estelle à Québec ? Petête ben qu'a' l'a vécu l'enfer pis qu'a' l'a encore pour son dire que toute est de ma faute.

— Ben, si vous avez raison pis que c'est ça, a' l'avait juste à la laisser icitte, votre sœur Estelle. Ou ben à vous la renvoyer. Non, je pense pas que ça soye aussi pire que vous le dites. Sinon, a' l'aurait jamais attendu trente ans avant de vous en parler. Ça se peut pas.

— Ouais... Petête ben que t'as raison...

Sur ces quelques mots d'incertitude, Évangéline replongea dans un moment d'intense réflexion d'où elle ressortit en tapant sur le bras de son fauteuil.

— Admettons que t'as raison, pis que c'est pas si pire que je le pense, fit-elle enfin en se tournant vers Bernadette. Admettons que la grande Georgette a' m'en veut pus vraiment même si a' l'a toujours pas envie de me voir. Admettons, toute ça... Peux-tu me dire, astheure, pourquoi c'est faire que ma sœur Estelle est pas venue icitte en personne si a' l'a autant envie de me voir que semble le penser ma nièce Angéline ? Ça marche pas, son affaire. J'ai pour mon dire que si Estelle s'est pas présentée icitte en personne, c'est qu'y a une raison. Une maudite bonne raison, à part de ça. Que c'est tu penses de mon raisonnement ?

Bernadette haussa les épaules en signe d'ignorance.

— Que c'est que vous voulez que je vous dise, la belle-mère ? Je le sais pas plus que vous, si y a une raison ou ben si y en a pas. Ça se peut que ça soye arrivé juste de même. Votre nièce vous a rien dit, l'autre soir, quand est venue vous voir ?

— Rien en toute qui aurait pu ressembler au début d'une explication. A' l'a juste dit que sa mère s'ennuyait de moé, pis que ça y ferait ben gros plaisir si j'allais la voir. A' m'a demandé d'y réfléchir pis a' m'a laissé son adresse pour que j'y écrive ma réponse. Pis moé, laisse-moé te dire que j'étais ben que trop surprise de la voir assise dans mon salon pour penser à y poser les bonnes questions. Là-dessus, j'avoue que j'ai pas été plus fine qu'y' faut ! Depuis c'te soir-là, je me revire les sens à essayer de comprendre.

— Ben, si c'est de même, si vous voulez mon avis, y a juste une façon de savoir. Va falloir que vous alliez à Québec. J'vois pas d'autre chose.

À ces mots, Évangéline leva un regard consterné vers Bernadette.

— Toé avec tu penses ça, hein ? C'est ben ce que je me disais. J'ai pas le choix. Si je veux savoir ce qui s'est passé pendant toute c'te temps-là, va ben falloir que je me décide à aller à Québec... Viarge, que c'est compliqué ! D'un bord, j'ai ben envie de revoir Estelle, ça c'est sûr, mais de l'autre, j'ai peur d'apprendre pourquoi personne a pensé à moé pendant trente ans. C'est ben beau la bouderie pis le ressentiment, mais trente ans, c'est long en s'il vous plaît ! Surtout que j'avais rien fait là-dedans, moé ! Rien en toute !

Sur ce, Évangéline resta silencieuse un court moment puis elle se releva en grimaçant.

— C'est ben beau toute ça, mais je pense que j'vas aller me coucher. Ça me fatigue toujours ben gros quand je parle longtemps comme je l'ai fait à soir. Bonne nuitte.

Bernadette entendit le frottement des chaussons d'Évangéline jusqu'au milieu du corridor, là où était sa chambre. Mais à l'instant où elle allait reprendre son tricot pour passer le temps, car elle attendait toujours Laura avant de se coucher, le frottement des chaussons sur le bois verni se fit en sens inverse et vint s'arrêter à la porte du salon.

— Bernadette ?

Celle-ci leva les yeux.

— Oui ? Vous avez oublié quèque chose ? Vous voulez que je vous fasse un bon thé chaud avant de dormir ?

— Laisse faire le thé. Mais t'as ben raison quand tu dis que j'ai oublié quèque chose. Quèque chose de ben important... J'avais oublié de te dire merci, Bernadette.

— Pourquoi ? J'ai rien fait. C'est à peine si j'ai dit trois mots.

— Des fois, c'est pas les mots qui sont importants. C'est juste le fait de prendre un peu de son temps pour écouter. Pis c'est ça que t'as fait. Tu m'as écoutée pis moé, ça m'a fait du bien de te raconter ma vie.

Tout en parlant, Évangéline hochait de la tête comme pour donner du poids à ses propos. Quand elle arrêta, elle fixa Bernadette un moment avant d'ajouter :

— Tu te rappelles-tu que j'ai déjà dit que si j'avais eu une fille, j'aurais aimé ça qu'a' ressemble à madame Anne, la musicienne ?

D'un signe de tête, Bernadette lui fit comprendre qu'elle s'en souvenait fort bien, même si elle ne voyait pas où sa belle-mère voulait en venir.

— Ben, je m'étais trompée, poursuivit Évangéline. C'est à toé que je voudrais qu'a' ressemble, ma fille. Tu vois, des fois dans la vie, on a des surprises qu'on attendait pas. Toé, t'es petête la plus belle surprise que j'ai eue depuis un boutte. La vie m'avait réservé une fille, moé qui pensais jamais en avoir... Bon, astheure que c'est dit, t'as ben raison, une bonne tasse de thé, ça serait pas méchant... Non, non, reste ousque t'es, intima Évangéline d'un geste de la main quand elle vit que Bernadette s'apprêtait à se lever. C'est moé qui vas le préparer. Tu viendras me rejoindre dans cuisine quand y' sera prêt. M'en vas t'appeler.

Et sans plus, les chaussons repartirent en direction de la cuisine, polissant le plancher de plus belle, tandis que Bernadette, restée seule au salon, écrasait quelques larmes au coin de ses yeux en reniflant.

* * *

La réponse d'Angéline Bolduc arriva dès la semaine suivante, sous forme de carte. Une belle carte de remerciement. Évangéline prit tout son temps pour la lire afin d'être certaine de la teneur des mots qu'on employait à son intention puis elle referma la carte, la tint un instant à bout de bras, les yeux mi-clos, puis la retourna pour vérifier s'il n'y avait rien d'inscrit au dos et la tendit à Bernadette.

— Cré maudit ! Est ben pressée, la nièce ! Qu'a' l'attende

au moins de voir comment ça va se passer avant de me dire merci. Regarde-moé ça, Bernadette ! Une carte de remerciements, ça se peut-tu ? A' l'a même choisi une carte avec des brillants. On rit pus ! Ça coûte cher sans bon sens, ces cartes-là !

À son tour, Bernadette lut la carte, apprécia le joli dessin de fleurs saupoudré de paillettes multicolores et la déposa sur la petite table, entre Évangéline et elle.

— C'est vrai que c'est une belle carte, reconnut-elle. Mais je pense pas que votre nièce vous remercie pour la rencontre. Je pense qu'a' vous dit merci juste pour le fait d'avoir accepté d'aller à Québec.

— Tu penses, toé ?

Évangéline ouvrit machinalement la carte, jeta un bref coup d'œil sur les mots sans les lire et la referma.

— J'espère ben que t'as raison pasque moé, j'sais pas pantoute comment ça va revirer, c'te rencontre-là. Après trente ans sans se voir, sans se parler, petête ben qu'on a pus rien à se dire, ma sœur pis moé. Petête qu'on a tellement changé, elle pis moé, qu'on se reconnaîtra même pas. Ça fait que petête que j'vas ressortir de sa maison aussi vite que chus rentrée pis que ça m'aura rien donné d'aller jusqu'à Québec. C'est petête ça qui va se passer.

Bernadette esquissa un sourire.

— Ça fait ben des petête, vous trouvez pas, vous ? Mais je pense quand même que vous avez oublié un petête, la belle-mère ! Petête, aussi, que vous allez ben vous adonner, Estelle pis vous, pis qu'une après-midi suffira pas à raconter toute ce que vous allez avoir envie de vous raconter. Trente ans d'histoire, ça fait ben des choses à dire !

Évangéline se pencha, tourna la tête et envisagea Bernadette un long moment par-dessus ses lunettes en demi-lune, puis elle haussa les épaules en se redressant.

— Ouais, petête...

Tout en donnant cette dernière réplique, Évangéline avait porté le regard jusqu'au bout de la rue et croisant les bras sous sa poitrine, elle plongea dans un profond silence.

Les deux femmes étaient assises sur la galerie, profitant de ce qui serait probablement l'une des dernières belles journées ressemblant à l'été. Car il faisait beau, aujourd'hui, comme en plein mois d'août, et Bernadette y voyait un heureux présage. Si Évangéline avait reçu sa carte précisément ce matin, pour elle, c'était indéniable que tout irait pour le mieux.

Bernadette prit une longue inspiration et d'un léger coup de talon, elle fit balancer sa vieille chaise en osier qui ne tarderait plus à se retrouver dans le hangar au fond de la cour. Les arbres, encore garnis de toutes leurs feuilles, resplendissaient dans le soleil tiède de cet après-midi d'octobre, flamboyants comme une crinière de feu, et les longues ombres de l'automne dessinaient une muraille en dents de scie sur l'asphalte de la rue tandis que les oiseaux s'apostrophaient d'arbre en arbre comme aux plus beaux jours de l'été.

— Parlez d'une belle journée, murmura-t-elle tant pour Évangéline que pour elle-même.

Sans la regarder, Évangéline approuva.

— Ouais, une ben belle journée. J'ai toujours aimé ça, l'automne.

À son tour, du bout d'un pied, elle mit sa chaise berçante en branle, preuve qu'elle se sentait bien. À force de côtoyer la vieille dame, Bernadette avait appris à lire certains de ces petits signes propres à chacun. Quand sa belle-mère se berçait tout doucement comme maintenant, c'était qu'elle était satisfaite. Quand le rythme accélérait, par contre, cela pouvait dire tout à fait le contraire.

— Je peux-tu prendre encore un peu de ton temps, Bernadette ? Tu dois me trouver ben achalante avec mes placotages, mais ça me fait du bien.

Évangéline avait parlé sans se tourner vers Bernadette, le regard toujours perdu, semblait-il, au-delà du bout de la rue.

— Pantoute, la belle-mère ! Si vous avez envie de me parler de vos souvenirs, vous avez beau. Ça me bâdre pas une miette.

— T'es ben blod, ma fille. Mais c'te fois-citte, c'est pas des souvenirs que j'ai en tête. Je dirais plutôt que c'est des imaginations... Sais-tu à quoi je pensais, y a pas deux menutes ? Je me demandais à quoi aurait ressemblé ma vie si Estelle était restée icitte, avec nous autres. Moé qui en avais toujours rêvé, j'aurais eu une fille à élever. L'un dans l'autre, ça aurait sûrement pas fait de tort à Marcel d'être obligé de partager avec une petite sœur. Pasque c'est proba-blement de même qu'on l'aurait vue, c't' enfant-là. La belle Angéline aurait été une sorte de p'tite sœur pour Adrien pis Marcel... Tu vois, Bernadette, le soir où la grande Georgette est venue chercher Estelle, j'étais choquée, c'est ben certain. Mais j'étais aussi ben gros déçue. Ouais, ben ben gros déçue de voir que mes espoirs tombaient à l'eau. C'était pas juste la vie d'Estelle que Georgette était en train de défaire en miettes en l'amenant de force à Québec, c'était la mienne avec. Je pense qu'a' l'avait pas le droit de faire ça. Pas le droit pantoute. Pis ça a beau faire trente ans, je pense toujours la même affaire... Si tu savais à quel point j'espère que ça va ben se passer avec Estelle.

Une fois n'étant pas coutume, Bernadette ne put résister à l'envie de poser la main sur le bras flétri de sa belle-mère, même si elle savait que cette dernière n'appréciait pas les démonstrations d'affection trop ostentatoires. Elle caressa la peau parcheminée tout doucement avant de dire, d'une voix convaincue :

— Vous avez juste à y parler comme vous venez de le faire avec moé, pis c'est sûr que ça va ben se passer.

Évangéline se tourna vers Bernadette, visiblement soulagée.

— Tu penses ça ?

— J'en suis sûre.

— Ben là, tu me fais plaisir. Je savais pas trop ce qu'on pourrait ben se dire après toute c'te temps-là, mais si tu penses que de parler de ce que j'aurais aimé qu'y' arrive, ça peut faire l'affaire, j'aurai pas de misère à trouver mes mots... Merci, Bernadette ! Tu viens de m'enlever un gros poids de sur les épaules. Un ben gros poids. J'aurai pus à me torturer les méninges pis je devrais mieux dormir.

— Comment ça, dormir ? Pasque ça vous a empêché de dormir ? Pourquoi avoir gardé tout ça par-devers vous ? Chus là ! Quand vous trouvez que c'est trop difficile, vous

— Tant qu'à ça…

Finalement, après une demi-heure de tractations, Évangéline était enfin prête au goût de Bernadette. Bien mise, sans exagération et surtout confortable. Nerveuse, elle attendait le taxi appelé pour la conduire au terminus d'autobus.

— T'es ben sûr qu'on a fait la bonne affaire ? demanda Évangéline le nez à la fenêtre, un grand sac à main à ses pieds. Me semble que j'aurais été mieux de prendre le train. Me semble que j'aurais été plus confortable, me semble que je connais mieux ça que…

— Petête, trancha Bernadette, mais c'est plus long. Pis avec le train, vous auriez été obligée de partir avant sept heures pis à c't'heure-là, Marcel est pas toujours parti !

— C'est ben vrai, j'avais oublié ça… Que c'est qu'y' a à lambiner de même, le taxi ? C'est comme rien qu'astheure, j'vas rater mon autobus. Pis si je rate mon…

— Vous raterez rien pantoute !

Bernadette frôlait la crise de nerfs.

— Y' est juste à neuf heures et demie, votre autobus, pis chus même pas encore partie reconduire le p'tit. Vous avez le temps en masse.

— Si c'est toé qui le dis… Pis lui, fit Évangéline en pointant le corridor du bout du doigt, t'es ben certaine qu'y' dira rien ?

— Qui ça ? Charles ? Que c'est vous voulez qu'y' dise ? Pour lui, vous allez à votre réunion des Dames de Sainte-Anne… Tenez ! Le v'là, votre taxi. Laissez-moé prendre votre sac, j'vas aller vous le mener jusqu'en bas… Mais y' est ben pesant !

Prise en flagrant délit, Évangéline se mit à rougir comme une gamine.

— C'est juste que j'ai amené mes souliers propres. On verra ben...

Bernadette éclata de rire.

— Vous pouvez ben dire que Marcel a la tête dure ! Y' a de qui retenir... Allez, on se grouille un peu. Faudrait surtout pas que le taxi reparte sans vous !

Les deux femmes descendirent l'escalier le plus rapidement possible, et Bernadette confia le sac d'Évangéline au chauffeur qui tenait la portière grande ouverte. Puis, poussée par une impulsion subite, Bernadette embrassa Évangéline sur la joue au moment où celle-ci se penchait pour s'asseoir dans l'auto.

— Passez une belle journée, la belle-mère. Pis on fait comme vous avez dit : si ça va pas, je vous attends dans la soirée. Au plus tard à neuf heures, compte tenu de l'horaire des autobus. Mais d'un autre côté, si toute se passe comme vous l'espérez, je m'inquiète pas, pis vous revenez juste demain. C'est ben ça ?

— C'est en plein ça. Bonne journée, toé avec. On se revoit dans pas longtemps.

Bernadette poussa un soupir de soulagement lorsqu'elle vit le taxi tourner au coin de la rue. Néanmoins, elle attendit que l'auto ait disparu au carrefour pour remonter l'escalier.

Les deux dernières journées avaient été fertiles en émotions de toutes sortes. N'empêche que la journée lui semblerait longue et qu'elle ne commencerait à être à l'aise que lorsque l'horloge du salon sonnerait neuf heures et qu'elle saurait qu'Évangéline faisait un bon voyage puisqu'elle ne serait pas revenue. Elle poussa un second soupir en entrant dans l'appartement. D'anxiété cette fois-ci.

Bernadette regarda autour d'elle et eut l'impression que toutes les pièces étaient plus grandes que d'habitude. Elle secoua la tête pour tenter d'effacer cette sensation désa-gréable. Qu'est-ce qui lui prenait tout d'un coup ? En fin de compte, Évangéline ne partait que pour une journée et elle n'allait pas au bout du monde. Elle était partie pour Québec et en reviendrait probablement demain en déclarant qu'elle avait passé une des plus belles journées de sa vie. À force d'y penser et de tourner la situation dans tous les sens, Bernadette en était arrivée à la conclusion que tout irait pour le mieux. En effet, Estelle ne pouvait s'ennuyer d'elle sans que ça soit positif. Pas après trente ans.

— Bâtard ! lança-t-elle à mi-voix en prenant la patère de l'entrée à témoin. Comment c'est que chus faite, moé, coudon ? Y aurait-tu moyen que je pense à quèqu'un sans m'inquiéter pour lui ? Évangéline est ben capable de se débrouiller sans moé. Quand même ! C'est pus un bebé... Astheure, c'est au p'tit qu'y' faut que je pense. C'est comme rien que si je continue à virer en rond de même, Charles va être en retard à l'école.

S'obligeant à faire table rase de ses inquiétudes injusti-fiées, Bernadette se dirigea vers la chambre des garçons.

— Es-tu prêt, mon homme ? C'est l'heure de partir pour l'école ! Prends ta veste de laine, y' fait pas mal frette à matin !

Ce fut au retour de l'école, marchant contre le vent, les mains bien enfouies au fond de ses poches, que Bernadette repensa à Évangéline. Son manteau de drap serait-il assez chaud pour la saison ? Le vent était sournois en octobre. Et quelle idée, aussi, d'emporter ses souliers de cuir verni !

Un sourire attendri illumina le visage de Bernadette.

Enfant et adolescente, elle n'avait jamais été très proche de sa mère. En fait, c'était sa sœur aînée Monique qui avait joué ce rôle auprès d'elle. Même aujourd'hui, quand elle allait rendre visite à ses parents, Bernadette n'avait pas grand-chose à dire à sa mère. Cette femme était une inconnue pour elle. Et voilà que depuis quelques années, petit à petit, Évangéline avait usurpé la place tenue par Monique. Entre Évangéline et elle, les émotions se précisaient de plus en plus, le respect s'imposait et le plaisir d'être ensemble était indéniable.

Dès qu'elle entra dans la cuisine, Bernadette eut le réflexe de regarder l'heure. Pas tout à fait neuf heures... Elle éclata de rire.

— Je m'énerve pour la belle-mère, pis est même pas encore partie ! L'autobus est juste dans une demi-heure. La journée va être longue en verrat...

Un regard circulaire sur la cuisine confirma ce qu'elle savait déjà : tout était impeccable. Tout était toujours impeccable sous le toit d'Évangéline. Et si cette manie de propreté et d'ordre l'avait prodigieusement agacée quand elle était arrivée dans la maison au soir de ses noces, aujourd'hui, elle savait l'apprécier.

N'empêche que pour l'instant, Bernadette ne savait trop quoi faire pour s'occuper.

— Du dessert, lança-t-elle finalement, une pointe de

soulagement dans la voix. J'vas faire plein de desserts. La belle-mère a toujours aimé ça, le sucré. Ça fait que si a' revient déçue à soir, a' pourra se consoler. Pis si toute a ben été, demain, a' pourra fêter.

L'instant d'après, Bernadette avait le nez plongé dans le gros livre de recettes des Dames de la Congrégation, le cadeau de noces offert par ses parents. Mentalement, elle alignait déjà sur la table une tarte, un pouding et quelques biscuits.

CHAPITRE 4

Jack Monoloy aimait une blanche
Jack Monoloy était indien
Il la voyait tous les dimanches
Mais les parents n'en savaient rien
Tous les bouleaux de la rivière Mingan
Tous les bouleaux s'en rappellent
La Mariouche elle était belle
Jack Monoloy était fringant
Jakc, Jack, Jack, Jack disaient les canards
Les perdrix et les sarcelles
Monoloy disait le vent
La Mariouche est pour un blanc

Jack Monoloy
GILLES VIGNEAULT

Québec, mercredi 19 octobre 1960

Ce fut un rayon de clarté blafarde, glissé entre les tentures mal jointes, qui agaça malicieusement Évangéline et la tira du sommeil. Un lancinant mal de reins lui rappela aussitôt qu'elle était couchée sur un vieux divan dans le salon d'un minuscule appartement de la rue Saint-Jean à Québec.

D'un sourire un peu croche réveillé par une multitude

de souvenirs, elle obligea la douleur à se faire discrète. Qu'importe, ce matin, quelques élancements dans le dos, même pénibles! Elle n'en avait rien à faire, de toutes ces raideurs qui lui rappelaient insolemment son âge. Aujourd'hui, Évangéline Lacaille, née Bolduc, n'avait plus d'âge.

Hier, en début d'après-midi, elle avait retrouvé sa petite sœur, et rien d'autre n'avait d'importance.

Elle eut une pensée pour Bernadette.

Finalement, sa belle-fille avait eu raison, et les retrouvailles avaient gommé trente ans de sa vie, avaient émoussé une rancune qu'elle croyait immuable.

Pourtant...

Évangéline se tourna sur le côté en grimaçant, réussit à se trouver un petit coin plus confortable entre deux ressorts, replaça son oreiller à coups de poing et referma les yeux pour permettre aux images de la journée d'hier de revenir en cascades dans son esprit.

Jamais elle ne pourrait oublier cette journée d'octobre où elle avait enfin eu le courage de se présenter à la porte de l'appartement où vivaient sa nièce et sa sœur. Jamais...

La route s'était faite d'un village à l'autre, d'une éclaircie entre deux nuages à quelques gouttes de pluie à Trois-Rivières. Tout au long du chemin, qu'elle avait trouvé long et inconfortable, Évangéline avait essayé de calmer son cœur qui battait la chamade, à grands coups irréguliers. Sans résultat!

Quand elle était enfin arrivée au terminus d'autobus sur le boulevard Charest, dans la basse-ville de Québec, le ciel était maussade. Un vent froid et constant soulevait le pan des manteaux, et les passants retenaient leurs chapeaux à deux mains. Rien d'inspirant pour aborder une rencontre qui l'affolait.

Pour s'orienter dans la ville, Évangéline n'avait qu'un bout de papier avec une adresse soigneusement inscrite par Bernadette.

Elle avait longuement regardé le papier avant de l'enfouir de nouveau dans sa poche, incapable de se décider à faire signe tout de suite aux chauffeurs des quelques taxis qui attendaient en ligne à la porte du terminus d'autobus.

Évangéline avait longuement regardé autour d'elle.

À quelques pas, elle avait vu un casse-croûte bondé mais à prix fort abordable qui ferait l'affaire pour se restaurer succinctement. Et en même temps, il ferait tout à fait l'affaire pour étirer le temps.

Arrivée au dessert, Évangéline avait presque réussi à se convaincre qu'elle aurait intérêt à prendre le prochain autobus reprenant la route en sens inverse.

Son cœur battait toujours aussi fort, douloureux.

La carte saupoudrée de brillants envoyée par sa nièce s'était alors rappelée à elle. Évangéline avait soupiré d'impatience, inconfortable. Elle avait promis à Angéline qu'elle serait là, et quand Évangéline Lacaille promettait quelque chose...

Du boulevard Charest à la rue Saint-Jean, le taxi n'avait pris que quelques minutes. Si elle avait été plus jeune ou plus en forme, Évangéline aurait même pu faire le chemin à pied.

Elle s'était retrouvée sur le trottoir, seule, son curieux

bagage de la forme d'une vieille mallette de médecin déposé à ses pieds.

La maison devant elle ne payait pas de mine. Évangéline avait donc vérifié l'adresse à deux reprises, la relisant lentement sur le papier avant de replacer celui-ci au fond de sa poche. Impossible de se tromper ; elle était bien au bon endroit.

La maison était nettement défraîchie, voire délabrée. La peinture était écaillée sur le cadre des fenêtres, et la teinte de la porte hésitait entre le beige sale et le marron délavé. Quelques briques étaient déchaussées, et le mortier égrené formait de petits monticules grisâtres contre le solage de pierre.

Était-ce là l'endroit où vivait Estelle ? Une maison pitoyable dans un quartier autrement agréable ?

Le souvenir d'une jeune fille toujours bien mise, fière d'elle-même et de ses vêtements, s'était alors imposé, et Évangéline s'était même demandé si elle ne devrait pas changer de chaussures. Estelle avait toujours été sensible à ces petits détails. Le froid soutenu et le grand vent qui la fouettait l'avaient aidée à prendre sa décision. Tant pis pour les souliers chics.

Puis elle avait reporté les yeux sur la maison qui lui sembla brusquement de plus en plus décrépie.

Que s'était-il passé ? Et pourquoi, grands dieux, Estelle n'avait-elle pas donné signe de vie si elle avait besoin d'aide ?

Évangéline avait fait les quelques pas la menant à cette porte salie par le temps et la négligence. Elle avait bien pris conscience que la main tendue vers le bouton de la sonnette était tremblante, mais elle n'y pouvait rien. Qui donc se tenait derrière le battant de la porte ? Y avait-il la moindre chance que la femme qui vivait ici puisse ressembler à celle qu'Évangéline avait regardé partir les yeux dans l'eau ?

Ce fut Angéline qui lui avait ouvert la porte, et Évangéline en avait été soulagée. Puis la jeune fille s'était reculée dans l'ombre d'un long corridor.

— Venez. Maman vous attend au salon.

Évangéline leva les yeux vers sa nièce, prenant subitement conscience que la jeune femme s'exprimait comme une dame, un peu comme le faisait Cécile la docteur. L'automne dernier, quand Angéline s'était présentée chez elle, le bouleversement l'avait empêchée de remarquer quoi que ce soit. Alors, aux interrogations et à l'anxiété d'Évangéline s'était greffée une bonne dose d'étonnement.

Évangéline, cette femme habituellement sûre d'elle, menant sa vie tambour battant et n'ayant aucune difficulté à remettre qui que ce soit à sa place, avait fait en hésitant les quelques pas qui séparaient l'entrée du salon.

Et alors, dans la pénombre d'une pièce que le soleil ne pouvait atteindre, arrêtée brusquement sur le pas de la porte, Évangéline avait vu Estelle pour la première fois en trente ans. Un rêve qu'elle avait sans cesse entretenu sans jamais oser y croire vraiment.

Le temps d'un regard, à peine un souffle, et elle avait tout compris sans qu'on ait besoin de lui donner la moindre explication. Son cœur, qui ne savait trop comment battre depuis le matin, avait bondi dans sa poitrine de plus en plus douloureusement.

Assise dans un fauteuil roulant, Estelle l'attendait en triturant un tout petit mouchoir en dentelle.

Estelle avait vieilli avec noblesse. Les rides creusées par l'âge et la souffrance n'avaient pas déparé le visage régulier, et les mains étaient toujours aussi fines. Évangéline aurait pu la reconnaître entre mille malgré la lueur de tristesse que renvoyaient les yeux si bleus, d'un bleu d'azur comme ceux de ses fils. Évangéline s'était accrochée à ce regard, faisant un effort surhumain pour ne rien laisser voir de la détresse qu'elle ressentait. Puis, sentant qu'on attendait un mot, un geste de sa part, elle avait dit :

— Ben voyons don, toé ! Que c'est qui s'est passé ?

Ce furent là les seuls mots qui lui étaient venus à l'esprit, maladroits, choquants. Malgré cela, Estelle n'avait eu aucune difficulté à reconnaître le ton bourru qu'Évangéline affectionnait pour camoufler ses émotions. Sans un mot, elle avait tendu les bras, les yeux pleins d'eau, et à l'instant où les deux sœurs s'étaient étreintes, la porte du salon s'était refermée sur elles avec discrétion.

Elles avaient parlé jusqu'à la noirceur puis elles avaient mangé une omelette et quelques légumes avec Angéline avant de reprendre leurs confidences jusqu'à la nuit. Malgré l'heure tardive, Évangéline avait eu de la difficulté à s'endormir.

Si elle avait toujours eu la cuisante sensation de ne pas avoir eu une vie facile, ce n'était rien à côté de ce qu'Estelle avait connu.

Depuis sa grossesse vécue dans l'isolement et la honte, cachée qu'elle était au fin fond de la maison de Georgette parce qu'il ne fallait surtout pas que les voisins la voient, à un accouchement difficile qui l'avait laissée paralysée, Estelle avait vu sa vie basculer dans l'horreur. Ce fut quand Georgette avait compris que sa sœur était en train de se laisser mourir de désespoir qu'elle avait finalement décidé de reprendre la petite fille laissée à l'orphelinat.

— Probablement qu'elle avait peur de porter l'odieux de ma mort sur sa conscience jusqu'à la fin de sa vie et de se retrouver en enfer ! avait confié Estelle à Évangéline. Elle se doutait bien qu'avec Angéline auprès de moi, je referais surface.

Mais la vie au quotidien ne fut pas plus facile pour autant.

Alors que ses propres enfants avaient eu droit à la meilleure scolarisation disponible, les filles étant confiées aux religieuses des Ursulines et les garçons aux pères du Petit Séminaire, Georgette avait envoyé Angéline à l'école du quartier jusqu'à l'aube de ses quinze ans. Pourtant, Georgette et son mari avaient les moyens des plus grandes ambitions. Mais pas pour Angéline qu'ils présentaient toujours comme étant la fille d'une vague cousine morte en couches. Même les enfants de Georgette semblaient croire cette histoire saugrenue.

Durant toutes ces années, Estelle, quant à elle, vivait coincée entre sa chambre et la cuisine, à l'écart du monde extérieur.

— J'étais prisonnière de ma chaise roulante et Georgette était ma geôlière.

Les seules visites qui lui étaient permises étaient celles du vicaire de la paroisse une fois par semaine. Estelle les attendait avec la frénésie du désespoir. Ce jeune prêtre était l'unique étranger à tout savoir de sa vie, son seul contact avec l'extérieur. Il avait bien tenté de convaincre Georgette d'adoucir ses positions, rien n'y fit. La générosité de la grande sœur ne déborderait pas le cadre d'un logement décent et du couvert, trois fois par jour.

Pour tuer le temps, à l'instigation du vicaire, Estelle s'était mise à lire tout ce qu'il réussissait à lui dénicher comme livres usagés.

— C'est comme ça que je suis devenue une des femmes les plus cultivées de la ville de Québec! Écoute-moi parler! C'est bien malgré moi que j'ai tant changé. Mais c'est probablement pour cette raison que j'ai pu influencer Angéline et l'amener à avoir de grandes ambitions. Tu ne pourras jamais imaginer le nombre d'heures que nous avons passées toutes les deux à lire côte à côte. C'était le seul loisir que nous pouvions partager sans essuyer les foudres de Georgette! Ensemble, Angéline et moi, on a fait le tour du monde à travers les livres! On a connu les plus grands auteurs, les plus grands philosophes nous ont fait réfléchir, et laisse-moi te dire qu'à partir de ce moment-là, l'emprise de Georgette ne nous touchait presque plus.

Et les années avaient passé.

Quand Georgette avait jugé que l'instruction d'Angéline était amplement suffisante pour une miséreuse vivant à sa charge, la jeune fille n'avait eu d'autre choix que de prendre le chemin de la Rock City pour y travailler.

— Dieu sait à quel point elle a travaillé! Rouleuse de cigarettes! Pauvre Angéline... Par contre, du moment qu'elle payait sa pension régulièrement, Angéline était libre de ses allées et venues. Georgette ne s'occupait plus d'elle ou si peu. C'est à partir de ce moment-là que notre vie a pris un tournant décisif. Angéline, sans la moindre hésitation, a recommencé à suivre des cours.

Elle avait d'abord complété ses classes secondaires en suivant des cours particuliers. Puis, une fois le premier diplôme en poche, elle avait demandé d'être transférée à l'horaire du soir de la Rock City pour pouvoir s'inscrire à l'université.

— Dix ans ! Ça lui a pris dix ans pour arriver à la fin de ses études universitaires. Mais, bon sang ! elle a réussi ! Aujourd'hui, Angéline est psychologue. Malheureusement, à cause de moi, à cause surtout des soins que mon état exige, elle ne peut travailler qu'à mi-temps. D'où ce logement miteux ! Mais pour nous deux, laisse-moi te dire qu'ici, c'est le paradis. Chaque matin, on a l'impression de s'éveiller dans un château. Parce qu'on est libres ! On est enfin libres ! Tu aurais dû voir la face de Georgette le jour où Angéline lui a annoncé que nous partions ! Mais elle ne pouvait plus rien contre nous. Angéline était majeure et elle l'a menacée de tout dévoiler à la police si elle ne nous laissait pas partir... Je ne sais pas si la police aurait pu faire quoi que ce soit, mais ce fut suffisant pour clore le bec à Georgette. Si tu veux le fond de ma pensée, Georgette était contente d'être enfin débarrassée de nous.

Et de fil en aiguille, Angéline avait réussi à convaincre sa mère de contacter sa sœur Évangéline, celle dont elle avait si souvent entendu parler sans la connaître. Après des mois de réflexion, Estelle avait acquiescé à sa demande, imposant, cependant, une condition inéluctable à cette tentative de rapprochement : Angéline ne parlerait jamais du handicap de sa mère.

— Je ne voulais surtout pas de ta pitié. Après l'enfer vécu auprès de Georgette, elle m'aurait été intolérable. Moi, je ne t'ai jamais oubliée. J'espérais qu'il en soit de même pour toi. Je voulais que ce soit l'envie de me voir qui t'amène jusqu'ici. Pas autre chose... Et tu es là ! C'est probablement le plus beau jour de ma vie après celui où j'ai pu enfin tenir ma petite fille dans mes bras. Elle venait d'avoir trois mois.

Ces derniers mots disaient à eux seuls le cauchemar qu'Estelle avait enduré. Et ce furent ces quelques mots qu'Évangéline avait gardés bien ancrés dans son cœur et qui l'avaient empêchée de s'endormir.

Trois mois… Estelle avait vécu trois interminables mois loin de sa fille sans savoir si elle la verrait un jour. Pour Évangéline, cette situation paraissait insoutenable.

Hier soir, Évangéline s'était endormie sur le récit de cette vie et ce matin, les paupières hermétiquement closes sur ses pensées et ses souvenirs, elle frissonna de tout son être.

— Marcel a beau être invivable par bouttes, marmonnat-elle pour elle-même, y' aurait pas fallu qu'on me l'enlève des bras quand y' est venu au monde. Viarge, non ! Pis en plus, Estelle pouvait pas marcher. Était clouée sur son litte... Trois mois de même, c'est assez pour virer fou.

Trois mois sans voir son enfant...

Ce matin encore, c'étaient ces mêmes mots qui avaient accompagné son réveil, encombrants, dérangeants.

— Rancune maudite, comment ça se fait que j'ai pas plus réfléchi que ça, coudon, moé ? grogna-t-elle encore tout en se retournant sur le divan défoncé.

Elle ouvrit alors les yeux sur le jour qui se levait lentement entre les tentures mal tirées.

Évangéline s'en voulait terriblement. Elle se sentait grandement responsable de l'enfer dans lequel sa jeune sœur et sa nièce avaient été plongées. Pourquoi avoir entretenu cette haine viscérale envers sa famille ? Par principe ? Par mauvais caractère ? Par aveuglement ? Qu'importe, le résultat était le même. À cause de son entêtement, Estelle avait énormément souffert.

Sachant qu'elle n'arriverait pas à se rendormir, Évangéline se leva et vint à la fenêtre pour ouvrir les tentures sur un soleil pâlot qui prenait possession d'un petit coin de la rue après avoir courtisé la cour derrière la maison d'en face. Ce fut à cet instant, scrutant les immeubles avoisinants qu'elle avait à peine regardés la veille, qu'Évangéline aperçut une église. Sans faire de bruit, elle s'habilla et sortit sur le trottoir. Ici comme chez elle, il devait bien y avoir une messe tôt le matin. Toutes les paroisses en avaient !

La demi-heure qui suivit en fut une de dialogue intérieur comme il lui arrivait régulièrement d'en susciter. Sans nécessairement suivre les prières de la messe, Évangéline avait besoin de ces moments avec le Bon Dieu, comme elle le disait fréquemment à ses petits-enfants. Ce matin en particulier, elle voulait lui expliquer certaines choses. Elle sentait surtout la nécessité d'implorer Son pardon, non seulement pour la négligence vindicative dont elle avait fait preuve durant toutes ces années, mais aussi pour le ressentiment qu'elle continuait d'éprouver.

En effet, depuis hier, la grande Georgette avait rejoint Arthémise Gariépy et monsieur Romain dans le livre des rancunes personnelles d'Évangéline Lacaille.

Les yeux fermés sur sa prière, Évangéline échappa un long soupir contrarié qui fit se tourner quelques têtes vers elle.

Jamais elle ne pourrait excuser Georgette pour ce qu'elle avait fait endurer à Estelle. Le Bon Dieu allait devoir le comprendre. Par contre, elle demandait à ce même Dieu de lui pardonner, à elle, d'entretenir cette haine irrépressible qu'elle ne divulguerait sous aucun prétexte en confession. De cela aussi, Il allait devoir se contenter. Pourquoi pas ? Après tout, le Bon Dieu n'avait pas grand-chose à lui reprocher, hormis son vilain caractère, et Il pouvait bien fermer les yeux sur cette faute qu'elle jugeait bien légitime.

Ne Le disait-on pas infiniment miséricordieux ?

Évangéline ressortit de l'église l'âme en paix devant l'Éternel. Elle s'était même permis de communier, persuadée que son Seigneur l'avait comprise, ce qui ne résolvait toutefois son problème qu'en partie. La colère continuait de gronder en elle, et il en serait ainsi tant et aussi longtemps qu'elle ne trouverait pas de solution acceptable pour remédier à la situation déplorable que vivait sa sœur.

Toujours aussi silencieusement, puisqu'Estelle et Angéline semblaient dormir encore, Évangéline trouva tout ce dont elle avait besoin pour se faire un bon thé chaud puis elle se réfugia de nouveau dans le salon.

Elle avait besoin de réfléchir.

— Chus petête pas ben bonne en lecture, murmura-t-elle le regard fixé sur la devanture d'une pâtisserie qu'elle apercevait en diagonale et dont elle essayait de lire le nom sans succès, mais en arithmétique, par exemple, faudrait se lever de bonne heure pour me faire la leçon ! Pis si je veux aider Estelle, c'est par là qu'y' va falloir passer, j'cré ben.

Sans être riche, Évangéline avait du bien, elle en était consciente. Un compte en banque relativement bien garni, alimenté par les revenus que lui rapportaient les deux logements au rez-de-chaussée de sa maison et sa rente de veuve, voyait à combler les besoins du quotidien, sans compter les débentures laissées par son Alphonse, qui avaient lentement généré des profits au fil des ans et qu'elle gardait consciencieusement par précaution. On ne sait jamais ; un revers à sa bonne fortune pouvait arriver. Ce matin, Évangéline jugeait que la situation méritait qu'elle puise dans les réserves. Mais comment permettre à Estelle d'en bénéficier sans risquer de heurter sa fierté ou celle d'Angéline ?

Évangéline soupira bruyamment.

— Comment c'est que j'vas pouvoir m'y prendre ? murmura-t-elle encore.

Elle-même n'aurait jamais accepté l'aumône de qui que ce soit. Pas sous forme de pièces sonnantes. Même au plus creux de ses déboires, quand Alphonse était décédé, elle aurait refusé la charité en argent. Elle était comme Estelle et avait sa fierté à défendre. Par contre, un repas mijoté à son intention, quelques desserts appétissants ou une soupe bien épaisse s'étaient déjà retrouvés sur sa table sans qu'elle trouve à y redire. Ce n'était qu'entraide entre voisins, avait-elle alors pensé.

— Pis pas besoin d'un cours à l'université pour comprendre que si on achète moins de manger, on a plus d'argent pour le loyer.

Évangéline jeta un regard navré sur les murs tendus de papier peint aux couleurs fanées. Elle gigota sur le divan inconfortable où elle avait passé la nuit. Il proclamait éloquemment la pauvreté des gens qui devaient s'en contenter.

— Mais chus toujours ben pas pour faire voyager tuseuls en autobus une jarre de ragoût pis des carottes en feuilles de Montréal jusqu'à Québec toutes les semaines... Viarge que c'est compliqué !

Il lui faudrait une bonne dose de diplomatie, elle qui n'en avait guère, pour faire accepter une aide de sa part. Pourtant, elle n'avait pas le choix. C'est à ce prix qu'elle retrouverait la tranquillité d'esprit, et le seul moyen de venir à la rescousse d'Estelle, c'était de lui offrir un peu d'argent chaque mois.

Quelques bruits en provenance de la cuisine la tirèrent de sa réflexion. Elle se releva en grimaçant.

— Pis j'ai juste une couple d'heures pour faire entendre raison à ma sœur, constata-t-elle, préoccupée, tout en suivant le corridor qui menait à l'arrière du logement. Mon autobus part à une heure tapant. Faudrait pas, en plus, que je le rate pis que Bernadette se mette à s'inquiéter pour moé.

Elle mangea sa rôtie du bout des dents, l'esprit ailleurs, participant à la conversation de façon évasive. Puis, après avoir aidé sa mère à faire sa toilette, à s'habiller et à s'installer au salon, Angéline partit pour son travail, promettant d'être là, exceptionnellement, pour midi.

— À midi ? Ben comme ça, on se fera nos adieux t'à l'heure, ma belle Angéline. Moé, j'vas partir à midi et demi rapport que mon autobus est à une heure.

Durant plus d'une heure, ce fut au tour d'Évangéline de parler de sa vie. Comme l'avait conseillé Bernadette, elle parla aussi de ce qu'elle aurait aimé vivre. Elle réussit même à faire rire Estelle quand elle parla de la mauvaise humeur chronique de Marcel.

— Tu devrais le voir, toé ! Y' est né air bête, j'cré ben, pis y' va mourir de même. Des fois, on peut pas s'empêcher de rire de lui, Bernadette pis moé, tellement y' est drôle dans ses entêtements. Le pire, c'est que lui, y' se rend compte de rien...

Puis elle raconta la vie de quartier. Un quartier qu'elle avait regardé changer, rire et pleurer depuis son balcon, au fil des années.

— Tu t'entendrais ben avec madame Anne. C'est pas mêlant, a' joue du piano comme un ange... Si je me rappelle ben, t'aimais ça, la musique, toé avec, hein ?

D'une anecdote à l'autre, le temps fila, et Évangéline n'arrivait toujours pas à trouver le prétexte qui lui permettrait d'aborder le sujet des finances d'Estelle. Comme souvent quand elle n'avait pas la maîtrise d'une situation, elle sentit la sueur couler dans son dos.

— Me semble qu'y' fait chaud icitte, fit-elle en s'éventant du plat de la main. Ça te dérangerait-tu si j'ouvrais la fenêtre ?

— Pas du tout! Mais ouvre plutôt la porte d'entrée et celle de la cuisine. C'est le seul moyen d'avoir un peu d'air frais.

C'est ce que fit aussitôt Évangéline en maugréant contre son hésitation à parler d'une solution à ce qui lui semblait une vie étriquée. Dans moins d'une heure, Angéline serait de retour, et Évangéline jugeait que les finances d'Estelle n'étaient pas un sujet à débattre devant elle.

Mais quand elle revint au salon, Estelle lui demanda un petit service.

— Tu as raison, Évangéline, moi aussi j'ai chaud. Irais-tu me chercher un verre d'eau?

— Donne-moé deux menutes.

Évangéline repartit vers la cuisine, heureuse au moins de se rendre utile. Ça devait être toute une gymnastique pour Estelle d'arriver à emprunter, seule avec son fauteuil roulant, l'étroit corridor qui menait à la cuisine.

Ce fut à cette pensée qu'elle trouva la solution. Elle allait tout bonnement parler du logement. Quoi d'autre? C'était tellement évident. Elle allait dire qu'avec un logement plus confortable, Estelle serait plus autonome et ainsi, Angéline pourrait avoir un horaire de travail régulier et de ce fait, gagner beaucoup plus d'argent. Une psychologue, ça devait faire un bon salaire, non? Quant à elle, en attendant que le cours des choses se place, elle allait les aider.

— Juste le temps de roder la situation, fit-elle à mi-voix. C'est ça que j'vas dire à Estelle. Des fois, ça arrive qu'y a des situations qui ont besoin d'être rodées. Comme un char neuf. Pis moé, c'est ça que j'vas faire. M'en vas les aider à

roder leur vie ! Juste le temps de se raplomber, c'est toute !
A' pourra pas me refuser ça.

Satisfaite de sa trouvaille, Évangéline ouvrit tout grand
le robinet afin d'avoir de l'eau bien fraîche. Puis elle choisit
le plus grand verre qu'elle trouva dans l'armoire et le rem-
plit à ras bord.

Mais au moment où elle refermait le robinet, pressée
maintenant de retrouver sa sœur, elle entendit la voix de
cette dernière qui semblait donner la réplique à quelqu'un.

— Arrête, veux-tu ? Je n'y crois pas, à ce hasard qui t'a
fait passer devant chez moi. Je le sais que tu m'espionnes
depuis deux ans. Je t'ai souvent vue par la fenêtre.

— Pis ça ? Remarque que ça pourrait t'être utile un jour,
infirme comme t'es... C'est pour ça que chus rentrée. Ta
porte était grande ouverte. Je me suis inquiétée.

Évangéline retint son souffle.

Georgette ! La grande Georgette était là.

— Je le savais que le Bon Dieu m'avait pardonnée, je le
savais don, murmura Évangéline, soudainement fébrile et
soulagée. C'est lui qui m'envoye la grande Georgette pour
que je puisse régler mes comptes, une bonne fois pour
toutes.

N'écoutant que la logique de cette réflexion, Évangéline
attaqua le couloir d'un pied ferme pour ne s'arrêter qu'une
fois arrivée dans l'embrasure de la porte.

Sa sœur aînée n'avait pas changé. Elle était toujours aussi
grande. Alertée par le bruit, elle se retourna vers Évangéline
et celle-ci constata, décontenancée, que Georgette ne semblait pas avoir vieilli.

— Ah ben, ah ben ! lança la grande femme, qui semblait trouver la situation amusante. Regarde-moé don qui c'est qui est là ! Un fantôme...

Le regard de Georgette passa d'Évangéline à Estelle pour revenir sur Évangéline qui avait fait un pas en avant.

— Ça prend du front tout le tour de la tête pour oser venir nous relancer jusqu'icitte, à Québec. Tu parles d'un culot !

Tout en parlant, Georgette avait haussé les épaules, dédaigneuse, puis elle se tourna vers Estelle.

— Pis toé, tu laisses faire ça ? Espèce d'ingrate...

— Ce que je fais ici, dans ma maison, ne te regarde plus. Va-t'en !

— Oh non ! Je partirai pas d'icitte avant d'avoir dit tout ce que j'ai sur le cœur. Laisse-moé te dire, Estelle, que t'es pas amanchée pour me dire de me taire. Pas après toute ce que j'ai faite. Pis moé, ça fait assez longtemps que j'endure...

— Que t'endures ?

Évangéline était tellement en colère que sa voix sortit tout étranglée. Dans son fauteuil roulant, Estelle semblait avoir rapetissé. Elle se tenait tassée sur elle-même, les yeux au sol. L'image serra le cœur d'Évangéline qui comprit aisément que la riposte ne viendrait pas d'elle. Mais alors qu'elle tentait d'avaler sa salive afin de poursuivre, elle entendit Georgette qui en avait profité pour lui couper la parole.

— Oui, que j'endure... Toute est de ta faute, Évangéline Lacaille, toute ! Si t'avais mieux surveillé ta sœur, on serait pas icitte aujourd'hui.

L'énormité de la médisance était tellement flagrante, disproportionnée, qu'Évangéline ne trouva rien à répliquer.

Pas après trente ans ! Elle se contenta d'écarquiller les yeux. Georgette sauta sur l'occasion pour étirer son long monologue.

— C'est de ta faute si Estelle est infirme, poursuivit-elle de sa voix de crécelle qui, par moments, ressemblait étrangement à celle d'Évangéline. Pis c'est de ta faute avec si ma vie a été un vrai purgatoire. Tu le sais pas, toé, c'est quoi vivre jour après jour, année après année, avec une infirme qui passe son temps à demander après toé. Ben moé, je le sais. Pis en géritol, à part de ça. T'as gâché la vie d'Estelle pis comme si c'était pas assez, t'as gâché la mienne par la même occâsion. Pis ça, c'est sans parler de la p'tite qui est venue avec. Voir que j'avais besoin d'un autre enfant à élever. Pasqu'amanchée comme qu'a' l'est, c'est pas Estelle qui l'a élevée, c't'enfant-là. C'est moé. Encore moé, toujours moé. Mais toé, tu t'en fichais ben, dans ton Montréal. T'étais loin de toute ça, tu t'étais débarrassée du problème.

Évangéline aurait bien voulu faire remarquer qu'elle ne s'était débarrassée de rien du tout. À l'époque, elle n'avait rien demandé. C'était Georgette qui avait tout décidé, prétendument à l'instigation de leur père. Oui, Évangéline aurait bien aimé être capable de dire tout ça, mais les mots ne passaient pas. Elle avait la gorge tellement sèche... Alors, la grande Georgette poursuivait, les bras en l'air, l'index accusateur.

— Me semble que pour te racheter, t'aurais pu faire ta part. Ça coûte cher, deux personnes de plus à nourrir, à habiller. Ben non ! Rien. Pas un mot, pas une lettre pour moé. Toute ce que t'as envoyé, au début, c'était pour Estelle.

Jamais pour moé. Ça fait que tes lettres, y' ont pris le bord de la poubelle, tu sauras. C'est de même qu'on fait avec les sans-cœur comme toé.

Au fur et à mesure que Georgette poursuivait son réquisitoire, Évangéline eut la curieuse sensation que la sueur coulant dans son dos se transformait en glace. Quand elle voulut rejoindre Georgette pour la secouer afin qu'elle se taise enfin, incapable qu'elle était d'en entendre plus, ses jambes refusèrent d'avancer. Elles lui semblèrent lestées de plomb. Puis les voix lui arrivèrent comme entourées de ouate, et les mots n'eurent plus de logique.

Le verre d'eau tomba sur le sol en premier, éclaboussant la moquette élimée.

Puis ce fut Évangéline qui tomba à son tour. Lourdement, comme une marionnette désarticulée dont on aurait coupé les ficelles.

Le dernier bruit qui la rejoignit, ce fut un cri, strident comme une sirène sans fin. Puis, plus rien. Évangéline se sentit tomber dans un gouffre sans fond.

Tout était noir en elle et autour d'elle.

* * *

Bernadette commença à surveiller l'heure vers quatre heures de l'après-midi. Elle savait qu'il était peut-être un peu tôt, mais elle avait tellement hâte de voir Évangéline, d'apprendre enfin ce qui s'était passé à Québec, que le réflexe devint un vrai tic nerveux. Toutes les deux minutes, elle tournait la tête vers l'horloge de la cuisine, impatiente.

À quatre heures et demie, elle trouva curieux que sa belle-mère n'ait pas encore appelé comme elle avait convenu de le faire en arrivant à la station d'autobus. Peut-être l'autobus avait-il un léger retard ? L'impatience de Bernadette monta d'un cran.

À six heures, elle toucha à peine à son assiette. L'impatience curieuse qui la portait depuis l'après-midi commença alors à se transformer en impatience inquiète. Mais à qui en parler ? Personne dans la maison n'était au courant de l'escapade de sa belle-mère. Et comme elle avait promis de garder le secret...

Elle écouta les conversations autour de la table sans y participer, sauf quand Marcel lui demanda où était sa mère.

— Chez Noëlla.

— Encore ? Me semble qu'a' l'a soupé là, hier avec.

— Ben, c'est de même. Ta mère peut ben faire ce qu'a' veut, non ?

Puis, au grand soulagement de Bernadette, Marcel passa à autre chose. La saison du hockey commençait et à ses yeux, c'était nettement plus intéressant que les allées et venues d'Évangéline. Il quitta la maison sitôt le repas terminé.

À sept heures moins quart, Bernadette bouscula le petit Charles pour qu'il mette son pyjama tout de suite. Laura tourna vers elle un regard intrigué. Depuis quand sa mère était-elle impatiente avec son bébé ? Bernadette devait être particulièrement fatiguée. Sans dire un mot, Laura commença à débarrasser la table. Ce soir, elle ne travaillait pas chez monsieur Albert, car elle avait un examen à préparer.

Quand le téléphone sonna enfin, une demi-heure plus

tard, Bernadette et Laura faisaient la vaisselle côte à côte, en silence. Bernadette sursauta tellement fort qu'elle échappa dans l'évier la tasse qu'elle était en train de laver. Laura en fut tout éclaboussée.

— Ben voyons don ! Qu'est-ce qui se passe ce soir, moman ?

Bernadette ne répondit pas. Tout en s'essuyant les mains sur son tablier, elle se dirigea vers l'autre bout de la cuisine. En deux instants, elle était déjà à côté du téléphone, partagée entre le soulagement et la colère. Sa belle-mère allait bien puisqu'elle appelait, mais pourquoi, grands dieux, avoir tant tardé à la prévenir du retard ?

Après avoir pris une profonde inspiration, Bernadette décrocha.

— Allô, la belle-mère ? Pardon... les frais ? Quels frais ? Je... ben sûr que j'accepte les frais, c'est quoi l'idée ?

Jamais Laura n'avait vu le visage de quelqu'un devenir livide en si peu de temps. Par réflexe, par inquiétude aussi, elle se précipita vers Bernadette et tira une chaise pour qu'elle puisse s'asseoir.

— Deux menutes, Angéline, était en train de dire Bernadette, ce qui aiguisa aussitôt la curiosité de Laura.

Qui donc était cette Angéline ?

Pendant ce temps, Bernadette poursuivait sa conversation comme si elle était seule dans la pièce.

— Pas si vite, je vous suis pas pantoute. Pis d'abord, où c'est que vous êtes, vous, là ? Quoi ? À l'Hôtel-Dieu ? Verrat d'affaire... C'est-tu si grave que ça ? Reprenez-moé ça depuis le début. S'il vous plaît...

Quand Bernadette reposa le combiné du téléphone, elle le fit avec une infinie lenteur comme si le fait de couper la communication allait couper en même temps quelque chose d'essentiel dans sa vie. Puis elle leva les yeux vers Laura.

— C'était à propos de ta grand-mère.

— Grand-moman ? Qu'est-ce qu'elle a, grand-moman ? Est pas chez Noëlla ?

Bernadette se mit à rougir aussi vite et aussi intensément qu'elle avait pâli quelques instants auparavant. Son mensonge ne tenait plus. Le secret non plus.

— Non, est pas chez Noëlla, avoua-t-elle, la gorge serrée. Pis était pas là hier soir non plus. Viens t'assire deux menutes. Faut que je te parle.

Sans entrer dans les détails, les yeux mi-clos pour être certaine de ne rien oublier et de dire les bonnes choses au bon moment, Bernadette tenta d'expliquer les raisons et le but du voyage d'Évangéline à Québec. Sa fille n'était plus une enfant ; elle avait le droit de savoir ce qui se passait vraiment. Puis Bernadette arriva à la conclusion.

— À midi, quand a' l'a revu sa sœur Georgette qu'a' l'aime pas vraiment, ta grand-mère a eu une attaque. J'ai pas ben compris le grand mot médical que sa nièce Angéline m'a dit t'à l'heure dans le téléphone, mais c'est pas ben important. Le fait est qu'Évangéline est sur un lit d'hôpital, qu'a' l'est toute mêlée pis que les médecins savent pas si a' va s'en remettre comme faut. Paraîtrait que pour l'instant, a' l'a même de la misère à se rappeler qui a' l'est...

À ces mots, les larmes que Bernadette avait réussi à

contenir jusque-là se mirent à couler le long de ses joues avant de venir s'écraser sur son corsage sans qu'elle cherche à les essuyer.

— Pis le pire, fit-elle entre deux sanglots, c'est que chus pognée icitte, à Montréal, pis que je peux rien faire. Si au moins je connaissais quèqu'un à Québec. Quèqu'un en qui j'aurais confiance, me semble que...

— Mais on connaît quelqu'un !

Laura venait de sauter sur ses pieds.

— On connaît quelqu'un qui nous connaît pis qui connaît grand-moman.

Bernadette renifla.

— Qui ça ?

— Cécile, voyons ! Pis en plus, est docteur. Pis grand-moman l'aime bien.

Autre reniflement prolongé, puis Bernadette essuya longuement son visage, à deux mains, avant de lever la tête vers sa fille. Elle n'avait jamais vraiment aimé cette Cécile Veilleux qui, à Noël l'an dernier, avait porté un peu trop d'attention à sa fille, sans qu'elle comprenne pourquoi, d'ailleurs. Mais comme nécessité fait loi...

— Tu penses que Cécile accepterait de...

— Bien sûr, voyons ! Veux-tu que je l'appelle ? C'est sûr que ça va faire des frais, mais...

— Lâche-moé les frais ! M'en vas jeûner, si y' faut, pour les payer, les maudits frais ! Appelle-la, ta docteur. Je pense que son numéro est dans le p'tit calepin de ta grand-mère dans le deuxième tiroir.

L'appel ne dura que quelques instants. Dès qu'elle eut

raccroché, Laura se tourna vers Bernadette, un sourire triomphant sur les lèvres.

— C'est fait ! Cécile m'a dit qu'elle s'en va voir grand-moman tout de suite. L'Hôtel-Dieu, c'est justement l'hôpital où elle a déjà travaillé pis où elle travaille encore certains jours. Elle a dit qu'elle va nous rappeler tout de suite après.

— Ah oui ?

Le fait de savoir qu'elle aurait d'autres nouvelles d'Évangéline dans la soirée fut un réel soulagement pour Bernadette.

— A' va nous rappeler à soir ?

— Oui. Avant dix heures, qu'elle a dit... Maintenant, est-ce qu'on pourrait finir la vaisselle ? J'ai un exa...

— Un examen important, je sais ! Laisse faire la vaisselle. Ça va m'occuper.

Et alors que Laura filait vers sa chambre, elle ajouta :

— Merci, là ! Merci ben gros pour avoir été là, avec moé.

— Ben, de rien ! Pis viens me le dire quand Cécile va nous appeler !

Puis la porte de la chambre de Laura se referma tout doucement comme si le repos de sa grand-mère en dépendait.

— Astheure, murmura Bernadette en attrapant le linge à vaisselle laissé sur le comptoir, y' me reste pus rien qu'à attendre. Attendre que la docteur rappelle, en espérant qu'a' va avoir des bonnes nouvelles. Pis attendre que Marcel revienne. Pasque j'ai pas le choix. Va ben falloir que j'y parle, à lui. Je peux toujours ben pas y faire accroire que sa mère vient de déménager chez Noëlla pis que c'est pour ça qu'on la voit pus jamais... Bâtard ! Comment c'est que j'vas faire pour y annoncer ça ?

Jamais soirée ne lui parut aussi longue. À neuf heures, les garçons couchés et Laura toujours dans sa chambre à étudier, il ne lui restait plus rien à faire.

Par désœuvrement, elle ouvrit le journal pour trouver les mots croisés. Habituellement, elle y prenait plaisir et oubliait le monde autour d'elle. Mais pas ce soir. Elle referma le journal aussitôt déplié sans même se donner la peine de le feuilleter. Elle n'avait pas la tête à ça.

Elle se releva alors pour se rendre au salon. Peut-être pourrait-elle regarder la télévision ? Ça ferait passer le temps.

Mais elle ne se rendit même pas jusqu'à l'appareil pour tourner le bouton. Sur le piano, une photo d'Adrien, prise l'an dernier quand il était venu les visiter, l'interpela dès qu'elle mit un pied dans la pièce. Pourtant, d'ordinaire, habituée de la voir là, Bernadette ne la remarquait même plus.

Elle s'en approcha et la prit entre ses mains.

Bernadette regarda longuement le cliché noir et blanc, suivit le contour du visage du bout du doigt, tout doucement, amoureusement.

Lui aussi, elle devrait l'appeler, elle n'avait pas le choix. Après tout, Évangéline était sa mère même s'il habitait au bout du monde.

— Et tant pis pour les frais, murmura-t-elle machinalement tout en replaçant soigneusement le cadre doré où Adrien lui souriait sans fin.

Parce que maintenant elle s'en souvenait fort bien : c'est elle qu'Adrien regardait quand cette photo avait été prise.

L'envie d'entendre sa voix, de s'en remettre à lui pour calmer son cœur attristé et inquiet devint violence. Elle fit demi-tour pour retourner dans la cuisine. Le fait de pouvoir parler à Adrien lui apparaissait comme une éclaircie dans un ciel d'orage. Mais elle freina son élan avant même d'atteindre la porte du salon. Elle ne pouvait pas téléphoner tout de suite, car elle risquait de manquer l'appel de Cécile.

— Demain, fit-elle en se laissant tomber dans son fauteuil habituel. Je vais l'appeler demain matin quand Marcel sera parti à la boucherie.

Elle ne voulait surtout pas que son mari assiste à cet entretien.

Les jambes repliées sous elle, le coude appuyé sur le bras du fauteuil et le menton calé dans la paume de sa main, Bernadette attendit, essayant de faire le vide dans son esprit.

L'appel de Cécile arriva peu avant dix heures. Bernadette avait les mains toutes tremblantes quand elle décrocha le combiné.

Heureusement, même si les nouvelles n'étaient pas excellentes, elles n'étaient pas alarmantes non plus.

Une certitude, et c'était là la meilleure nouvelle de la soirée, Évangéline ne mourrait pas de cette attaque.

— À son âge, on a encore suffisamment d'énergie pour s'en remettre, annonça Cécile.

Bernadette n'osa demander quel âge avait sa belle-mère. Pour elle, Évangéline avait toujours été âgée.

— Par contre...

Au bout de la ligne, Cécile poursuivait.

— Par contre, on ne peut dire avec certitude quelles seront les séquelles de cette embolie. Je m'excuse de vous parler aussi crûment, mais je tiens à vous dire la stricte vérité. Pour l'instant, Évangéline est confuse et elle n'arrive pas à parler, ce qui semble la faire paniquer. Son médecin traitant lui a administré un sédatif. Ça devrait l'aider à se détendre. Pour le reste, il faut attendre. Demain, à la première heure, dès que mon fils sera parti pour l'école, je vais retourner la voir. Je vous appelle dès que j'ai d'autres nouvelles.

— Merci.

La voix de Bernadette était toute mouillée des larmes qu'elle tentait de retenir.

— Ne vous en faites pas trop, la rassura alors Cécile. Je connais bien Évangéline et je sais qu'elle a tout ce qu'il faut pour s'en sortir le mieux possible. Promis, on va bien s'occuper d'elle.

Bernadette raccrocha avec un espoir ténu dans le cœur. Si au moins elle pouvait la voir, l'encourager.

— Bon, Laura, astheure, soupira-t-elle. Pis après, y' me restera pus rien qu'à attendre Marcel. J'sais ben pas comment y' va prendre ça.

Heureusement, elle n'eut pas à se ronger les sangs très longtemps. Quelques minutes plus tard, alors que Bernadette revenait à la cuisine après avoir parlé à Laura, Marcel entrait à la maison. Visiblement, il revenait de la taverne. Il avait le regard vitreux et ses gestes étaient démesurément lents. Dès qu'il prit conscience de la présence de sa femme, il détailla celle-ci avec un regard suspicieux.

— Que c'est tu fais là, toé ? Tu me surveilles astheure ?

— Pantoute.

Malgré tout, bien involontairement, Bernadette fixa son mari avec exaspération. L'accusation l'avait piquée.

— Pis laisse-moé te dire que si j'avais eu le choix, j'aurais été couchée comme d'habitude. J'haïs ça quand tu bois. Pis tu le sais.

— C'est ben ce que je viens de dire : tu me surveilles, calvaire !

Bernadette ferma les yeux une fraction de seconde pour reprendre contenance. Ce n'était ni le moment ni l'occasion de commencer une querelle avec Marcel même si, à ses yeux, elle aurait pu être justifiée.

— Même si tu veux pas me croire, reprit-elle avec un calme exemplaire qu'elle était loin de ressentir, je te surveille pas. Imagine-toé don que j'ai d'autres choses à faire. Mais y' faut que je te parle, par exemple.

— Pas à soir. Chus fatigué. Les placotages peuvent ben attendre jusqu'à demain.

— Non, justement. Ça peut pas attendre jusqu'à demain... C'est à propos de ta mère, se hâta-t-elle d'ajouter en voyant que Marcel se dirigeait vers le corridor.

Il se retourna.

—Ma mère ? Que c'est qu'a' l'a encore fait pour que tu soyes obligée de m'en parler à onze heures du soir ? Est toujours ben pas morte ?

—Marcel ! Voir que ça a de l'allure de parler de sa mère comme ça !

— Je parlerai ben de ma mère comme je veux. C'est ma mère, pas la tienne. Pis ? Aboutis, calvaire, que j'aille me coucher.

— Si tu le prends de même, j'vas arrêter de mettre des gants blancs... Ta mère est rendue à l'hôpital.

— À l'hôpital ?

Malgré tout ce que Marcel venait de dire, la nouvelle le prit au dépourvu. Il se laissa tomber lourdement sur la première chaise venue.

— À l'hôpital, répéta-t-il, pensif. Que c'est qu'a' l'a eu, calvaire ? Un accident ? Une attaque ?

— Ouais, une attaque. On pourrait dire ça comme ça. Le docteur m'a dit qu'a' n'en mourra pas, mais c'est sérieux.

— Sérieux ? Sérieux comment ?

Dans l'état où était Marcel, Bernadette préféra ne pas entrer dans les détails.

— Sérieux. J'en sais pas plus. Chus pas docteur.

— Je le sais ben, calvaire, que t'es pas docteur... Hé ben... La mère qui est rendue à l'hôpital... Je pense que je l'ai jamais vue malade... À quel hôpital qu'a' l'est ? Faudrait petête aller la voir demain.

Sans raison précise, Bernadette eut la certitude que c'est à cet instant précis que le calme apparent de Marcel allait s'évanouir. Elle hésita un court moment avant de répondre.

— Est à Québec.

Si Bernadette avait hésité à prononcer ces quelques mots, ils mirent un temps infini à se frayer un chemin dans l'esprit embrumé de Marcel. Mais Bernadette ne s'était pas trompée. Quand Marcel releva enfin la tête vers elle, elle reconnut aussitôt dans son regard l'étincelle annonciatrice de sa mauvaise humeur. Par réflexe, elle se tassa sur sa chaise.

— Que c'est que t'es en train de me dire là ? La mère est à Québec ? Que c'est qu'a' fait là, à Québec ?

— Est allée voir sa sœur.

— Sa sœur ? Depuis quand la mère a envie de voir ses sœurs ? A' leur a pas parlé depuis que chus tout p'tit. Tu serais pas en train d'essayer de m'en passer une p'tite vite ?

Bernadette haussa les épaules.

— Pauvre Marcel ! Pourquoi c'est faire que je ferais ça ?

Au sérieux affiché par sa femme, Marcel comprit qu'elle ne lui mentait pas. Par contre, il ne comprenait pas pourquoi lui, le fils, ne savait pas qu'Évangéline était à Québec, alors que de toute évidence, Bernadette était dans la confidence. Cet état de choses le blessa, bien plus qu'il ne l'aurait pensé. Mais au lieu de s'ouvrir là-dessus à Bernadette, d'essayer de comprendre ce qu'il ressentait, il eut son réflexe habituel. Il se referma sur sa tristesse et comme il était question d'émotions, il présenta à sa femme la seule qu'il était capable d'exprimer.

Il assena un violent coup de poing sur la table et se releva, chancelant.

— Chus qui icitte, moé ? Un meuble, calvaire ? La mère part pour Québec pour voir une sœur à qui a' l'a pas parlé depuis une éternité pis on me le dit pas. C'est pas important, c'est juste Marcel ! Ben tu y diras, à la mère, que j'y souhaite que ça aille ben. Y' est pas question que j'y parle pis encore moins qu'on aille la voir. On se reparlera, elle pis moé, quand a' reviendra à maison, pas avant. En attendant, faut que je me couche. J'ai de la job qui m'attend demain. Marcel, y' est pas important, mais l'argent qu'y' gagne, lui, y' l'est. Bonne nuitte.

Ce soir-là, Bernadette dormit dans le lit d'Évangéline.

CHAPITRE 5

Y' a pas tellement longtemps
Vous vous rappelez au temps du guignol, de la dentelle ?
On se saoulait le dedans de pathétique
C'était la belle époque du piano nostalgique
Adieu rengaines qui nous suivaient la semaine
Et savaient nous réjouir quand nous vivions le pire
Mais déjà depuis longtemps, on vous a oubliées
Vous n'êtes plus de notre temps, restez dans vos musées
Ce sont vos pianos mécaniques
Que vous avez remplacés par des boîtes à musique
Qui pour quelques sous vous tirent deux disques coup sur coup
Pourvu que ça joue, nous on s'en fout

Les vieux pianos
CLAUDE LÉVEILLÉE

Montréal, mardi 8 novembre 1960

Un mot d'ordre avait été donné à la maison : on évitait de parler d'Évangéline en présence de Marcel.

Et ce n'était négociable sous aucun point, Bernadette avait été formelle.

Rien n'aurait pu paraître plus stupide aux yeux d'Antoine. Allons donc ! On n'avait plus le droit de parler de sa grand-mère sous son propre toit, maintenant ? C'était complètement ridicule et il ne s'était pas gêné pour le dire à sa mère, qui, pour lui répondre, s'était contentée d'un long regard un peu triste et d'un laconique :

— Que c'est tu veux que je te dise, mon pauvre garçon ? Ton père veut pas en entendre parler... C'est ça qui est ça.

Une réponse comme Antoine les détestait. Une réponse qui ressemblait un peu trop, justement, à celles que son père leur servait quand il ne savait pas quoi dire.

Marcel était-il en train de déteindre sur Bernadette ?

Antoine espérait bien que non, car, à ses yeux, Marcel Lacaille était passé maître dans l'art de l'imbécillité. Il avait beau être son père, Antoine n'en démordait pas. Et plus celui-ci vieillissait, plus son opinion s'affinait, se précisait, se durcissait. Marcel serait toujours un être égoïste, borné et insignifiant.

Et dire qu'un jour, Antoine avait déjà espéré qu'il soit fier de lui !

Aujourd'hui, il s'en moquait complètement. Hormis un soir où Marcel avait posé son regard ébloui sur un dessin d'auto que son fils venait de faire, il n'avait pour son fils aîné que paroles méprisantes et sarcasmes avilissants. Selon la conception de Marcel, un garçon, un vrai gars, comme il le disait si souvent, se devait d'être costaud et d'aimer les sports, toutes choses qui ne ressemblaient en rien à Antoine, et Marcel ne ratait jamais une occasion de le lui rappeler.

— Regarde ton frère, ça, c'est un homme. Un vrai. Même ta sœur avec son envie d'acheter un char est mieux que toé... Des dessins ! Voir que tu vas arriver à faire de quoi dans vie si tu sais juste faire des dessins ! Prends exemple sur Charles, avait-il répété. Un gars, un homme, ça ressemble à ça. Me semble que c'est facile à comprendre !

L'homme en question n'avait que cinq ans, et s'il était vrai que Charles était plutôt grand pour son âge, il restait tout de même un petit garçon qui se réfugiait régulièrement sous les jupes de sa mère. Ce n'était pas le fait d'aimer jouer au ballon qui faisait de lui un homme ! Pour éviter les confrontations, Antoine avait appris à s'éclipser en douce dès qu'il entendait son père monter l'escalier.

Heureusement qu'Évangéline était là pour pallier ce manque de délicatesse. Sous des abords rébarbatifs et parfois même acariâtres, elle cachait une affection diligente et un sens de l'observation peu commun. Toutes ces heures passées à sa fenêtre à scruter et analyser son quartier devaient y être pour quelque chose, Antoine en était persuadé. Et si la vieille dame n'avait pas son pareil pour donner son opinion sur tout, crûment et sans détour, avec lui, cependant, elle le faisait avec tact et gentillesse, même quand il lui arrivait de se moquer de lui.

C'est pourquoi, en juin dernier, quand on avait distribué à l'école une petite feuille de papier jaune annonçant des cours de musculation tous les mardis et jeudis soirs dans la grande salle de l'école, Antoine n'avait pas hésité à lui en parler.

Comme toujours, Évangéline avait pris tout son temps pour lire consciencieusement la notice, et deux fois plutôt qu'une pour être certaine d'avoir tout compris, puis, elle avait levé un regard goguenard vers lui.

— Comme ça, tu veux te faire des mussels ? Ça serait-tu que t'as l'intention de te mettre au hockey, mon jeune ?

Antoine s'était senti rougir comme une pomme.

— Tu le sais ben, grand-moman, le hockey, c'est pas mon fort. Petête des fois, dans la rue avec mes chums, mais pour le reste...

Réponse assortie d'un haussement d'épaules significatif qu'Évangéline avait accueilli en réprimant un sourire moqueur.

— C'est ben ce que je me disais, avec.

Puis la vieille dame avait fait mine de relire le papier, étirant malicieusement le temps avant de le remettre à son petit-fils.

— C'est pourquoi, d'abord ? Si tu me dis que c'est pour faire plaisir à ton père, m'en vas te répondre que c'est pas une bonne raison.

— C'est pas pour ça non plus.

— Ben, je te suis pas... T'es pas bâti sur un frame de catcheur, mon pauvre enfant. Tu ressembles à ton oncle Adrien pis à ton grand-père Alphonse.

Même avec ses petits-enfants, Évangéline parlait de plus en plus souvent et librement de son défunt mari.

— T'es faite tout en longueur, avait-elle poursuivi. Pas sûre, moé, que de lever des poids, ça va changer quèque chose à ton allure.

— Petête ben que t'as raison, grand-moman. Mais ça me fait rien. C'est pas pour ça que je veux faire de la musculation. C'est pas pour me donner des allures de boxeur. Ça fait longtemps que j'ai compris que je vas rester délicat, comme dit moman. Mais ça n'empêche pas que je peux devenir plus fort, par exemple.

Une fois encore, Évangéline avait apprécié la justesse du raisonnement d'Antoine. Elle était persuadée que cet enfant-là irait loin dans la vie. Malheureusement, pour l'instant, il semblait bien qu'elle soit la seule à le voir.

— Mettons... Comme ça, tu veux devenir plus fort ? C'est une ambition louable. Ça serait-tu que t'as besoin de ça pour tenir ton crayon quand tu dessines ?

— Grand-moman !

Un peu plus et Antoine se serait mis à se dandiner comme lorsqu'il était tout petit et qu'il avait une permission à demander. Évangéline avait aussitôt regretté ses paroles.

— O.K., j'ai rien dit, admit-elle en guise d'excuse. Chus juste une vieille pas fine de me moquer de toé. Mais ça me dit pas pourquoi tu veux suivre ces cours-là... Pasque si j'ai ben compris ce que j'ai lu, ça coûte cinquante cennes par soirée, ton affaire. C'est pas mal d'argent, ça, mon garçon. Faudrait pas que ça soye juste un caprice.

Antoine n'était plus rouge, il était écarlate.

— Je le sais.

— Ben, si tu le sais, tu vas me dire, astheure, pourquoi c'est faire que tu veux suivre ces cours-là, pourquoi tu penses que c'est important de devenir fort. Si ta réponse a de l'allure, m'en vas voir ce que je peux faire pour t'aider.

C'est ainsi qu'Antoine avait expliqué que la peur de monsieur Romain ne l'avait jamais vraiment quitté. La peur de tous les monsieur Romain potentiels qu'il pouvait croiser sur la rue, en fait. À elle, il pouvait en parler ; elle savait ce qui s'était passé entre son ancien professeur et lui. Sans jamais avoir mis de mots explicites sur la situation, Évangéline avait compris que monsieur Romain avait abusé de son jeune élève. Ces sévices avaient duré durant des années avec comme conséquence actuelle, pour Antoine, une phobie de tous les bruits de pas qui le suivaient. Il n'y pouvait rien, le réflexe de se sauver s'enclenchait dès qu'il entendait le résonnement de pas dans son dos. Autant il avait traîné la patte quand il devait se rendre à ses cours, sachant pertinemment ce qui l'attendait à l'autre bout, autant maintenant il se dépêchait de rentrer chez lui.

— C'est pas mêlant, grand-moman, dès qu'y' commence à faire noir, je marche pus, je cours. C'est pour ça que je veux faire des poids. Me semble que si j'étais plus fort, j'aurais moins peur pasque je serais capable de me défendre. Chus tanné d'avoir tout le temps peur. Ben tanné.

Évangéline s'était contentée de hocher la tête pour montrer qu'elle comprenait.

Pauvre enfant ! Les sévices endurés chez le monstre de monsieur Romain le poursuivraient probablement longtemps encore. Si Évangéline avait besoin d'une raison valable pour justifier ce subit engouement pour la musculation, elle venait de l'avoir. Antoine n'avait rien à dire de plus.

— Attends-moé icitte, mon Antoine. Je reviens.

Pour cacher sa colère comme sa tristesse, jugeant qu'Antoine n'avait pas à partager de telles émotions, Évangéline avait quitté le salon. À son retour, elle tenait son sac à main contre sa poitrine. Elle avait pris le temps de s'asseoir et d'un petit geste de la main, elle avait fait signe à Antoine de s'approcher.

— Tiens, mon homme, avait-elle alors dit en ouvrant son porte-monnaie. Prends ça.

Elle lui avait tendu un billet de un dollar et quatre fois vingt-cinq sous.

— C'est pour les deux premières semaines. Si ça va comme tu veux, tu me le diras pis je te donnerai deux piasses comme ça deux fois par mois. Ça fait-tu ton affaire ?

— Oh oui ! Merci, grand-moman, merci ben gros. Je te trouve pas mal fine.

— C'est pas pour être fine que je fais ça. C'est juste que je trouve que ton explication a ben du sens. On est jamais trop prudent, t'as ben raison.

Mais alors qu'Antoine tournait les talons, son pécule déjà soigneusement caché au fond de sa poche, Évangéline l'avait rappelé.

— Deux menutes, Antoine. Je pense qu'on a pas tout dit.

— De quoi ?

— Deux choses, mon gars. Un, je veux que tu fasses le décompte. Quatre piasses pour la musculation plus quatre piasses pour tes cours de dessin. Ça fait combien ?

— Ben... Me semble que c'est pas compliqué : ça fait huit piasses.

— Ouais, huit piasses. Je veux juste que tu prennes con-science que je donne, à partir d'astheure, huit piasses par mois pour toé. Juste pour toé.

Antoine s'était remis à rougir.

— Je dis pas ça pour faire ma smatte, avait poursuivi

Évangéline, ou ben pour te demander de me faire des flatteries. Mais pour moé, dans vie, on a rien pour rien. En échange de c't'argent-là, je veux que tu me promettes d'avoir des bonnes notes à l'école. C'est donnant donnant. Ça te convient-tu ?

Ce n'était que cela ? Antoine avait été soulagé. Depuis que sa grand-mère l'avait sorti des griffes de monsieur Romain, ses notes avaient grimpé en flèche. Tout comme Laura, il aimait bien l'école.

— Oui, ça me convient. Promis, j'vas faire de mon mieux.

— Parfait. Astheure, l'autre affaire que je veux te parler... Y a juste toé qui peux me dire si je me trompe. À mon idée, si t'es venu me voir drette de même après l'école pour me montrer ton p'tit papier, c'est que t'avais pas envie de le montrer aux autres. Ça a-tu de l'allure, ce que je dis là ?

— Ben...

Antoine avait légèrement hésité avant de poursuivre. Pourtant, sa grand-mère n'avait pas tort. C'est tout à fait délibérément qu'il s'était adressé à elle, parce qu'elle était la seule à qui il pouvait tout dire. Parce qu'il jugeait qu'elle était la seule à pouvoir le comprendre.

Il avait soupiré son embarras.

— C'est sûr que j'aurais pu en parler à moman, avait-il alors tenté d'expliquer. Sans toute y dire, comme de raison. Mais juste le fait d'annoncer que je veux essayer un sport différent, je pense qu'a' l'aurait voulu.

— Pourquoi, d'abord, tu y en as pas parlé ?

— C'est juste qu'a' l'a pas d'argent, moman, à part les piasses que popa y donne pour faire sa commande. Je pense pas qu'y en aurait resté assez pour mes cours. C'est pour ça que je me suis dit que ça donnerait pas grand-chose d'y parler. Je pense au contraire que ça y ferait de la peine d'être obligée de dire non. Pis astheure que toé t'as dit oui, si a' l'apprend que je t'ai parlé pis pas à elle, ça avec, ça va y faire de la peine.

Évangéline avait levé la main pour l'interrompre.

— O.K, j'ai compris. Ça reste entre nos deux...

Ce fut ainsi que tout au long de l'été, même si Antoine voyait bien que sa mère se posait des questions, le stratagème avait fonctionné. Évangéline avait bien joué son rôle et chaque fois que cela s'était avéré nécessaire, elle avait trouvé le bon prétexte pour garder Bernadette à la maison quand cette dernière manifestait une envie subite de promenade les mardis ou les jeudis.

Aujourd'hui, c'était différent. Bernadette s'était désintéressée des escapades de son fils. Depuis deux semaines, elle n'avait qu'Évangéline en tête, Antoine le voyait bien. Il n'en restait pas moins qu'il n'avait plus d'argent pour payer ses cours depuis que sa grand-mère était hospitalisée.

Et la semaine dernière, son entraîneur avait été formel : ou bien Antoine apportait l'argent dû ou bien la porte de la grande salle serait fermée pour lui.

— Chus pas l'Armée du Salut, moé !

Encore incapable de défendre son point de vue devant des étrangers, trop gêné pour le faire, Antoine avait balbutié qu'il y verrait et il avait quitté la salle la tête basse. De toute façon, l'entraîneur était une espèce de mastodonte, une vraie boule de muscles. Même les plus hardis du groupe n'osaient lui tenir tête.

Ce soir-là, Antoine était revenu chez lui à pas lents, comme il l'avait trop souvent fait par le passé.

C'était jeudi dernier.

Aujourd'hui, mardi, il n'avait toujours pas résolu son problème. À qui faire un emprunt en attendant qu'Évangéline aille mieux ? Car, pour lui, nul doute que sa grand-mère verrait à rembourser le bon samaritain qui l'aurait aidé.

Mais qui ?

Toute sa famille y était passée sans résultat probant. Sa mère n'était pas plus riche qu'au mois de juin, donc il était inutile de lui parler. Son père se moquerait de lui, et Antoine n'y tenait pas vraiment. Quant à Laura, elle poserait sûrement des tas de questions qu'il voulait éviter. Depuis quelque temps, sa sœur avait la fâcheuse manie de se prendre pour une adulte avec tout ce qui s'ensuivait.

Antoine soupira bruyamment.

— Monsieur Lacaille ! Mon cours serait-il à ce point ennuyant ?

Antoine sursauta violemment. Le cours d'algèbre tirait à sa fin, et il n'en avait pas entendu un traître mot. Il bafouilla une vague excuse et plongea le nez dans son cahier. Après le cours, il n'aurait pas le choix de demander à Ti-Paul de lui prêter ses notes. La cloche sonnant la fin des classes lui évita de se torturer les méninges plus longtemps.

Il faisait un temps affreux. Le vent, en rafales, poussait

devant lui une pluie glaciale qui tombait en grosses gouttes. Des rigoles couraient le long des rues. Antoine releva son col, cala sa casquette sur ses oreilles et enfonça ses mains dans ses poches. Comme il l'avait toujours fait quand il était malheureux ou qu'il avait à réfléchir, il repéra sur le trottoir un petit caillou rond qu'il se mit à lancer devant lui, du bout de sa chaussure.

Qui donc pourrait l'aider ?

C'était devenu une obsession.

Il ne pensait qu'à ça, plié en deux par moments ou marchant de côté comme un crabe pour contrer le vent. Si sa grand-mère pouvait revenir, aussi ! Cela faisait deux semaines aujourd'hui qu'elle était partie, et personne ne pouvait encore prédire quand elle serait de retour à la maison. Elle allait de mieux en mieux, certes, et Antoine se réjouissait pour elle, comme pour lui, mais en attendant, ça ne réglait pas son problème immédiat. Ce soir, il y avait une séance de musculation et lui, il n'avait toujours pas d'argent à donner à l'entraîneur. Si au moins Évangéline avait été hospitalisée à Montréal, il aurait pu aller la voir !

Quand il tourna le coin de la rue, son regard bifurqua spontanément vers la maison de madame Anne, heureuse diversion dans sa réflexion. Il avait toujours trouvé belle cette vieille demeure au toit pentu orné de lucarnes. Un peu délabrée du temps de la veuve Sicotte, l'ancienne propriétaire, la maison avait aujourd'hui fière allure, réparée et peinte de frais. Antoine se passa la remarque, pour la centième fois peut-être, qu'il aimerait bien en faire le dessin. Peut-être un jour, quand il serait moins timide et qu'il oserait s'installer sur le trottoir avec son attirail de peinture.

Il allait passer son chemin, pressé de retrouver la chaleur de sa chambre, quand il s'arrêta brusquement. La noirceur commençait à tomber et une lumière venait d'apparaître à la fenêtre du salon de madame Anne, cette même madame Anne qui lui avait trouvé son nouveau professeur de peinture en la personne de sa propre sœur, une artiste de réputation internationale, s'il vous plaît !

À cette pensée, Antoine redressa les épaules. Émilie Deblois n'était pas n'importe qui ; elle vendait ses toiles à travers le monde et elle disait de lui, son jeune élève, qu'il avait beaucoup de talent et qu'un jour, ce serait son tour d'être connu un peu partout.

— Que c'est que t'attends pour aller y dire merci, à madame Anne ? lui avait souvent demandé sa grand-mère. Chus sûre que ça y ferait plaisir. Après toute, c'est elle qui t'a trouvé un autre professeur. Fais-le au moins pour moé. Comme ça, je serais plus à l'aise devant elle quand j'vas la voir. On a l'air d'une gang d'ingrats, viarge !

Ces quelques mots, cette supplication, sa grand-mère avait dû les lui répéter des dizaines de fois depuis janvier, date à laquelle il avait commencé ses cours. Elle la redisait, et sur tous les tons, au moins chaque fois qu'elle revenait de chez madame Anne, ce qui lui arrivait une ou deux fois par semaine.

Et depuis deux semaines, sa grand-mère était à l'hôpital, donc, elle n'était pas venue voir madame Anne.

Madame Anne était-elle au courant de ce qui s'était passé ? Probablement pas. Hormis sa grand-mère, madame Anne ne semblait pas côtoyer les gens de la rue.

Alors ?

Antoine hésita. Il n'aimait pas les étrangers. Bien que madame Anne ne soit pas vraiment une étrangère, il la connaissait fort peu, ce qui semblait amplement suffisant à ses yeux pour être mal à l'aise devant elle. Par contre, sa grand-mère serait sûrement contente d'apprendre que son petit-fils avait eu la délicatesse de prévenir madame Anne de son hospitalisation.

Antoine ne devait-il pas ça à sa grand-mère ?

N'écoutant que l'envie de faire plaisir à Évangéline, Antoine traversa la rue, grimpa l'escalier de chez madame Anne sans plus se poser de questions et sonna diligemment à la porte avant de changer d'avis.

Comment Évangéline avait-elle dit ça, encore, l'autre jour ?

C'était donnant donnant.

À croire qu'il était attendu, la porte s'ouvrit aussitôt. Antoine, intimidé, n'eut d'autre choix que de lever les yeux. De toute évidence, madame Anne semblait contente, voire ravie. Et nul besoin de présentation, elle l'avait reconnu.

— Antoine !

Ce dernier esquissa un sourire timide qui se voulait être une salutation. Détrempé comme une lavette, Antoine n'avait nullement l'intention d'entrer. Il risquait de tout mouiller dans la maison. Il allait donner quelques nouvelles de sa grand-mère et s'en aller comme il était venu : le plus rapidement possible.

C'était sans compter le plaisir que madame Anne avait à le voir là.

— On ne peut pas dire que c'est le beau temps qui t'amène, mais viens, entre, il fait un froid de canard.

En moins de deux, Antoine était à l'intérieur et il enlevait son manteau qui se retrouva pendu à un clou dans l'entrée. Anne le remorquait déjà derrière elle.

— Viens au salon.

Sensible aux couleurs qui lui parlaient aussi éloquemment qu'un grand livre ouvert, Antoine s'arrêta sur le pas de la porte, subjugué.

Le salon de madame Anne rayonnait, chaud comme un rayon de soleil. Les jaunes et les roses se mariaient avec élégance, à peine relevés par une pointe de vert.

Chez sa grand-mère, les pièces se déclinaient toutes dans des tons uniformes de beige et de blanc.

Antoine entra dans la pièce en regardant tout autour de lui. Il avait l'impression de pénétrer dans l'une des toiles de son professeur.

— C'est beau chez vous ! Je... On dirait un des jardins de madame Émilie.

Anne éclata de rire.

— Toi aussi, tu trouves ça, n'est-ce pas ? Remarque que ça se peut fort bien : c'est ma sœur qui m'a conseillé les couleurs.

À son tour, Anne regarda tout autour d'elle, visiblement satisfaite.

— J'aime bien. Dès qu'il est question de couleurs, on peut toujours se fier à Émilie. Elle est rudement bonne pour tout ce qui est des agencements et de la décoration.

— C'est vrai, approuva Antoine en hochant sérieusement la tête. Chez elle aussi, c'est très beau... Différent d'ici mais très beau... Je... Merci de m'avoir recommandé comme élève. Je pense qu'avec elle, j'vas en apprendre beaucoup pis j'aime ça.

Voilà, c'était fait ! Ce n'était pas le but qu'il visait en venant ici, mais le remerciement était fait et ça n'avait pas été si compliqué.

Antoine se sentit soulagé.

S'il avait su, il serait venu beaucoup plus tôt et ainsi, il aurait fait plaisir à sa grand-mère.

Sa grand-mère ! Il était en train de l'oublier, celle-là, d'oublier ce qui l'avait amené ici. Ce fut à cet instant, comme si elle avait le pouvoir de lire dans ses pensées, que madame Anne lui demanda :

— Serait-ce ta grand-mère qui t'envoie ? Ça doit bien faire une couple de semaines que je ne l'ai pas vue.

— C'est pas elle qui m'envoie, mais c'est d'elle que je veux parler, par exemple.

— Alors, suis-moi ! On va s'installer dans la cuisine. C'est l'heure de ma collation.

— Une collation ?

C'était bien la première fois qu'Antoine entendait un adulte parler de prendre une collation ! Il en oublia sa grand-mère une seconde fois.

— Hé oui, expliqua Anne en riant. Je dois prendre une collation sinon je meurs de faim. On ne soupe qu'à huit heures... Veux-tu m'accompagner ? Jus de tomates et biscuits soda au menu cet après-midi !

Avant même qu'Antoine puisse répondre, un verre de

jus et quelques biscuits étaient déposés devant lui. Gour-
mand de nature, toujours affamé, il ne put résister à la tentation. Tout de même, après une longue gorgée de jus, il ne
put s'empêcher de demander :

— Vous mangez à huit heures ?

Anne éclata de rire encore une fois. Antoine aimait bien
l'entendre rire. Avec une maison aussi colorée et une jeune
femme aussi joyeuse, il nota mentalement que ça devait être
plaisant d'habiter ici. Il comprenait, maintenant, pourquoi
sa grand-mère venait visiter madame Anne aussi souvent.

— Eh oui ! Ici, on mange à huit heures tous les soirs,
expliqua Anne en s'installant devant lui, de l'autre côté de
la table. C'est de ma faute, aussi ! Je déteste cuisiner. C'est
Robert, mon mari, qui prépare les repas la plupart du temps.
Comme il ne rentre du travail qu'à six heures, le temps de
tout concocter, de tout cuire, et on mange vers huit heures.

— Hé ben... Moé, à c't'heure-là, chus déjà couché sauf le
mardi pis le...

Comprenant qu'il était sur le point de trop parler,
Antoine s'arrêta brusquement et pour se donner une certaine contenance, il cala son verre de jus.

C'était bien lui, ça ! Il était encore en train de tout mélanger. Il était venu pour annoncer que sa grand-mère était à
l'hôpital et voilà qu'il s'apprêtait à discuter de ses habitudes
de vie sans même parler d'elle ! Pire, il était en train de
dévoiler un de ses petits secrets à une quasi-étrangère.

Anne remarqua aussitôt l'embarras d'Antoine. Épaules
affaissées, regard fuyant, gestes saccadés... L'image qu'il
projetait ne lui était que trop familière. C'était elle quelques

années auparavant. C'était elle, enfant, devant sa mère qui la traitait d'insignifiante quand elle ne trouvait plus les mots pour exprimer son mécontentement.

Anne hésita à le relancer. N'empêche qu'Antoine avait piqué sa curiosité. Que faisait-il tous les mardis?

Pour le mettre à l'aise, elle se releva pour se diriger vers le réfrigérateur. Ce fut donc sans le regarder qu'elle demanda enfin:

— Pourquoi n'es-tu pas couché le mardi soir? Tu suis des cours? Tu pratiques un sport?

Antoine ferma les yeux d'exaspération. Il s'en voulait de s'être laissé aller à de telles confidences. Mais il n'avait plus le choix. Il en avait déjà trop dit ou pas encore assez pour en rester là. Tant pis si madame Anne riait de lui; il s'en tiendrait à la vérité.

— Je suis des cours.

Et avant que la question suivante, qu'il voyait comme inévitable, ne le fasse rougir de plus belle, il précisa sans crier gare:

— Des cours de musculation.

Puis, il baissa les yeux.

Anne avait rempli son verre une seconde fois. Avant de s'asseoir, elle fit glisser l'assiette de biscuits sur la table. Trop heureux de pouvoir éviter le regard de la jeune femme, Antoine tendit aussitôt la main...

— Chanceux! répondit-elle.

Ce fut plus fort que lui: Antoine releva la tête, un grand étonnement dans le regard et un grand soulagement dans le cœur, le biscuit à mi-chemin entre la table et sa bouche. Madame Anne ne riait pas de lui.

— Oui, tu es chanceux de pouvoir suivre de tels cours, poursuivit-elle avec enthousiasme tandis qu'Antoine avalait le biscuit d'une seule bouchée. Moi aussi, j'aurais bien aimé ça devenir plus forte, plus musclée.

Autre rire en cascade qui ruissela sur le cœur d'Antoine comme une pluie de printemps. Chaude, bienfaisante.

— À ton âge, j'avais tout du garçon manqué. Je... Disons que ma vie n'était pas facile et souvent, le soir, quand je revenais chez moi, j'avais peur. Alors, pour contrer cette peur, je m'imaginais être une femme très forte qui aurait tout balayé devant elle. Personne n'aurait pu m'attaquer parce que j'aurais été invincible. Comme King Kong ! C'est tout te dire, n'est-ce pas ! Alors, si des cours de musculation avaient existé dans mon temps et même si je n'étais pas un garçon, c'est certain que j'aurais aimé en suivre.

Curieusement, Antoine ne sentit pas la nécessité de répondre. Il se contenta d'un sourire, de plus en plus convaincu de comprendre Évangéline qui devait s'asseoir à cette même table deux fois par semaine.

Anne Deblois était irrésistible...

Et surtout, elle venait de lui confirmer qu'il n'était pas anormal. D'autres avant lui avaient aussi connu la peur de marcher seuls dans la nuit. La raison de cette peur lui importait peu. Le simple fait de se sentir accompagné dans ses émotions lui suffisait. Il mangea un troisième biscuit, envahi d'un curieux bien-être. Toutes les tensions qu'il sentait habituellement, que ce soit dans la rue à la tombée de la nuit, chez lui en présence de Marcel ou encore devant sa mère, tensions qu'il n'arrivait pas toujours à comprendre et qui l'intimidaient, toutes ces crispations de l'âme et du corps s'étaient évaporées. Antoine serait resté là à écouter madame Anne parler ou à discuter avec elle durant des heures. Malheureusement...

Un bref regard vers l'horloge qui égrenait le temps sur la cuisinière lui apprit qu'il était cinq heures passées. Il devrait rentrer bientôt... et il n'avait pas encore parlé d'Évangéline. S'essuyant la bouche du revers de la main, il repoussa le verre.

— C'était bon. Merci... Maintenant, je dois partir sauf qu'avant je dois vous dire que ma grand-mère est à l'hôpital. C'est pour ça que chus arrêté vous voir.

Anne le regarda, les sourcils froncés, doutant d'avoir bien compris. Puis, son cœur fit un bond. Pour elle, Évangéline Lacaille était un peu celle qui avait remplacé la mère qu'elle considérait n'avoir jamais eue.

— À l'hôpital ? Mais voyons donc ! La dernière fois que je l'ai vue, elle était en pleine forme !

Anne avait poussé un petit cri de bouleversement. Antoine ne pensait jamais créer un tel émoi. Il haussa les épaules tout en repoussant sa chaise.

— C'est ce qu'on s'est toute dit, à maison, quand on a appris ça.

Anne aussi était debout, et Antoine vit bien qu'il ne s'était pas trompé : la jeune femme était fébrile, ses mains tremblaient. Il fut quand même un peu surpris. Après tout, sa grand-mère n'était qu'une voisine pour madame Anne. Il voulut la réconforter.

— C'est quand même pas si gra...

— Madame Lacaille à l'hôpital, fit alors Anne, songeuse, interrompant Antoine. Il me semble que c'est impossible. Pas elle... À quel hôpital ? demanda-t-elle enfin. Est-ce qu'on peut aller la voir ?

— Même pas. Est à Québec.

— À Québec ? Mais qu'est-ce qu'elle...

— Je pense que c'est une affaire de vieille rancune. Du moins, c'est ce que ma mère a dit. Ça serait ça qui y aurait donné une attaque. Je suppose qu'on va en savoir plus quand a' va revenir chez nous. En attendant, on sait juste, par le docteur qui nous appelle tous les soirs, qu'a' va mieux. Pour le reste, j'en sais pas plus... Astheure, va falloir que je parte.

À son tour Anne regarda l'horloge, reprit contact avec la réalité du moment présent et secoua la tête.

— Déjà cinq heures et quart... C'est vrai qu'il commence à se faire tard et en plus, on est mardi. Ce soir, tu as tes cours.

À ces mots, Antoine se rembrunit.

— Non, pas à soir. L'entraîneur veut pas que j'aille à mes cours, rapport que j'ai pas payé la semaine dernière pis que j'ai toujours pas d'argent à y donner. D'habitude, c'est ma grand-mère qui paye, pis comme est pas là...

Antoine s'écoutait parler et il n'en revenait pas. D'où lui venait cette facilité à tout dire devant madame Anne alors qu'habituellement, il était muet comme une carpe ? Malgré cette constatation, il se mit à rougir et se détournant, il fila vers le salon pour rejoindre l'entrée. Mais comme il marchait, silencieux, Anne, de son côté, se demanda comment il se faisait que les parents d'Antoine n'aient pas pris la relève en attendant qu'Évangéline revienne. De toute évidence, sans être riches, ces gens-là avaient quand même une certaine aisance. Anne soupira discrètement. Ce n'était pas la première fois que la famille Lacaille l'intriguait. Elle rejoignit Antoine au moment où il enfilait son manteau.

— De combien aurais-tu besoin ?

Antoine était confus.

— Je... J'ai pas dit ça pour que vous me passiez de l'argent. Je...

— Je le sais. Mais si tu en as parlé, c'est que la situation t'agace, non ?

— C'est sûr, mais...

— Laisse faire le mais... Combien ?

Antoine était de plus en plus embarrassé. Mais, au regard que lui lançait Anne, il comprit qu'il n'y échapperait pas. Alors, il annonça :

— Ben, une piasse pour la semaine dernière pis petête une piasse pour cette semaine. Mais je peux pas vous emprunter de l'argent comme ça. Ça se fait pas. Que c'est que ma grand-mère va dire ?

Les mots d'Antoine tombèrent dans le vide. Anne avait déjà tourné les talons et se dirigeait vers la cuisine. Néanmoins, quand elle revint avec un billet de deux dollars, Antoine comprit rapidement qu'elle avait tout entendu.

— Ta grand-mère dira rien parce que toi, tu ne lui diras rien. C'est tout. Quand tu pourras, tu me remettras l'argent. Mais ce n'est pas urgent.

— Vous êtes bien certaine ?

— Tout à fait !

Visiblement, Antoine avait l'air soulagé et content.

— C'est sûr que j'vas vous remettre le deux piasses, lui assura-t-il, une bonne dose d'entrain dans la voix. Mais ça peut prendre du temps, par exemple. L'été, je travaille comme pompiste au garage à Jos Morin pis...

— À l'été? C'est parfait. Allez, file maintenant. Il ne faudrait pas que tu sois en retard... Et ne te gêne surtout pas pour revenir me voir en passant. J'aimerais ça que tu me donnes des nouvelles de ta grand-mère. Je l'aime bien.

— Promis! J'vas revenir dès que j'ai des nouvelles. Pis merci pour l'argent. Merci ben gros. Pour que ça soye efficace, il faut faire sa musculation régulièrement. C'est l'entraîneur qui le dit... À bientôt. Pis merci encore!

* * *

La bonne nouvelle leur parvint dès le lendemain soir, à l'heure du souper. Jugeant aussitôt que la consigne du silence entourant Évangéline n'avait plus la moindre raison d'exister, Bernadette, toute souriante, se retourna vers sa famille à l'instant où elle raccrocha le combiné du téléphone.

— Ça y est! La belle-mère peut sortir de l'hôpital. C'est Cécile la docteur qui vient de me l'annoncer.

Laura et Antoine échangèrent un regard qui en disait long sur leur plaisir à apprendre une telle nouvelle. Entre eux, ils avaient parlé de la situation et conclu que la présence d'Évangéline manquait à l'atmosphère de la maisonnée. Quant à Marcel, il continua de vider consciencieusement son assiette comme s'il n'avait rien entendu. Bernadette attendit qu'il ait avalé deux grosses bouchées, puis elle le relança d'un ton qui se voulait désinvolte. Il ne servait à rien de le provoquer. Pas avec ce qu'elle devait lui demander.

— Pis ? Tu dis rien, Marcel ?

— Que c'est tu veux que je dise ? La mère va bien, d'après ce que j'ai compris. Tant mieux pour elle. J'y parlerai de toute ça quand a' sera icitte.

— Ouais... Je vois.

Bernadette reprit sa place à la table. Du bout de la fourchette, elle picora dans ses rondelles de carottes. L'indifférence de Marcel lui avait coupé l'appétit. Elle repoussa son assiette et se tourna vers son mari qui, lui, nettoyait le fond de la sienne avec un bout de pain, tout comme le faisait Évangéline à la fin de chaque repas.

— Justement... Pour pouvoir y parler, à ta mère, faudrait qu'a' soye ici.

Marcel glissa un regard sombre vers elle.

— Calvaire ! Imagine-toé don que je l'avais compris. Tu me prends-tu pour un cave ?

— Pantoute, Marcel, pantoute !

Autre silence. Marcel continuait de manger. Laura regarda sa mère en fronçant les sourcils. Quelques instants plus tard, devant le silence qui persistait, Antoine aussi leva un regard interrogateur vers sa mère. Bernadette prit son courage à deux mains.

— Ben, comment c'est que tu vois ça, toé, Marcel ?

— Voir quoi ? Calvaire que j'haïs ça quand tu parles en paraboles.

Marcel avait repoussé son assiette jusqu'au milieu de la

table et présentement, il pigeait dans le plat des biscuits que Bernadette avait préparés pour le souper. Celle-ci reprit :

— Me semble que c'est clair... Comment tu vois ça, le retour de ta mère ?

— De quoi c'est que tu parles ? La mère sort de l'hôpital pis a' revient vivre icitte. C'est toute. Me semble que c'est pas compliqué à comprendre. Que c'est qu'y aurait à voir là-dedans que j'aurais pas vu ? T'as le tour, toé, de faire étriver le monde.

— C'est pas ce que je veux faire, Marcel, pis tu le sais. Je veux juste savoir comment c'est que ta mère va faire pour revenir icitte depuis Québec.

— Ah ça ?

Marcel croqua dans son biscuit et le fit passer avec une gorgée de lait.

— Je vois pas pourquoi tu me demandes ça. A' va prendre l'autobus comme a' l'a fait pour s'en aller. Ça avec, me semble que c'est clair.

Bernadette avait l'impression de marcher sur des œufs.

— Ben justement, ça l'est pas tant que ça... A' peut pas prendre l'autobus, ta mère. C'est la docteur qui l'a dit.

Le regard que lui jeta Marcel était empreint d'un sincère étonnement. Bernadette se retint pour ne pas fermer les yeux d'exaspération.

— Ben, pourquoi a' sort de l'hôpital, d'abord ? Si est encore malade, a' serait petête mieux de rester là encore un boutte.

Cette fois, ce fut un soupir d'impatience que Bernadette réussit à contenir. Quand Marcel décidait de faire sa tête dure, il n'y avait pas plus buté.

— Ta mère est pus assez malade pour rester à l'hôpital, mais est pas guérie pour autant, expliqua Bernadette avec un calme qu'elle était loin de ressentir. Si t'avais voulu que je t'en parle, aussi, tu saurais que...

— Calvaire ! Encore des reproches.

Laura et Antoine retinrent leur souffle. Au timbre de voix employé par leur père, la dispute n'était pas loin. Bernadette s'était relevée et machinalement, elle empilait les assiettes. Seul le petit Charles semblait épargné par l'orage qui grondait. Sans dire un mot, il mangeait un biscuit et buvait son lait.

— C'est pas des reproches, Marcel, reprit Bernadette après un premier voyage jusqu'à l'évier. C'est juste la vérité.

— Pis après ? C'est juste de mes affaires si j'avais pas envie d'entendre parler de la maladie de ma mère. Pis là, a' va mieux. Toute va ben, non ? Que c'est tu veux de plus ? Tout le monde devrait être content, non ?

— On est contents. C'est pas ça que je dis.

La patience de Bernadette avait atteint sa limite. Elle déposa les verres qu'elle avait en main un peu plus brusquement qu'il ne l'aurait fallu. Marcel leva la tête, visiblement contrarié.

— Bon ! Encore en maudit après moé.

Cette fois-ci, Bernadette ne chercha pas à acheter la paix. Marcel voulait la chicane alors il allait l'avoir. Le confort de sa belle-mère en dépendait.

— Y a de quoi, non ? Je veux juste que tu me dises ce qu'on va faire pour ta mère, pis toé, on dirait que ça te fait rien. Je le sais pas si tu fais exprès de pas comprendre, mais ta mère sort demain de l'hôpital pis faut aller la chercher.

— La chercher ? Comment ça, la chercher ? A' l'a juste à demander à sa sœur de le faire. Apparence qu'a' s'entendent ben, toutes les deux.

Bernadette fit un effort remarquable pour ne pas éclater. Puisant dans ses dernières réserves de patience, elle articula lentement :

— O.K, jusque-là, je te suis. La sœur de ta mère va la chercher demain matin à l'hôpital. C'est ben beau, la sœur de ta mère peut ben faire ça pour elle. Pis après, on fait quoi ?

— Comment ça, après ? Comment ça, on fait quoi ?

— Pour revenir icitte, a' fait comment, ta mère ?

— Pauvre Bernadette ! Faut toujours toute t'expliquer... La mère a juste à attendre d'être assez forte pour prendre l'autobus. Si c'était si pressé que ça d'aller voir sa sœur que la mère a pas jugé bon de m'en parler, qu'a' reste encore un boutte. Après toutes ces années-là, les deux sœurs doivent avoir un tas d'affaires à se raconter.

Satisfait de son explication et sûr de la justesse de son point de vue, Marcel prit un second biscuit. Mais Bernadette ne l'entendait pas de la même oreille. Elle frappa la table du plat de la main pour attirer son attention.

— Juste à attendre que... Ça a pas d'allure, ce que tu dis là ! C'est ici que ta mère va être ben. Pas chez sa sœur. C'est dans ses affaires qu'a' va prendre du mieux. Dans ses affaires, pis entourée de son monde. Je vois pas comment tu fais pour voir les choses autrement. T'as pas le choix, Marcel, faut que t'ailles chercher ta mère à Québec.

— À Québec ? Moé à Québec, demain ? T'es-tu malade,

toé ? J'ai pas le temps d'aller à Québec. J'ai une job, moé !

— Ben, pour une fois, tu vas la lâcher, ta job. Bâtard ! C'est juste pour une journée.

— Pas question. La mère a voulu faire à sa tête, ben qu'a' s'arrange, astheure. A' l'avait juste à m'en parler, de son maudit voyage à Québec... Ben non ! A' me dit jamais rien, à moé ! Personne me dit jamais rien icitte. Marcel, y' est ben bon pour ramener de l'argent, mais pour le reste, y' est pas assez important pour qu'on y parle. Pis là, faudrait que...

— Calvaire, ça suffit !

Si la situation avait été moins grave, Bernadette aurait éclaté de rire devant la symétrie des regards stupéfaits, choqués, perturbés qui se posèrent sur elle. C'était la première fois qu'elle employait un mot grossier, un gros mot, comme elle le disait elle-même, mais le réflexe avait dépassé son habituelle retenue. Elle avait besoin d'un exutoire, et c'est le seul qui lui était spontanément venu.

— Ça suffit, Marcel ! Si toé t'as pas assez de cœur pour t'occuper de ta mère, moé j'en ai pis je m'en vas le régler, le maudit problème. Demain, c'est moé qui vas aller chercher Évangéline à Québec.

Le rire de Marcel résonna, indécent, sur les murs de la cuisine dès que Bernadette eut fini de parler.

— Toé ? À Québec ? Comment c'est que tu vas faire pour aller chercher la mère ? T'aurais-tu un char de caché quèque part ? Pauvre Bernadette ! Pour dire des niaiseries, t'es pas mal dure à battre.

Bernadette était hors d'elle. Elle en voulait à Marcel de se moquer d'elle ainsi devant les enfants même s'il n'avait pas tout à fait tort. Elle venait en effet de lancer une fameuse idiotie. Comment pourrait-elle se rendre à Québec ? Elle n'avait ni argent ni auto à sa disposition.

Bernadette détourna la tête. Peut-être bien que de damer le pion à son mari lui avait fait du bien, mais n'empêche qu'en ce moment elle se sentait stupide.

Bernadette avala sa salive pour défaire le nœud qui lui encombrait la gorge, incapable de poursuivre la discussion. Pour l'instant, elle n'avait pas la moindre idée de la façon dont elle allait s'y prendre et elle avait besoin de temps et de solitude pour réfléchir.

Ravalant ses larmes, elle s'approcha de l'évier où elle s'activa à rincer la vaisselle, espérant que Marcel s'en irait comme il le faisait habituellement quand la discussion tournait au vinaigre.

Comme s'il lisait dans ses pensées, Marcel repoussa sa chaise en annonçant qu'il avait à sortir. Le ton qu'il employait était toujours aussi ricaneur.

Puis Bernadette entendit la porte qui se refermait.

Elle allait pousser un soupir de soulagement quand la porte s'ouvrit de nouveau à la volée. Marcel n'avait pas fini. Il glissa un visage goguenard.

— J'avais oublié : chus ben curieux de voir comment tu vas faire pour te rendre à Québec... Ouais, ben curieux.

Bernadette hésita à peine. Tant qu'à faire dans les stupidités, elle lança la première chose qui lui passa par la tête, question de sauver la face devant les enfants.

— M'en vas prendre un taxi.

Le rire de Marcel reprit de plus belle.

— Un taxi? Mais ça a pas d'allure, ce que tu dis là. Un taxi! Ça doit coûter une méchante beurrée.

— Laisse faire l'argent, j'vas m'arranger.

Le rire de Marcel cassa net.

— Pasque t'aurais assez d'argent? demanda-t-il, soudainement sur ses gardes, sans plus une seule pensée pour sa mère. Regarde don ça! C'est intéressant à savoir. Si t'as assez d'argent pour aller à Québec en taxi, va falloir que je recalcule mes affaires. Ça veut juste dire que je t'en donne trop chaque semaine... Ben tant mieux. Comme ça, j'vas petête pouvoir changer de char. Le mien commence à être passé de mode. Finalement, la soirée va être bonne.

Marcel tourna alors la tête vers Laura.

— C'est-tu le fun rien qu'un peu! Astheure, toé pis moé, on va être deux à regarder les annonces de chars.

Puis, il revint à Bernadette:

— Attends-moé pas pour te coucher. Je pense que j'vas rentrer tard. J'ai plein d'affaires à raconter aux gars...

Et sur ces quelques mots parfaitement inutiles puisque Bernadette ne l'attendait jamais, Marcel claqua la porte derrière lui.

Mal à l'aise d'avoir été témoins de la dispute, Laura et Antoine s'éclipsèrent dès qu'ils entendirent les pas de leur père qui descendait lourdement l'escalier. Deux marmonnements un peu confus furent lancés à l'unisson où Bernadette crut entendre qu'il était vaguement question d'examens, et ils quittèrent la pièce. Tant pis si ce n'était pas vrai. Bernadette pouvait comprendre qu'ils aient envie de se retrouver seuls. Antoine avait eu la gentillesse d'attraper son petit frère par la main pour l'amener avec lui, et quand Bernadette se retourna enfin vers la cuisine, elle constata qu'elle était seule.

Sans spectateurs, les larmes débordèrent aussitôt.

Encore un gâchis ! Et tout était de sa faute !

À force de toujours vouloir ménager la chèvre et le chou, Bernadette finissait immanquablement par déclencher des situations explosives.

Elle n'apprendrait donc jamais ?

Cette fois-ci, même les enfants avaient été les observateurs impuissants de sa maladresse.

— Voir qu'y' avaient besoin de prendre conscience comme ça que leur mère est juste une imbécile, des fois.

Ses larmes redoublèrent. S'asseyant à la table, elle enfouit son visage dans le creux de ses mains et laissa libre cours à toute sa frustration.

Ce fut une main posée délicatement sur son épaule qui réussit à sortir Bernadette de son désespoir. Laura regardait sa mère avec une curieuse lueur dans le regard.

— Est-ce que je peux m'asseoir ?

Bernadette lui montra une chaise sans parler. Du revers de la main, elle s'essuya le visage et renifla bruyamment. Puis, elle prit une longue inspiration remplie de sanglots.

— Escuse-moé, fit-elle comme si elle avait besoin de se disculper auprès de sa fille. C'est pas de même que j'aurais voulu que...

— Laisse faire ça, moman. T'es responsable de rien.

— Tu crois ça ?

Bernadette esquissa un sourire amer.

— Ben oui, chus responsable de ce qui s'est passé. Je le sais comment y' peut être des fois, ton père. J'avais juste à pas tourner autour du pot. C'est ça qui l'énerve. Je pense que je me dompterai jamais. Maudit verrat ! Pis en plus vous étiez là.

— Qu'est-ce que ça aurait changé qu'on soit là ou pas ? On le sait que vous vous chicanez. Les murs sont pas si épais que ça.

— N'empêche...

— N'empêche que ça aurait rien changé. Quand popa a une idée dans tête, même si son idée a pas d'allure, y a ben juste grand-moman pour le ramener à la raison.

— Tant qu'à ça...

Laura balaya quelques graines sur la table le temps de rassembler ses idées.

— Pour maintenant, c'est pas la mauvaise humeur de popa qui est importante, c'est grand-moman... J'ai ben hâte de la revoir.

— Pis moé, don !

— Alors, qu'est-ce qu'on attend ? Demain, tu prends un taxi pis tu vas la chercher.

Une lueur de panique traversa le regard de Bernadette. Puis elle soupira en baissant les yeux. Elle n'avait pas l'intention de raconter des histoires à sa fille.

Ouvrant les mains devant elle sur la table, comme pour montrer qu'elles étaient désespérément vides, elle avoua :

— J'ai faite ma faraude devant ton père pasque j'étais trop enragée après lui, mais de l'argent, ma pauvre Laura, j'en ai pas... Petête quèques piasses dans mon verre à cennes dans l'armoire, mais c'est toute. C'est sûrement pas avec ça que j'vas pouvoir aller à Québec.

— Je me doutais bien, aussi... Tiens, prends ça. Jamais je croirai qu'y en a pas assez.

Tout en parlant, Laura avait sorti une liasse de vingt dollars de la poche de sa jupe.

— Y a deux cents piasses. Appelle la compagnie de taxis, pis demande-leur combien ça coûte, aller à Québec pis en revenir. Si t'en as pas assez, je peux t'en donner d'autre.

Bernadette n'osait prendre l'argent que sa fille avait posé sur la table. Pourtant, Dieu lui était témoin que ce n'était pas l'envie qui lui manquait. Elle n'avait qu'à tendre la main...

Secouant la tête, Bernadette ferma les yeux avant de se laisser tenter et elle repoussa les billets vers Laura.

— C'est ben gentil, Laura, mais c'est pas à toé de faire ça. Ça serait à ton père. Après toute, Évangéline, c'est sa mère. Mais comme lui, y' veut pas, c'est à moé de trouver une solution.

— Une solution ? Y en a pas d'autre, solution, pis tu le sais. Pis moi, je vois pas de différence. Que ça soit moi ou popa, c'est pareil. Évangéline, c'est ma grand-mère pis je l'aime. Ça m'a peut-être pris du temps avant de la comprendre, mais c'est pas grave. L'important, c'est qu'aujourd'hui, je voudrais pas la perdre. Quand est pas là, c'est pas pareil dans maison.

Malgré tout ce beau discours, Bernadette hésitait encore. C'était une vraie petite fortune que sa fille lui offrait.

— Pis tes études, eux autres ?

Laura exagéra son soupir.

— C'est pas pour mes études, tu le sais, maudite marde ! C'est pour m'acheter un...

— Pas ce soir, veux-tu ?

Laura se mit à rougir violemment, ce qui confirma à Bernadette qu'elle ne s'était pas trompée. Laura n'avait jamais eu l'intention de s'acheter une auto.

— Je verrai à ça plus tard, fit alors Laura évasivement. Il me reste encore ben du temps devant moi. Pour ce soir, c'est juste à grand-moman qu'on doit penser. Juste à elle. Comme je la connais, elle doit se morfondre à Québec, loin de sa maison... Pis ? T'appelles la compagnie de taxis ou c'est moi qui le fais ?

— C'est moé, décida Bernadette en refermant promptement la main sur l'argent comme si elle avait peur que Marcel revienne tout de suite et fasse un drame avec la situation. J'appelle le taxi, mais chus sûre qu'y a assez d'argent.

— Parfait... Pis pour demain, inquiète-toi pas pour Charles. J'vas m'en occuper.

C'est vrai, il y avait Charles ! Dans l'effervescence de cette soirée épuisante, elle avait complètement oublié son fils. Mais par acquit de conscience, elle demanda quand même :

— Pis l'école ?

Laura haussa les épaules avec désinvolture.

— C'est pas une journée de plus ou de moins qui va changer quelque chose à mes notes. Et elles se portent très bien, mes notes ! Va chercher grand-moman pis oublie tout le reste... Je... je voudrais juste que tu ne lui dises pas que c'est moi qui t'as prêté l'argent.

— Pourquoi ? Ça serait juste normal qu'a' sache que...

— Non ! S'il te plaît. Si jamais elle apprenait que son propre fils ne voulait pas aller la chercher, ça pourrait y faire ben de la peine. On ne sait pas comment elle est au juste. S'il fallait qu'elle fasse une autre attaque à cause de ça, hein ? Moi, ça me tente pas de la voir encore plus malade. Déjà qu'elle n'arrive pas à marcher... Non, c'est ben assez comme ça pour elle. Pour l'argent, on verra plus tard, quand elle sera vraiment mieux.

Laura s'éclipsa dès qu'elle eut fini de parler, et Bernadette se retrouva seule à la cuisine. Du bout du doigt, elle toucha la liasse de dollars qu'elle avait glissés dans la poche de son tablier. Un long soupir lui gonfla la poitrine.

Malgré la générosité de Laura et la complicité qu'elle avait flairée entre elles, jamais Bernadette ne s'était sentie aussi seule qu'en ce moment.

Impulsivement, elle leva les yeux vers le téléphone.

S'il y avait quelqu'un sur terre capable de l'aider, c'était Adrien. Juste entendre le son de sa voix suffirait...

Sans hésiter, elle composa le numéro qu'elle savait maintenant par cœur à force de le faire pour donner des nouvelles.

N'avait-elle pas, justement ce soir, une très bonne nouvelle à annoncer ? Évangéline revenait à la maison.

Et pour une fois, elle se moquait bien que Marcel puisse revenir et surprendre son appel.

CHAPITRE 6

La mer sans arrêt
Roulait ses galets
Les cheveux défaits
Ils se regardaient
Dans l'odeur des pins
Du sable et du thym
Qui baignait la plage
Ils se regardaient
Tous deux sans parler
Comme s'ils buvaient l'eau de leurs visages
Et c'était comme si tout recommençait
La même innocence les faisait trembler
Devant le merveilleux
Le miraculeux
Voyage de l'amour

Deux enfants au soleil
JEAN FERRAT

Montréal, mardi 10 janvier 1961

Pour la première fois depuis une éternité, lui semblait-il, Bernadette avait quelques heures à elle.

Évangéline était partie pour l'hôpital où elle recevrait

enfin les soins dont elle avait besoin pour réapprendre à marcher. Il était temps !

Un mois ! Cela avait pris tout un mois à Bernadette pour convaincre sa belle-mère que celle-ci n'y arriverait jamais toute seule, en plus d'un autre long mois d'attente pour obtenir le premier rendez-vous. Donc, elle avait vécu deux mois de mauvaise humeur, de « Viarge ! » sur tous les tons, de « Bernadette, viens m'aider ! » Deux mois à naviguer entre deux fichus caractères de Lacaille, car Marcel ne se privait pas pour dire, dans l'intimité de leur chambre, que c'était lui qu'on aurait dû écouter. Tous les soirs ou presque, il y revenait.

— Tu vois ben que la mère était pas prête à revenir ! Calvaire, sa jambe gauche est toute racornie. C'est à peine si a' peut se tenir dessus. Même avec une canne, ça prend toute pour qu'a' l'avance d'un pas. Faut toujours la soutenir, comme un bebé. Pis en attendant, c'est toé qui te tapes toute l'ouvrage de la maison en plus des soins. T'es-tu regardée dans un miroir ? T'as l'air d'un vrai corps mort.

Pour une fois, Marcel n'avait pas tort. Bernadette n'en pouvait plus. On était alors à la mi-décembre, les fêtes approchaient et elle était débordée. Heureusement, une lettre d'Adrien, reçue un peu avant Noël et dans laquelle il réitérait ses encouragements et promettait une visite pour janvier, quand l'ouvrage serait moins lourd à la ferme, avait fini par décider Évangéline à donner suite aux conseils du médecin.

— Mais c'est ben pour vous faire plaisir !

Le regard qu'Évangéline avait jeté à Bernadette en disait

long sur son scepticisme quant à la valeur potentielle des exercices proposés.

— Voir que de me faire étirer dans tous les sens va donner quèque chose.

— Voyons don, la belle-mère ! Les médecins doivent ben savoir ce qu'ils font. Pis en plus, Cécile vous a dit que c'était important. Me semble que d'habitude, vous faites confiance à Cécile la docteur, non ?

— On verra ben...

N'empêche que ce matin, Évangéline était enfin partie pour un premier rendez-vous et qu'assise à la table de la cuisine, Bernadette dégustait un bon café à petites gorgées gourmandes.

Enfin seule !

Le regard évasif, le cœur en cavale, elle se souriait à elle-même.

Jeudi, en fin de journée, Adrien serait là. Seul, sans Maureen. La belle-sœur américaine avait décidé de ne pas l'accompagner. Le froid proverbial du Québec en hiver lui faisait peur.

— Tant pis pour elle, murmura Bernadette, tout allègre à la pensée d'avoir Adrien auprès d'elle sans avoir à tenir compte de sa belle-sœur.

La maison était prête à le recevoir. Laura avait accepté de bon cœur de céder sa chambre à son oncle. Elle partagerait le lit d'Évangéline. Antoine avait bien hâte de le revoir, et Charles, qui ne se souvenait plus d'Adrien, posait des tas de questions sur cet oncle qui venait de si loin. Quant à Marcel, il ne disait rien. Depuis le retour de sa mère, il était beaucoup moins fanfaron devant sa famille et se contentait de laisser éclater sa mauvaise humeur le soir, seul avec sa femme.

Bernadette poussa un long soupir pour éloigner Marcel de son esprit.

Machinalement son regard se tourna vers la fenêtre où le soleil brillait de mille feux dans le givre qui grignotait le bas des vitres. Adrien, même à des milles de là, devait voir ce même soleil... Adrien qui serait là dans quelques jours.

D'une visite à l'autre, Bernadette se demandait si cette fois-ci serait la bonne. Finirait-elle un jour par se décider à tout dévoiler à Adrien ?

Chaque fois qu'il annonçait sa visite, Bernadette y pensait.

Elle imaginait une infinité de scénarios où elle aurait le beau rôle, une surabondance de situations où Adrien, le regard voilé de larmes, serait le plus heureux des hommes d'apprendre qu'il avait enfin un fils.

Invariablement, l'arrivée d'un des membres de sa famille faisait éclater la bulle de ses chimères. Bernadette savait bien, au fond, qu'elle ne dirait jamais rien. Pourquoi risquer de tout perdre ? Mais s'imaginer en train de parler à Adrien lui faisait du bien. Avant de la faire souffrir un peu plus chaque fois...

Ce matin encore, en soupirant, Bernadette ferma les yeux sur ses rêves impossibles. Penser à Adrien était probablement l'émotion la plus ambiguë, la plus ambivalente de sa vie, à la fois réconfort et douleur.

Le temps de se ressaisir et Bernadette ouvrit les yeux.

— Bon, lança-t-elle à voix haute en secouant la tête. Ça suffit pour astheure. Chus toujours ben pas pour gâcher le peu de temps que j'ai à moé.

Un coup d'œil machinal vers l'horloge lui apprit qu'elle avait encore près de deux heures de liberté avant de se préparer pour aller chercher Charles. Quant au dîner, il serait réduit à sa plus simple expression, Évangéline mangeant à l'hôpital pour ne revenir qu'en début d'après-midi.

— Et si je faisais des mots croisés ? Ça fait des semaines, des mois que j'ai pas eu le temps de m'y mettre.

Bernadette était déjà debout. Elle vida le reste de son café refroidi dans l'évier, mit la bouilloire en marche pour s'en préparer un autre, fila vers le salon pour récupérer le journal de la veille et dénicha le vieux Larousse dans le buffet de la salle à manger.

Elle avait l'impression de faire l'école buissonnière !

Un crayon entre les doigts, une efface à portée de main, un café fumant tout près, elle commença à feuilleter le journal, heureuse de cette sensation de liberté qui la portait. Néanmoins, dès la deuxième page, elle s'arrêta.

Haute en couleur, sur une demi-page, une publicité vantait les mérites de la nouvelle Pontiac de l'année.

Bernadette leva la tête, songeuse.

Laura n'avait jamais reparlé de l'argent qu'elle avait donné pour que sa grand-mère puisse revenir de Québec. Jamais, pas un mot. Et curieusement, Évangéline, de son côté, n'avait jamais demandé où Bernadette avait pris tout cet argent pour pouvoir venir la chercher en taxi. Le geste, pourtant considérable dans l'état actuel de leur budget, aurait dû susciter quelques questions de sa part. Mais non, rien. Là non plus, pas un mot.

Seul Marcel s'était souvenu de sa promesse et la semaine suivante, l'allocation de Bernadette était amputée de deux dollars. Une vraie fortune quand on a six bouches à nourrir et deux garçons qui grandissent à vue d'œil à habiller, d'autant plus qu'avec sa jambe tout engourdie, comme elle le disait, Évangéline ne pouvait se remettre à la couture. Pourtant, Bernadette n'avait pas protesté. Il était inutile d'essayer de discuter avec Marcel sans dévoiler le pot aux roses, et elle avait promis à sa fille de ne rien dire.

La publicité du journal venait de lui rappeler à quel point Laura avait été généreuse. Même si finalement, elle n'avait jamais eu l'intention de s'acheter une auto, Bernadette savait combien sa fille tenait à ses études.

Bernadette se demanda alors comment Laura ferait pour annoncer à son père que durant tous ces mois, elle mettait de l'argent de côté pour se permettre d'aller à l'université et non s'acheter une auto. La réaction de Marcel n'était pas difficile à prévoir. Il serait en furie de s'être fait berner aussi facilement et la dispute éclaterait.

Pourtant, avec tout ce temps que Bernadette avait eu pour y penser, l'idée de l'université n'était peut-être pas si folle que ça. Ni même exagérée. Évangéline lui avait parlé de sa nièce qui, grâce à ses études justement, avait pu sortir sa mère des griffes de Georgette.

Et voilà qu'à cause d'Évangéline, Laura serait peut-être obligée de retarder son projet.

Pourtant, le soir où Laura lui avait remis l'argent,

Bernadette admettait aisément qu'elle n'avait vu que la gentillesse de sa fille. Enfin, Évangéline reviendrait chez elle !

Ce fut quelques semaines plus tard, quand la situation s'était placée et que le quotidien avait repris ses droits, que Bernadette avait ressenti un certain malaise devant le geste de sa fille.

Un bon matin, alors qu'elle aurait eu besoin de quelques denrées pour le repas et que Charles, resté à la maison avec un début de grippe, ne pouvait jouer seul sous la garde de sa grand-mère encore trop faible pour s'occuper de lui, ce fut ce matin-là que Bernadette avait compris à quel point elle était vulnérable, à la merci du moindre caprice de la vie.

Et ce n'était pas juste une question de trois boîtes de conserve, d'une livre de steak haché et d'un sac de patates !

Ce fut à cet instant, alors qu'elle fouillait dans le garde-manger pour dénicher ce qui pourrait faire l'affaire d'un repas, qu'elle avait revu sa main agrippant l'argent de Laura comme l'unique planche de salut.

Cette image de sa main agrippant l'argent l'avait fait se redresser. Elle avait alors longuement regardé autour d'elle. Ici, c'était la maison d'Évangéline. Elle cuisinait dans les casseroles d'Évangéline, utilisait la vaisselle d'Évangéline, se servait des torchons d'Évangéline pour faire le ménage.

Et quand il avait fallu aller chercher Évangéline à Québec, de toute évidence, Bernadette n'aurait rien pu faire seule.

L'humiliation d'avoir dû accepter l'argent de Laura avait été foudroyante.

Après dix-huit ans de mariage, à l'aube de ses trente-six ans, Bernadette Lacaille toute seule ne valait pas grand-chose.

Depuis cette prise de conscience, à la moindre occasion, la sensation de fragilité, de médiocrité, refaisait surface et lui laissait un goût amer dans la bouche. Comme présentement...

Bernadette déposa le crayon contre l'efface et repoussa le dictionnaire. Elle n'avait plus du tout envie de faire les mots croisés. Pour éviter de sombrer dans une de ses réflexions malsaines dont elle ressortait brisée comme si on l'avait rouée de coups, elle continua cependant de feuilleter le journal.

À la page quatre, un encart au beau milieu de la page apporta une heureuse diversion.

— Tiens, les produits Avon... Bizarre que ma vendeuse m'aye pas apporté la revue. D'habitude, madame Lemieux m'oublie jamais.

Les produits Avon étaient les seuls petits luxes que Bernadette s'offrait à l'occasion. Pas grand-chose, en fait, car elle se maquillait peu. Du rouge à lèvres pour les sorties, une crème pour les mains, une poudre de talc avec sa houppette logée dans une jolie boîte fleurie, un parfum au nom absurde. Tous ces produits, elle les utilisait avec parcimonie pour qu'ils lui durent le plus longtemps possible.

Bernadette se pencha sur le journal avec une toute petite raison de se réjouir. Peut-être y avait-il de nouvelles fragrances ?

Mais l'encart n'était pas une publicité pour les produits.

Comme il l'était écrit, l'annonce était plutôt une proposition d'affaires.

Bernadette lut l'offre d'emploi à deux reprises.

— Pourquoi pas ? fit-elle alors, songeuse.

Elle s'appuya sur la table pour relire le papier une troisième fois. On ne demandait rien de plus qu'une belle personnalité et une certaine aisance en français et en calcul. On offrait même quelques heures de formation.

C'était peut-être là la solution à tous ses problèmes. Avoir un revenu. Avoir de l'argent bien à elle. Car au fond, sous le toit de Marcel, toutes les tracasseries, toutes les discussions ou presque tournaient invariablement autour de l'argent.

Mais encore lui faudrait-il agir en cachette. Jamais Marcel ne tolérerait que sa femme travaille. Sa fierté d'homme pourrait en souffrir.

À cette pensée, Bernadette soupira de découragement.

Par contre, d'un autre côté, elle avait de plus en plus de temps libre avec Charles qui était à l'école. Quant à Évangéline, elle ne serait pas malade toute sa vie, le médecin avait été formel là-dessus. Donc, elle pourrait voir ses clientes le jour, sans que Marcel le sache.

Fidèle au monde de la rêverie, Bernadette se laissa emporter par ses habituelles chimères.

Brusquement, avoir de l'argent, c'était arrêter de se casser la tête pour faire l'épicerie toutes les semaines. Ne plus devoir choisir, semaine après semaine, entre les bananes et les pommes lui apparut alors comme la plus séduisante des perspectives.

Et il y avait Laura qu'elle pourrait aider dans ses études.

Peut-être bien que sa fille n'aurait plus à travailler comme une forcenée pour y arriver.

Et Antoine! Allez donc savoir ce qu'il faisait tous les mardis et les jeudis! Peut-être travaillait-il, lui aussi, pour acheter son matériel d'artiste? Pas moyen de faire parler Évangéline — elle était muette comme une tombe — et pas moyen de suivre Antoine, car on trouvait mille et un prétextes pour la garder à la maison. Mais si Bernadette travaillait, si Bernadette avait de l'argent, là encore, elle pourrait intervenir.

Si elle avait un peu d'argent, les enfants lui confieraient peut-être leurs ambitions, les repas seraient plus agréables à préparer et le ménage se ferait promptement avec tous les nouveaux produits sur le marché.

En un mot, pour Bernadette, la vie serait tellement plus simple, plus belle si elle avait un peu d'argent à elle!

À partir d'une toute petite annonce faite pour recruter quelques vendeuses, Bernadette Lacaille, elle, refaisait sa vie.

Elle se leva d'un bond, fila vers sa chambre et se tenant bien droite devant le miroir qui surplombait le bureau, elle s'examina rigoureusement.

Avait-elle une chance d'être choisie comme représentante Avon?

À ses yeux, nul doute que l'apparence avait une grande importance, car après tout, les dames Avon vendaient des produits de luxe.

Bernadette se dévisagea sévèrement puis se déhancha pour jeter un coup d'œil sur son dos. Un peu ronde, pas de doute là-dessus! Elle soupira puis retira son tablier qu'elle

tira sur le lit. Ça n'avantage personne, un tablier! Elle se
tordit la taille une seconde fois pour s'apprécier de dos.
C'était un peu mieux... Ensuite elle releva ses cheveux d'une
main et pirouetta sur elle-même. Malgré un certain relâ-
chement dont elle pouvait facilement s'accommoder,
Bernadette fut satisfaite de l'image qu'elle projetait. Ronde,
d'accord, mais encore jolie. Une tenue soignée, bien entendu,
un maquillage discret — elle n'aurait pas le choix — et un
beau sourire avenant devraient lui ouvrir toutes les portes.

— Et pourquoi pas? lança-t-elle à haute voix en prenant
son propre reflet à témoin. Voici Avon, madame!

Comme dans les annonces télévisées!

Elle repartit d'un pas aérien vers la cuisine tout en renouant son tablier. Elle récupéra les ciseaux dans le tiroir du
haut et découpa consciencieusement l'annonce Avon
qu'elle glissa dans sa poche. Femme d'introspection et
d'hésitation, elle avait besoin de quelques heures supplé-
mentaires pour bien réfléchir à toutes les implications du
projet avant d'y donner suite.

— Mais promis, j'appelle demain. Ou après-demain au
plus tard avant l'arrivée d'Adrien. Sinon, je me connais, je
ferai rien pis après j'vas le regretter...

* * *

L'arrivée d'Adrien se fit en toute simplicité, comme s'il avait
quitté la maison la veille, et Bernadette lui envia cette faculté
de se sentir à l'aise partout et en tout temps. Laura parla à
son oncle de ses études au couvent, Antoine l'amena dans

sa chambre pour lui montrer ses dessins, et Charles exigea qu'il l'aide à construire la plus haute tour du monde avec ses nouveaux blocs Lego en plastique dur.

Quant à Marcel, il grimaça en voyant son frère se présenter à la table pour le souper et il quitta la maison dès sa dernière bouchée avalée.

Puis Adrien rejoignit sa mère au salon, et Bernadette respecta leur intimité. Elle connaissait trop bien la profondeur des sentiments qui liaient la mère et le fils. S'il y avait quelqu'un sur terre capable de convaincre Évangéline de mettre toute son énergie à réapprendre à marcher, c'était bien Adrien.

La fin de semaine arriva et Bernadette vit se multiplier les entretiens en tête-à-tête entre Évangéline et Adrien. Elle refusa de s'immiscer dans leur conversation, et personne n'insista pour qu'elle le fasse. Il n'y eut qu'à l'heure des repas qu'Adrien se joignait à elle pour les préparer.

— J'aime bien cuisiner. Ça occupe les mains et ça évite de penser à ses problèmes.

Bernadette n'avait osé lui demander quels étaient ses problèmes. Elle ne lui en connaissait qu'un seul : l'incapacité de Maureen à mener une grossesse à terme.

En fait, que savait-elle de cet homme qui était son beau-frère et le père de son fils Charles ? Si peu de choses !

Cette constatation l'avait chagrinée.

L'entrée intempestive de Marcel dans la cuisine avait mis un terme à sa réflexion. Pour une fois, elle avait été presque contente de le voir là.

Puis le mardi arriva.

Depuis jeudi dernier, depuis l'arrivée d'Adrien en début d'après-midi, Bernadette avait connu de longues heures d'insomnie à penser à ce mardi matin où Évangéline partirait pour ses traitements et qu'elle se retrouverait seule avec Adrien.

Lui, y avait-il pensé ?

Bernadette se détourna pour cacher sa déception quand elle entendit Adrien proposer à sa mère de l'accompagner. Puis son cœur fit un bond quand Évangéline refusa.

— Pas d'affaire, mon gars. Tu me verras pas grimacer quand je me fais étirer pis taponner par les gardes-malades pis tu riras pas de moé quand j'essaye de marcher tuseule entre les deux rampes. Toé, tu restes icitte.

— Alors, je vais vous reconduire.

— T'es-tu malade, toé ? Quand je prends le taxi, je me fais des accroires pis je me dis que chus une dame du grand monde. Tu viendras pas gâcher mon fun, c'est le seul que j'ai quand chus pognée pour aller à l'hôpital. Non, non ! Tu restes à maison avec Bernadette ou ben tu vas ousque tu veux, mais tu viens pas avec moé, ça c'est sûr comme chus là, drette devant toé ! Si tu veux te rendre utile, t'auras juste à m'aider pour l'escalier. Avec ma jambe folle pis ma canne, j'ai toujours peur de débouler. Tu m'en veux pas, hein Bernadette ? Je le sais ben que tu fais ton gros possible pour me retenir quand je descends l'escalier, mais je pense que les bras de mon gars sont plus fiables.

Quand Bernadette revint de l'école où elle était allée reconduire son fils, Adrien était installé à la table et il lisait le journal.

— Évangéline est pas là ?

— Partie !

— Déjà ?

Adrien esquissa un sourire moqueur.

— Je crois bien que je l'ai convaincue. Elle était pressée de s'en aller ce matin.

— Hé ben !

Bernadette pendit son manteau à un clou derrière la porte et retira ses bottes qu'elle secoua au-dessus du paillasson avant de les ranger contre le mur en demandant :

— Et si je nous faisais un bon café ? Il fait un froid de canard dehors.

Adrien était déjà debout.

— D'accord pour le café, mais c'est moi qui le prépare. Assis-toi, ça ne sera pas long.

Bernadette était si peu habituée à ces marques de galanterie que c'est toute rougissante qu'elle se tira une chaise pour s'asseoir, dos à Adrien. Le silence soutenu par le bruit des ustensiles manipulés lui sembla tout à coup très lourd.

Bernadette bougea sur sa chaise, nerveuse. De quoi pourrait-elle parler pour meubler le temps et l'espace entre Adrien et elle ?

Tous les beaux scénarios élaborés au fil des années lui étaient brusquement dérisoires, inaccessibles. Son esprit désespérément vide la laissa pantelante, presque tremblante. Elle sursauta quand Adrien déposa une tasse devant elle, lui effleurant le bras au passage. Il fit comme s'il n'avait rien remarqué et contournant la table, il vint s'asseoir devant elle.

Puis il soutint son regard un long moment.

— Alors ? Quoi de neuf ?

Par habitude, Bernadette haussa les épaules.

— De neuf ? Qu'est-ce que tu veux qu'y aye de neuf ici ? Au cas où tu l'aurais pas remarqué, je mène une vie plutôt tranquille. Les jours qui se suivent se ressemblent toutes un peu.

— J'avais remarqué, oui. C'est peut-être même à cause de ça que je tiens tant à ma vie au Texas. Le travail physique, les animaux, les journées au grand air...

— Chanceux ! Des fois, la campagne me manque. Pourtant, c'est juste moé qui a décidé de venir en ville. Personne m'a obligée. Pis d'une certaine manière, j'aime ça. La vie est plus facile.

— Je le sais, tu me l'as déjà dit... Mais pour le reste ?

— Le reste ? Quel reste ?

D'un large geste du bras, Adrien montra la cuisine comme si tous ceux qui s'y croisaient quotidiennement étaient avec eux.

— Les enfants, Marcel, ma mère... Comment te débrouilles-tu dans tout ça ?

Bernadette leva la tête vers Adrien, prête à riposter que ce n'étaient pas eux qui pouvaient changer grand-chose à son quotidien. Mais le regard de son beau-frère était si intense qu'elle resta silencieuse. Ce regard, il ressemblait tellement à celui qu'elle imaginait quand il était au loin que les mots qui avaient déserté son esprit, quelques instants auparavant, lui revinrent un à un. Comme dans ses rêves les plus fous, à lui, elle pouvait tout dire. Il savait écouter. Il savait si bien la comprendre.

Et ils étaient seuls pour un long moment encore.

En moins d'une heure, Bernadette fit le tour de sa vie. Sa grande inquiétude pour Évangéline qu'elle avait appris à aimer, Laura et ses envies d'études universitaires dont on ne devait pas parler pour l'instant, Antoine qui avait mystérieusement changé un beau samedi de novembre, Charles qui faisait sa fierté... Même son appel pour devenir représentante Avon fut évoqué.

— J'espère juste qu'y' vont me rappeler. Me semble que toute irait mieux si j'avais un peu d'argent à moé... Comme tu vois, un dans l'autre, c'est pas mal tranquille. Y a ben juste ta mère qui nous a fait une peur bleue l'automne dernier. Pour le reste...

À son tour, Bernadette balaya la cuisine d'un geste évasif.

— Dans le fond, murmura-t-elle, ma vie se passe ici, dans cuisine. C'est dans c'te pièce-là que je vis ma vie, entre un repassage, un repas à préparer, des chaussettes à repriser, une liste d'épicerie à faire pis mon journal.

Bernadette avait parlé si bas qu'Adrien comprit qu'elle l'avait fait pour elle. Cette constatation n'appelait aucune réponse. Il se contenta de passer le bras au-dessus de la table pour poser sa main sur celle de Bernadette. Alors, elle leva les yeux vers lui.

Et sans un mot, elle comprit. Entre eux, rien n'avait changé. Seule la vie se mettait en travers de l'amour qu'ils ressentaient l'un pour l'autre.

Bernadette emmêla ses doigts à ceux d'Adrien.

— Pis toé ? À quoi ressemble ta vie là-bas, dans ton Texas ? C'est à ton tour de raconter. J'aime ben ça quand tu me parles de ta vie dans le sud.

Adrien parla donc de ses longues journées sur la terre, de ses chevauchées où il se sentait libre comme l'air et des corvées inévitables et dures, mais satisfaisantes. Il parla des neveux et nièces nés depuis son dernier voyage. Il y en avait trois : un garçon et deux petites jumelles de quelques mois à peine.

Mais, comme l'avait fait Bernadette avant lui, il ne prononça pas le nom de Maureen. Marcel et Maureen n'appartenaient pas à cette vie qu'ils avaient envie de partager l'un avec l'autre.

— Voilà à quoi ressemblent mes journées. Un dur labeur. Mais je l'aime. J'aime les grands espaces et la chaleur.

Puis, après un long moment de silence où Bernadette et lui se regardèrent intensément, Adrien ajouta, alors qu'il s'était promis de ne pas le faire :

— Il ne manque que toi là-bas. Toi et une ribambelle d'enfants. Je m'ennuie, Bernadette. Je m'ennuie de toi et de la famille que je n'aurai jamais.

Bernadette aurait voulu lui dire qu'elle aussi s'ennuyait et qu'une famille, il en avait une, mais les mots ne passèrent pas. À la place, deux grosses larmes chaudes débordèrent de ses paupières.

Larmes devant ses rêves qui n'en étaient pas, finalement. L'amour entre Adrien et elle était bien réel. Mais c'était une réalité qui lui échapperait toujours. Qui leur échapperait toujours.

En quelques pas, Adrien fit le tour de la table et obligeant Bernadette à se lever, il la prit tout contre lui. Il s'était juré de n'être que le gentil beau-frère, mais il ne le pouvait pas. Pas devant la tristesse de celle qu'il aimait.

Prenant le visage de Bernadette entre ses mains, il essuya ses larmes avec ses pouces. Puis il les cueillit avec ses lèvres. Quand il souleva Bernadette dans ses bras, elle se lova contre sa poitrine sans résister alors que dans sa tête, toutes les raisons de s'opposer, de se raidir succédèrent les unes aux autres.

Le nom de Marcel s'imprima en lettres de feu sur l'écran de ses paupières closes.

Adrien mena Bernadette dans la chambre de Laura, la déposa doucement sur le lit. Puis, lentement, pour déguster chacune des secondes qui fuyaient trop vite, il retira ses vêtements. Bernadette frissonna, toujours aussi silencieuse, ne sachant qui écouter. Son cœur ou sa raison ? Ce ne fut qu'au moment où elle sentit la peau d'Adrien contre la sienne qu'elle ouvrit les yeux. Était-ce bien elle, dans la chambre de sa fille, s'apprêtant à faire l'amour avec le seul homme qu'elle ait vraiment aimé ? Le temps de suivre le contour du visage d'Adrien du bout du doigt pour être bien certaine qu'elle ne rêvait pas puis Bernadette referma les yeux sans dire un seul mot.

Alors, Adrien sut que son désir était partagé.

Ils avaient du temps devant eux; ils avaient ce bref moment que la vie leur offrait.

Bernadette garda les yeux fermés. Elle voulait oublier qu'elle était dans le lit de Laura, elle voulait garder le temps prisonnier sous ses paupières.

Le nom de Marcel lui traversa l'esprit une dernière fois. Il s'acharnait à lui répéter que le plaisir n'était pas pour les femmes…

Pourtant...

Quand Adrien souleva ses seins lourds, quand sa bouche se perdit tout au long de son ventre, Bernadette oublia tout ce qui n'était pas l'instant présent.

Comme tout le monde, elle aussi avait droit à ses petits bonheurs...

Le voyage d'Adrien dura trois longues semaines, alors qu'il n'était parti que pour une quinzaine de jours.

Durant tout ce temps, Évangéline s'entêta à partir tôt tous les mardis et les vendredis quand elle devait se rendre à l'hôpital.

Et elle refusait obstinément qu'Adrien l'accompagne.

CHAPITRE 7

You've got the beat, you're in the groove
Now grab your chick and start to move
This isn't just a rock'n'roll
This is a dance for young and old
Clap your hands, clap your hands

Clap your hands
THE BEAU-MARKS

Montréal, vendredi 16 juin 1961

Jamais après-midi ne lui avait paru aussi long qu'en ce vendredi où Laura levait les yeux vers l'horloge toutes les cinq minutes. Le cours de sœur Marie-Carmel, qu'elle appréciait en temps normal, lui paraissait aujourd'hui tout à fait ennuyeux et inutile.

Comment pouvait-on prétendre savoir ce qu'Alexandre Dumas fils pensait vraiment quand il avait écrit *La Dame aux camélias* ? Sœur Marie-Carmel le lui avait-elle demandé personnellement ? Ce n'étaient que des suppositions, tout ça !

De toute façon, comment Laura aurait-elle pu avoir l'esprit ouvert aux œuvres d'un vieil écrivain français dépassé quand, le soir même, elle allait enfin avoir l'opportunité de côtoyer un auteur en chair et en os ? Et pas n'importe quel auteur ! Un chansonnier ! Un homme qui savait allier paroles et musique...

Laura leva la tête vers l'horloge et retint un soupir. Trois heures. À peine trois heures ! Encore une éternité à attendre avant ce soir.

Avant le grand soir !

En effet, après le souper, en compagnie d'Alicia, Laura allait entendre Claude Léveillée dans sa toute nouvelle boîte à chansons, Le Chat noir. Enfin !

Depuis le temps qu'Alicia lui en parlait, Laura ne tenait plus en place !

Et dire qu'il lui restait encore plus de soixante minutes d'analyse, d'hypothèses et d'extrapolations sur un vieux livre avant d'être libérée de l'école.

Reportant les yeux sur sa feuille, Laura fit semblant de lire, se rappelant les mots qu'Alicia avait employés pour parler des boîtes à chansons.

— C'est tante Anne qui m'a fait découvrir les boîtes à chansons, avait-elle expliqué, de l'enthousiasme plein la voix. Elle-même y joue parfois comme accompagnatrice quand ils ont besoin d'une pianiste. Mais c'est rare. La plupart des chansonniers s'accompagnent eux-mêmes. Tu vas voir, Laura, c'est autrement meilleur que les chanteurs américains... Je dirais que ça nous ressemble plus. C'est tellement bon !

Laura était tout de même sceptique. Meilleur qu'Elvis et Ray Charles ? Meilleur que Chubby Checker qui venait d'inventer le twist ? Difficile à croire. De là son impatience d'aller vérifier elle-même ce que ces chanteurs québécois avaient à lui offrir. Jusqu'à maintenant, elle refusait d'investir le moindre sou pour l'achat de disques d'ici, prétextant que rien ne valait la musique américaine. À ses oreilles, les chansons françaises sonnaient toutes pareil et la ramenaient invariablement à sa grand-mère qui se pâmait encore devant Jean Sablon et Tino Rossi, chanteurs que Laura jugeait complètement désuets et ennuyeux. Comment, alors, quelques chanteurs et gratteurs de guitare québécois pouvaient-ils se comparer à ses idoles ?

N'empêche que cela faisait des mois qu'elle espérait pouvoir accompagner Alicia qui ne jurait plus que par les chansonniers qu'elle allait régulièrement écouter et voir Chez Bozo, sur la rue Crescent, pour ainsi comparer elle-même les styles de musique.

— Pis en plus, ce n'est pas trop dispendieux. Juste un dollar pour entrer.

Malheureusement, le vendredi et le samedi soir, Laura travaillait au casse-croûte de monsieur Albert et elle n'avait, jusqu'à ce jour, jamais pu être de la partie, dispendieuse ou pas.

Elle n'avait pas compté qu'en plus, il lui faudrait convaincre Bernadette qu'elle ne courrait aucun danger à fréquenter le centre-ville le soir. Sa mère avait la fibre maternelle plutôt sensible à l'inquiétude, ce qui commençait à embêter sérieusement Laura, et de plus en plus souvent ! Dans quelques mois, elle aurait dix-huit ans et par moments, elle avait l'impression d'être encore une toute petite fille. Qui plus est, une petite fille sans discernement !

Finalement, après des heures et des heures de réflexion, Laura n'avait rien demandé du tout, par crainte de voir la permission lui être refusée. Elle avait plutôt prétexté un long examen, particulièrement difficile à préparer.

Bernadette avait dévisagé sa fille un long moment avant de répondre.

— Un examen? D'accord, c'est la semaine des examens qui s'en vient, je le sais. Mais étudier avec Alicia? Comment vous pouvez faire ça? Vous allez même pas à même école, verrat! Pis si j'ai ben compris toute ce que tu m'as dit à propos du cours classique pis des études de ton amie, a' serait même pas dans même année que toé. Tu serais pas en train d'essayer de m'en passer une p'tite vite, toé là?

Laura avait levé les yeux au ciel pour se donner une certaine crédibilité. Elle mentait si peu souvent qu'elle craignait d'être démasquée au premier mot qu'elle dirait.

— Pourquoi? Pourquoi veux-tu que je te mente?

Laura avait même réussi à se donner des allures de dignité outragée.

— J'ai rien à cacher, moi! De toute façon, tu sais tout le temps où je suis pis ce que je fais. Qu'est-ce que tu veux de plus? Alicia pis moi, on va petête pas à la même école, on est petête pas dans la même année, mais elle pis moi, on étudie les mêmes vieux écrivains français plates, par exemple!

Laura avait repris son souffle et avant que sa mère ne puisse rétorquer quoi que ce soit, elle avait enchaîné:

— Pis? Est-ce que je peux aller chez Alicia pour étudier? Promis, je reviens de bonne heure samedi matin! De toute façon, j'ai juste mon vendredi soir de congé. Monsieur Albert m'attend à trois heures tapant samedi après-midi. Il vient d'acheter une nouvelle machine pour faire des cornets de crème glacée molle. Faut que j'apprenne comment elle fonctionne, la fichue machine, parce que c'est moi qui vas en être responsable durant tout l'été.

À cette mention, les yeux de Bernadette avaient brillé de gourmandise anticipée, oubliant pour un instant la permission sollicitée.

— De la crème molle ? Monsieur Albert va offrir de la crème à glace molle, astheure ? Ça, c'est bon ! J'en ai pas mangé souvent, mais j'ai ben aimé ça...

Laura n'en pouvait plus. Si sa mère continuait sur ce ton, passant du coq à l'âne sans raison, elle allait finir par lâcher prise et dire toute la vérité, ce qui l'empêcherait d'aller voir Claude Léveillée, elle en était certaine. Jamais Bernadette n'accepterait que sa fille lui ait menti.

— Pis ? Pour Alicia ? Je lui réponds quoi ? Je peux y aller ou pas ?

Bernadette avait fixé Laura une seconde fois sans répondre. Sa fille avait beaucoup maigri durant l'hiver. À brûler la chandelle par les deux bouts, le jour à l'école et le soir chez monsieur Albert, elle finirait par tomber malade. Bernadette en avait eu le cœur serré. Elle avait même été sur le point de lui confier qu'avec un peu de chance, d'ici quelques mois, Laura n'aurait plus à travailler autant. La clientèle de la toute nouvelle dame Avon allait croissant, au grand plaisir de Bernadette qui, toute fière, avait montré son livre de comptes à Évangéline.

— Cré maudit ! Je pensais pas que ça pouvait être payant comme ça de vendre du rouge à lèvres. T'es ben sûre que tu t'es pas trompée dans tes chiffres ?

Mais Bernadette ne s'était pas trompée.

Pourtant, face à Laura, elle avait retenu la confidence qu'elle avait eu envie de faire. Quand viendrait le temps de parler de ses études, elle le ferait, sans aucun doute. Laura avait toujours été discrète. Toutefois, en attendant, moins de gens étaient au courant et mieux cela valait. Bernadette craignait tellement que Marcel lui mette des bâtons dans les roues s'il venait à savoir à quoi sa femme occupait son temps l'après-midi qu'elle préférait se taire. Avec Marcel, on ne savait jamais à quoi s'attendre.

Bernadette avait fermé les yeux un instant, effaçant Marcel de son esprit, puis elle avait reporté son attention sur Laura, cette même Laura qui avait été si généreuse à l'égard de sa grand-mère, à l'automne, et qui avait besoin d'un peu de distraction, c'était indéniable... si une soirée d'étude pouvait passer pour une distraction! Ce fut à cette pensée que Bernadette avait pris sa décision.

— O.K.! Tu peux y aller, chez ton amie. Mais je veux pas que ça devienne une habitude, par exemple. Une fois de temps en temps, ça peut toujours passer. Mais pas plus. T'as un lit pis une chambre ben à toé, faudrait pas que tu l'oublies.

Le sourire arboré par Laura valait à lui seul la permission accordée.

— Promis, moman. Pis merci. Merci ben gros... Si tu savais comme ça me fait plaisir... Pis avant que tu le dises, promis que j'vas être ben polie...

Bernadette avait trouvé que sa fille affichait un peu trop d'enthousiasme devant le simple fait d'aller étudier chez une amie, mais elle n'avait rien dit.

Une commande en retard requérait une grande partie de son attention avant que Marcel revienne du travail.

C'est ainsi que, trois jours plus tard, dans quelques heures à peine, Laura serait libre pour la soirée !

Son bagage fut prêt en un tournemain et profitant de ce que sa mère était absente, elle se sauva aussitôt.

— Bonjour, grand-moman. Je m'en vas, là. Tu diras à moman que j'vas revenir demain matin avant le dîner. Bonne soirée.

Sans attendre de réponse, sans attendre surtout les iné-vitables questions que sa grand-mère avait coutume de poser, Laura claqua la porte derrière elle, descendit l'esca-lier à la volée et déguerpit à toute allure. Elle courut jus-qu'au coin de la rue pour prendre l'autobus.

À elle la liberté !

Elle recommença à respirer à fond quand l'autobus eut fait au moins les cinq premiers milles la séparant de chez elle. Elle serrait son léger bagage contre sa poitrine, le nez à la fenêtre. Jamais la ville de Montréal ne lui avait paru aussi belle !

Tant que Laura fut chez Alicia, partageant le repas fami-lial, la détente fut totale. Elle aimait bien les parents de son amie, qui ne ressemblaient en rien à ses propres parents. La famille Leclerc n'avait rien à voir avec la sienne. Alicia et sa petite sœur, Clara, étaient les points de mire de la discus-sion. On analysait la journée terminée, on parlait des pro-jets, des amis. Charlotte et Jean-Louis faisaient valoir leurs opinions, énonçaient parfois des interdits, soit, mais tou-jours sur un ton qui donnait envie de les écouter. Rien à voir avec les sempiternelles disputes qui émaillaient trop souvent, hélas, les repas de la famille Lacaille.

Puis les filles se préparèrent pour la soirée et quittèrent la maison avec la promesse formelle qu'elles seraient de retour avant minuit.

— Ici, lança Charlotte en riant alors qu'elle reconduisait Laura et Alicia à la porte, c'est comme dans l'histoire de Cendrillon : les belles filles se transforment en épouvantails dès que sonne minuit ! Bonne soirée, les filles, et n'oublie pas, Alicia : obligation de revenir en taxi. Pas question de vous faire raccompagner par des inconnus. Même s'ils sont très beaux et très gentils !

— Maman ! Tu me répètes la même chose chaque fois que je sors avec des amies.

— On n'est jamais trop prudents !

— Je le sais. Promis, on revient en taxi et bonne soirée à vous deux !

Permission de minuit, belles filles changées en épouvantails... C'était fort approprié comme discussion, car Laura avait l'impression de vivre un vrai conte de fées. Alicia lui avait prêté une de ses robes, toute légère, en accord avec l'été qui commençait, et Charlotte avait permis aux filles d'utiliser un peu de son maquillage. Quand elle s'était regardée dans le miroir, c'est à peine si Laura s'était reconnue.

Une petite foule s'agglutinait déjà sur la rue Milton quand Laura et Alicia arrivèrent devant Le Chat noir.

— Ne t'inquiète pas, c'est souvent comme ça. Mais on finit toujours par trouver une bonne place. Viens, suis-moi !

D'autorité, Alicia prit Laura par la main pour l'entraîner

à sa suite. Sans la moindre gêne, la jeune fille se faufila allègrement à travers la foule des gens qui attendaient.

Il en allait tout autrement pour Laura qui n'avait pas l'habitude des foules et de la ville, hormis les grands magasins de la rue Sainte-Catherine. Elle fut même surprise par sa réaction de recul. Pourquoi n'était-elle pas à l'aise ? Pourtant, elle était née à Montréal et y avait passé toute sa vie. Ce fut à cet instant, jouant du coude pour avancer et suivre Alicia, qu'elle pensa à Bernadette.

Que dirait sa mère si elle la voyait ici ?

Et que ferait-elle, elle, Laura Lacaille, si par hasard, Bernadette décidait d'appeler chez Alicia pour parler à sa fille ? Sa mère en était bien capable ! Et Laura ne pourrait pas lui répondre puisqu'elle n'était pas là !

Un spasme douloureux lui comprima l'estomac et spontanément, Laura regarda tout autour d'elle comme si Bernadette avait pu se trouver dans la foule pour la surveiller.

S'il fallait que sa mère téléphone !

Laura fut sur le point de dire à Alicia qu'elle avait changé d'avis. Elle voulait rentrer. L'histoire de l'examen n'était pas complètement fausse. Lundi matin, Laura avait effectivement un examen important et si elle n'étudiait pas ce soir, elle ne voyait pas quand elle pourrait le faire. Demain et dimanche, elle travaillait chez monsieur Albert. Oui, elle allait dire qu'il y avait trop de monde, qu'elles se reprendraient une autre fois.

Qu'est-ce qui lui avait pris, aussi, de suivre Alicia sans permission ? Sa soirée allait être toute gâchée à cause de ça.

Mais le temps d'agripper la manche du chandail d'Alicia pour attirer son attention, les portes s'ouvraient et Laura fut happée par le mouvement des gens qui se précipitèrent vers l'intérieur. Elle n'eut d'autre choix que de suivre son amie, fouillant dans sa poche pour retrouver le dollar qu'elle y avait mis. Tant pis, il était trop tard pour faire marche arrière. Elle étudierait dans la nuit de samedi à dimanche, elle en avait l'habitude.

Et si sa mère appelait...

Laura suivait Alicia à deux pas, l'esprit nettement ailleurs.

Si sa mère appelait, elle dirait que la sortie avait été improvisée en espérant que Bernadette la croirait...

Sur ce, Laura s'installa et tout comme Alicia, elle commanda un coca-cola bien froid. Quelques minutes plus tard, la salle était plongée dans le noir alors qu'un halo d'intense lumière éclairait la scène.

La magie ne prit qu'une chanson pour opérer.

« ... Je me fous du monde entier quand Frédéric me rappelle les amours de nos vingt ans, nos chagrins, notre chez-soi, sans oublier les copains des perrons aujourd'hui dispersés aux quatre vents... »

Puis, il y en eut une deuxième.

« ... Emmène-moi au bout du monde, emmène-moi comme autrefois, emmène-moi rien qu'une seconde... »

Laura buvait les paroles de ce jeune chanteur qui semblait faire corps avec son piano. Seul sur la scène, un cendrier fumant tout à côté de lui, Claude Léveillée était penché sur le clavier et il enchaînait les chansons les unes à la suite des autres dans un silence quasi religieux. Accoudée sur la table garnie d'une petite nappe à carreaux, le menton entre ses paumes, Laura avait la certitude que toutes ces paroles avaient été écrites pour elle. Juste pour elle. La nostalgie déchirante qui en suintait rejoignait les émotions qu'elle ressentait quant à sa vie.

Elle comprenait ce qu'Alicia avait voulu dire quand elle disait que les chansonniers leur ressemblaient. Sans renier le rythme des musiques américaines qu'elle aimait bien, Laura sentait instinctivement qu'à travers cette musique qu'elle découvrait, il y avait tout un monde qui s'offrait à elle. Un monde qui était le sien.

Et pour une fois, elle comprenait les paroles qu'on lui chantait !

La soirée passa trop vite à son goût. Les plafonniers qu'on venait d'allumer la firent cligner des paupières, la ramenant brutalement dans la réalité.

— Allez, viens ! C'est pas toujours facile de trouver un taxi !

Encore une fois, Alicia la prenait par la main pour la remorquer derrière elle.

Tout au long du chemin du retour, Laura et Alicia s'amusèrent à comparer les différentes musiques, les tonalités, les rythmes.

— J'ai bien aimé ça, c'est certain.

Laura cherchait ses mots. Elle ne voulait pas blesser Alicia, mais en même temps, elle essayait de lui faire comprendre que pour elle, la musique endiablée garderait toujours une place privilégiée.

— Mais j'aime aussi la musique qui donne envie de danser, ajouta-t-elle. À soir, c'était plutôt calme. Tu peux pas dire le contraire. Mais les paroles me donnaient envie de pleurer, par moments, tellement c'était beau. Dans le fond, je le sais pas, ce que je préfère. La musique qui bouge ou les belles paroles ? Si quelqu'un pouvait relier les deux...

— C'est vrai que la musique de Claude Léveillée est plutôt tranquille. Par contre, il était là en personne ! C'est pas mal mieux que d'écouter un disque.

— Pour ça, t'as bien raison ! Avoir le chanteur juste là, devant nous, c'est pas mal le fun... Je le sais pas si un jour, il va y avoir des Québécois qui vont faire de la musique plus rock, plus enlevante. Ça serait vraiment pas pire de pouvoir aller les voir et de danser en même temps... Dans le fond, j'en connais juste un, Canadien, qui fait du rock, c'est Paul Anka. Mais je pense qu'il vit aux États. On aura probablement jamais la chance de le voir en personne.

Sitôt arrivées chez Alicia, d'un commun accord, les deux filles se précipitèrent vers la cuisine, affamées.

— Fais pas trop de bruit. Mes parents doivent dormir.

Alicia chuchotait. Laura lui répondit sur le même ton.

— Ta mère se couche avant que t'arrives ? Eh ben... Chez nous, c'est pas de même que ça se passe. Quand je vas garder chez les Veilleux, ma mère attend toujours que je sois rentrée pour se coucher.

Alicia était en train de sortir le pain, le beurre, du jambon.

— Pis t'as le droit de te faire des sandwiches au beau milieu de la nuit ?

— Pourquoi pas, si j'ai faim ?

Laura hésita devant la pertinence d'une telle réponse. En effet, pourquoi pas ? Puis, elle haussa les épaules.

— Je sais pas trop... Chez nous, on a pas le droit, c'est comme ça. Juste des biscuits avant de se coucher, rien d'autre.

Alicia sortit un plateau et déposa un véritable festin pour le monter à sa chambre.

— Pis en plus, t'as le droit de manger dans ta chambre ?

Laura n'en revenait pas.

— Coudon, on dirait que je suis sur une autre planète. Rien de ce que tu fais ressemble à chez nous !

Sandwiches, cornichons, gâteau, lait... Tout fut dévoré jusqu'à la dernière graine. Repues, Laura et Alicia s'installèrent pour la nuit en pouffant de rire comme deux gamines. Puis Alicia éteignit la veilleuse.

— Regarde, la lune est juste devant nous. Quand j'étais petite, je passais des heures à regarder la lune...

Couchée sur le dos, Alicia avait remonté la couverture jusque sous son menton et un bras sous la nuque, elle jetait un regard par la fenêtre grande ouverte sur la nuit d'été.

— J'ai toujours aimé la nuit... Surtout en campagne.

— En campagne ?

Laura ne se rappelait pas qu'Alicia lui ait déjà parlé d'une vie à la campagne. En fait, elle ne savait pas grand-chose d'Alicia, sauf le fait que, tout comme elle, sa nouvelle amie aimait le cinéma, la musique et les études.

Et qu'elle vivait dans une immense maison aux allures de château...

Et qu'elle avait un joli parler chantant qui l'avait toujours intriguée sans qu'elle ose demander d'où il venait...

Laura retint son souffle un instant, les sourcils froncés. C'était peut-être ça, son histoire de campagne. Son si joli accent venait peut-être d'une campagne éloignée.

— Oui, en campagne, murmura Alicia, en écho aux pensées de Laura.

Alicia se tourna alors vers Laura. Leurs yeux brillaient dans le noir et elle soutint son regard un instant avant de reprendre sa pose, un bras sous la tête.

— Peux-tu garder un secret ?

— Bien sûr.

Un long silence suivit la promesse de Laura. Puis, tout doucement, Alicia se mit à parler.

— Tu sais, je n'ai pas toujours habité ici. En fait, je suis née en Angleterre durant la guerre. Mon père était soldat pour l'armée anglaise. Pilote d'avion ! C'est là que ma mère l'a connu. Elle travaillait comme infirmière pour l'armée canadienne...

Alicia, sur le ton que l'on prend pour les confidences, raconta sa vie : son enfance dans la campagne anglaise, les champs de lavande à perte de vue, les collines couvertes de longs foins, la mort de son père, Andrew Winslow.

— J'aurais voulu que tu le connaisses ! Dans mon souvenir, il est grand comme un géant. Quand il y avait un orage, il me prenait dans ses bras et nous allions voir les nuages qui fonçaient sur nous. C'est lui qui m'a appris à voir toute la beauté qu'il peut y avoir dans un éclair. C'est lui qui m'a appris à ne pas avoir peur du tonnerre.

Alicia racontait ses souvenirs d'enfance, et Laura percevait l'ennui qu'elle avait de sa famille, de son pays. Jamais elle n'aurait pu imaginer cela. Jamais. Alicia était trop rieuse, trop gourmande de la vie et de l'avenir pour entretenir la moindre nostalgie.

— Je devais avoir près de trois ou quatre ans, ou cinq ? Je n'arrive jamais à me souvenir. Mais toujours est-il que j'étais encore bien petite quand mon père est mort. Un accident d'avion... C'est à quelques mois de là que maman a décidé de revenir vivre ici, au Canada. Elle disait que tout serait plus facile auprès de sa famille... Moi, je ne sais pas. Une famille, nous en avions une là-bas. Il me semble qu'on aurait très bien pu rester avec mes grands-parents.

Alicia poursuivit en parlant de leurs premières années à Montréal où chaque sou gagné avait son importance.

— Mais ça a été quand même de belles années. On vivait avec une amie de ma mère, Françoise. Ses parents étaient comme des grands-parents pour moi. Et puis, c'est à cette époque-là que ma mère écrivait.

— Ta mère écrivait ? Elle n'était pas infirmière ? Me semble que c'est ce que tu viens de me dire, non ? Ta mère était infirmière dans l'armée et...

— Et c'est vrai, interrompit Alicia. À notre arrivée ici, à Montréal, ma mère travaillait comme auxiliaire à l'hôpital Sainte-Justine. Mais elle écrivait aussi. Des romans. Trois d'entre eux ont été publiés et, selon son éditeur, ils ont tous été des succès de librairie. Ne me demande pas ce que ça veut dire, je ne le sais pas. Mais il y a eu une époque où ma mère disait que ce qu'elle souhaitait le plus, dans la vie, c'était écrire à plein temps. Elle voulait vivre de sa plume et elle était sur le point d'y arriver. Puis, brusquement, elle a cessé d'écrire... Dommage. Tout le monde disait que ses romans étaient bons. Ce dont je me souviens, par contre, c'est que j'étais très fière de ma mère.

— Et ton père dans tout ça ?

— Mon père ? Est-ce que tu parles de Jean-Louis ? J'y arrive.

Alicia raconta alors comment sa mère et Jean-Louis s'étaient rencontrés lors du mariage de Françoise, la bonne amie de sa mère. Elle n'était pas très vieille à l'époque, mais Alicia se rappelait fort bien que sa mère avait longuement hésité avant de donner suite aux avances de Jean-Louis.

— Et moi, je ne comprenais pas pourquoi. J'en avais assez de toujours vivre comme entre deux chaises. Et puis, Jean-Louis était gentil. Et c'est encore comme ça. Il est toujours aussi gentil envers moi. La naissance de Clara n'a rien changé entre nous. Il me traite comme si j'étais sa fille. C'est pour ça que je l'appelle papa. Rien n'empêche que mon vrai père, il s'appelle Andrew Winslow, qu'il est enterré dans un petit cimetière de Grande-Bretagne et que là-bas, j'ai toujours une vraie grand-mère et un vrai grand-père, très gentils, et que je ne les vois presque jamais. Je trouve cela injuste.

— Mais ton nom... Tu t'appelles bien Alicia Leclerc, non ?

— Oui. Après le mariage de maman, Jean-Louis m'a adoptée. C'est pour ça que je porte son nom.

— Hé ben...

Laura ne savait que dire. Elle se tourna sur le côté. Le profil d'Alicia se découpait contre la fenêtre que la lune éclairait encore en diagonale. Alicia était une très jolie fille à qui tout semblait réussir.

Et elle n'était pas satisfaite ?

Alors, d'une façon aussi subite qu'imprévue, Laura l'envia. Elle envia cette vie digne d'un roman, justement. Une vie digne d'un conte de fées où du jour au lendemain, tout était allé pour le mieux, alors que sa propre vie lui semblait faite d'éternels recommencements.

— Je...

Laura cherchait ses mots. Pour une seconde fois dans cette soirée, elle ne voulait surtout pas blesser son amie.

— Je ne sais pas quoi dire, avoua-t-elle. Je ne comprends pas... Tu as tout ce qu'une fille peut désirer dans la vie, mais en même temps, on dirait que tu n'es pas contente. Moi, je donnerais n'importe quoi pour avoir une vie aussi facile que la tienne.

— Je ne me plains pas, Laura. Je sais que je suis chanceuse. Ça n'a rien à voir avec ce que je ressens... Comment dire ? Tiens, par exemple ! Chaque fois que j'essaie de parler avec ma mère, de partager avec elle des souvenirs de mon père, de mes grands-parents ou de la Grande-Bretagne, on dirait qu'elle se défile. Est-ce que c'est normal ?

Laura se souleva sur un coude pour regarder Alicia bien franchement. Charlotte ne serait donc pas une mère parfaite comme elle se plaisait à l'imaginer ?

— Ta mère fait ça ? Pourquoi ?

— Elle dit qu'il faut regarder devant et non derrière.

Pourtant, tout ce que je demande, moi, c'est d'en parler. J'ai tellement peur qu'un jour, les images s'effacent dans ma tête et qu'il ne reste rien de mes origines.

Laura comprenait, mais en même temps, elle avait de la difficulté à suivre le raisonnement d'Alicia. Elle trouvait qu'elle exagérait.

— Ta mère n'a pas tort, tu sais, fit-elle doucement. À notre âge, c'est surtout devant qu'il faut regarder.

— Tu trouves?

À son tour, Alicia se souleva sur un coude pour regarder Laura.

— Moi, je dirais que la réponse de ma mère est un peu trop simpliste, poursuivit-elle franchement. Comme le dit mon professeur de philosophie, il faut tenir compte de son passé pour pouvoir avancer. Ça me semble logique et c'est tout ce que je demande. Tenir compte de mon passé. Après tout, il m'appartient... C'est comme pour cet été. J'ai demandé d'aller passer quelques semaines en Grande-Bretagne avec mes grands-parents, mais maman n'a pas voulu. Pourtant, ils sont âgés et je ne les aurai pas éternellement. Je l'ai fait remarquer, mais on dirait que ça laisse ma mère indifférente. Elle m'a répondu sans la moindre hésitation, sans même se donner la peine d'y réfléchir deux secondes, elle m'a répondu que cet été, on va au Portugal et que je dois suivre la famille. Que je suis trop jeune encore pour voyager toute seule.

Voilà le drame d'Alicia? Elle était trop jeune pour voyager seule? Laura se retint pour ne pas fermer les yeux d'exaspération. On ne parlait pas d'un voyage à Québec, là,

en autobus ou en train, on parlait d'aller en Europe, probablement en avion. Laura pouvait très bien concevoir que
Charlotte ait raison...

Elle poussa un soupir discret sur son été à elle qui serait
à l'image de celui de l'an dernier. Un été fait de travail et
encore de travail à l'usine — où on l'avait réengagée parce
qu'elle avait été appréciée comme couturière l'an dernier —
et au casse-croûte de monsieur Albert, tous les soirs, sauf les
dimanches et les lundis.

— Il y a pire comme perspective, non ? osa-t-elle dire
enfin sans entrer dans les détails.

— Peut-être. J'en suis consciente. Mais en même temps...
Alicia se recoucha sur le dos.

— Je suis certaine que si quelqu'un venait avec moi, ma
mère finirait par dire oui. Elle a l'air bien ouverte, comme
ça, mais dans le fond, ma mère ressemble à la tienne. Elle
s'inquiète de tout et de rien.

— Oh non ! Ma mère n'a rien à voir avec la tienne. Moi,
le simple fait d'aller seule en ville nécessite des montagnes
de discussions et de recommandations, tandis que toi, des
permissions, tu en as souvent et tu n'as pas à argumenter
durant des heures et des heures pour les obtenir. Prends
juste ce soir ! Ma mère ne savait pas que j'allais dans une
boîte à chansons. Je lui avais dit que j'étudiais avec toi.

— Ah oui ? Hé bien... Mais ça n'empêche pas ma mère de
ressembler à la tienne. Tu as peut-être raison de dire que ma
mère est plus ouverte pour des petites permissions comme ce
soir. Mais pour le voyage... Avec quelqu'un pour m'accompagner, je suis certaine que j'arriverais à la convaincre qu'il

ne peut rien m'arriver de bien terrible... Toi, Laura, est-ce que tu viendrais avec moi ?

— Moi ? Comment veux-tu que j'aille avec toi ? Je n'ai pas d'argent pour faire un voyage pareil, pis tu le sais.

— Pourquoi pas ?

Alicia s'était redressée pour pouvoir regarder Laura droit dans les yeux.

Laura était la seule amie à qui elle avait confié son passé, et probablement il n'y aurait qu'avec elle que sa mère la laisserait partir. Charlotte et Jean-Louis avaient Laura en haute estime.

— Pourquoi pas ? insista-t-elle.

Laura secoua la tête vigoureusement, tant pour démontrer hors de tout doute à son amie l'impossibilité pour elle d'entreprendre un tel voyage que pour abrutir la petite envie inattendue qui lui chatouillait l'esprit et lui susurrait de dire oui.

— Je regrette, Alicia, mais je ne peux pas.

La voix de Laura était ferme. Non seulement elle n'avait pas l'argent nécessaire puisqu'il fallait qu'elle en mette de côté pour ses études — elle ne devait surtout pas l'oublier —, mais en plus, elle ne se voyait pas demander la permission à ses parents. À côté d'un voyage en Europe, aller voir un chansonnier en ville n'était qu'une petite balade à l'épicerie du coin, et elle n'avait même pas osé en parler. Alors...

— J'aurais bien aimé pouvoir dire oui. Mais chez nous, ça ne marche pas du tout comme chez vous.

— Et si je demandais à mes parents de t'offrir le voyage ?

— De m'offrir le...

À son tour, Laura se redressa pour s'asseoir en tailleur.

— Es-tu malade, Alicia? On est petête pas très riches chez nous, tu le sais, j'en ai jamais fait une cachette avec toi, mais on a notre fierté. Jamais ma grand-mère ou mon père accepteraient que tes parents payent pour moi. Jamais. Oublie cette idée-là.

— Mais de l'argent, tu dois bien en avoir un peu, non? continua de plaider Alicia. Depuis le temps que tu travailles et que tu en mets de côté!

— Pour mes études, oui. Pis je te l'ai déjà dit: je veux que tout l'argent de mes études soit ramassé avant de commencer. Ça fait que pour l'instant, j'ai pas le temps d'aller en voyage. Pis j'ai pas d'argent non plus. Pis ça, c'est sans compter la permission que je suis loin d'être sûre d'avoir.

Laura commençait à être fatiguée de cette discussion. Déçue, elle venait d'admettre pour la première fois qu'Alicia et elle vivaient dans deux mondes différents et que parfois, ça pouvait avoir son importance. Jamais elle n'aurait cru la chose possible, mais cette nuit, elle avait envie de donner raison à son père.

Laura étouffa un bâillement. Demain, elle, elle ne ferait pas la grasse matinée. Elle devrait retourner chez sa grand-mère, tel que promis, et se préparer pour le travail. Monsieur Albert comptait sur elle. Et cela, c'était avant de passer une partie de la nuit prochaine penchée sur ses livres. C'était sa vie. Une vie dont Alicia n'avait qu'un faible, un très faible aperçu. Mais ce n'était pas de sa faute, et Laura l'aimait bien, malgré tout. Alors, pour pouvoir mettre un terme à tout cela sans pour autant décevoir son amie, Laura concéda:

— Disons que je vais y penser. D'accord ? On sait jamais... Je vais refaire mes calculs et je t'en reparle. De toute façon, tu pars pas demain matin.

— Non, bien sûr.

Alicia était radieuse.

— Ce serait en août, au moment où mes parents vont aller au Portugal. Encore une fois !

Épuisée, Laura s'était recouchée et c'est en bâillant une seconde fois qu'elle demanda d'une voix étouffée :

— Qu'est-ce que tu as contre le Portugal ? Ça fait deux fois que tu en parles avec un drôle de son dans la voix.

— En fait, je n'ai rien contre le Portugal. C'est même un très beau pays. C'est plutôt l'ami que mes parents vont voir que je n'aime pas. Un certain Gabriel. Gabriel Lavergne, Lavigne, je ne sais trop. Je ne sais pas pourquoi, mais j'ai l'impression que ma mère est différente avec lui. Bien différente. En fait, la preuve que j'ai raison, c'est qu'à chaque retour, ma mère se remet à l'écriture avec fébrilité. Elle dit que Gabriel l'inspire. Je déteste quand elle dit ça. Heureusement, ça ne dure jamais. Tante Émilie le connaît bien, elle aussi. C'est un peu grâce à lui que sa carrière va si bien. Imagine-toi donc que...

Mais Laura ne sut jamais pourquoi son amie n'aimait pas le Portugal. Elle n'avait rien entendu de ce qu'Alicia avait dit.

Un léger ronflement mit un terme au long monologue d'Alicia. Se tournant sur le côté, celle-ci n'eut que le temps d'imaginer le voyage formidable qu'elle ferait si jamais Laura arrivait à se décider, que le temps de se dire que dès demain elle sonderait le terrain du côté de sa mère, et elle s'endormit à son tour.

La lune avait déjà tourné le coin de la maison. Vers l'est, une certaine pâleur du ciel annonçait la journée à venir, et quelques oiseaux s'étaient mis à chanter.

* * *

De toute sa vie, Bernadette n'aurait pu se figurer qu'un jour, elle connaîtrait le réseau des ruelles de Montréal comme le fond de sa poche. Sans jamais avoir à se promener sur une rue principale, elle arrivait à se déplacer d'un quartier à l'autre.

C'était sa hantise de tomber sur Marcel occupé à faire une livraison !

Les ruelles étaient donc pour elle une vraie bénédiction. Bernadette arrivait ainsi à rejoindre facilement une clientèle qui allait toujours croissant sans risquer de croiser son mari qui avait tendance à accorder certaines faveurs à ses meilleures clientes, et les livraisons faisaient partie de ces petits privilèges.

Bernadette adorait son travail.

Pourtant, au premier jour, quand elle était partie de chez elle avec sa petite mallette sentant le neuf, elle s'était traitée de folle. Comment allait-elle faire pour oser sonner aux portes de parfaites étrangères ? Comment passer par-dessus sa timidité naturelle ?

Bernadette avait longtemps marché, de ruelle en ruelle, s'éloignant de plus en plus de chez elle. Quand elle n'avait plus rien reconnu tout autour, Bernadette s'était arrêtée. Il y avait un vieux banc de bois appuyé contre une clôture et elle s'y était assise.

C'était l'hiver, il faisait froid malgré un soleil resplendissant qui allumait des milliers d'étincelles dans les cours ensevelies. Un frisson de neige folle courait le long des hangars, au-dessus du toit des maisons. Les cheminées fumaient.

Bernadette était restée assise là un long moment à regarder autour d'elle, essayant de trouver le courage de se lever et de sonner à une première porte. Bernadette se souvient, aujourd'hui encore, qu'elle avait eu un long tressaillement. Était-ce lui qui avait emporté ses dernières peurs, ses ultimes gênes ? Le froid commençait à engourdir le bout de ses doigts et de ses orteils quand elle s'était enfin décidée à se relever.

Dans sa tête, elle entendait la voix de Marcel qui se moquait d'elle devant cette peur de l'inconnu qui la terrorisait, devant l'échec qui la menaçait. Puis, elle avait pensé à ses enfants. À Antoine qui filait tous les mardis et jeudis soirs, Dieu seul sait où. À Laura qui travaillait comme une perdue pour se préparer un avenir à sa mesure. À Charles qui finirait bien par avoir ses besoins et ses désirs comme les deux autres.

Alors, Bernadette avait redressé les épaules. Elle allait passer par-dessus ce trac fou qui lui soulevait l'estomac et faisait débattre son cœur. Elle allait le faire pour ses enfants.

Bernadette avait alors serré très fort la poignée de sa petite mallette comme si elle s'y cramponnait et sans réfléchir davantage, elle avait monté le premier escalier venu.

Heureusement, derrière cette première porte, il y avait eu un sourire de bienvenue.

Le reste, tout le reste avait coulé de source.

Aujourd'hui, la fierté d'avoir réussi se mêlait intimement au plaisir qu'elle avait de parcourir les ruelles à la rencontre de nouvelles clientes.

Et heureusement qu'elle avait eu ce travail, car il avait servi d'exutoire à un long hiver particulièrement troublant.

À commencer par la venue d'Adrien qui avait tout remis en question, le temps d'une visite dont elle avait savouré chacun des instants.

Quand Adrien était reparti, loin des yeux loin du cœur était devenu, pour elle, la maxime la plus effective qui soit. Elle s'appliquait à la mettre en pratique, s'obligeant à concentrer son temps et ses pensées sur le moment présent. Chose certaine, plus jamais elle ne pourrait regarder sa belle-sœur bien en face.

Pourtant, sans qu'elle arrive à s'expliquer pourquoi, elle le faisait avec Marcel sans la moindre réticence.

Après le départ d'Adrien avait suivi un long mois de courses folles vers la salle de bain à la moindre humidité suspecte. Quand elle avait compris que, cette fois-ci, elle ne serait pas enceinte, Bernadette avait été à la fois déçue et soulagée.

Là encore, le travail avait aidé à ne pas trop penser, à ne rien regretter.

Petit à petit, Adrien avait donc repris la place qui était la sienne : dans un rêve inaccessible, doux et douloureux en même temps.

Bien qu'elle soit perdue dans ses pensées, Bernadette jeta

machinalement un regard rapide à la montre-bracelet qu'elle portait maintenant en permanence à son poignet. Son horaire était organisé en fonction des mille et une choses qui ponctuaient son quotidien; elle ne pouvait en déroger.

Bientôt quatre heures et on était le lundi 19 juin.

Bernadette accéléra l'allure. Elle devait passer par la maison pour y cacher sa mallette d'échantillons avant de se rendre à l'école cueillir son fils, comme elle le faisait encore tous les jours. Heureusement, l'année scolaire tirait à sa fin. Ne restait plus que cette semaine et ce serait fini.

Bernadette marchait toujours d'un bon pas, à la limite de la course, se répétant que si elle était contente de voir la fin de l'année scolaire arriver, elle n'avait, par contre, pas trouvé une façon de faire qui lui permettrait de travailler discrètement durant l'été. Avec les enfants qui envahiraient la maison dès le vendredi, les choses se compliquaient. Évangéline lui avait promis d'y penser, mais elle n'était pas encore revenue sur le sujet. Chaque matin au réveil, Bernadette se promettait d'y penser, elle aussi; chaque soir, elle tombait comme une masse dans son lit, épuisée, sans avoir trouvé de solution.

Elle grimpa les marches de l'escalier deux à deux. Il ne lui restait que quinze minutes avant la fin des classes.

* * *

Le lendemain matin, c'est encore à cela qu'elle pensait. Tout en s'habillant pour aller reconduire Charles, Bernadette se demanda pour la énième fois comment elle ferait, la semaine prochaine, pour distribuer ses commandes. Comment elle ferait pour expliquer la livraison régulière, à leur porte, de colis plus ou moins gros ? Comment elle ferait pour rester en contact avec des clientes qui appelaient régulièrement ?

Elle se demandait comment elle ferait, finalement, pour tenir Marcel à l'écart.

Car Bernadette n'était pas idiote. Elle savait bien que son problème se résumait à lui et non à la présence des enfants !

À moins de tous les mettre dans la confidence ?

Bernadette soupira en attachant sa jupe.

Si Marcel venait à apprendre qu'une telle connivence s'était manigancée dans son dos, il n'en verrait pas clair. Ce serait encore pire que de tout lui avouer ! En fin de compte, elle n'aurait probablement pas le choix de tout dire !

Bernadette en était là dans sa réflexion quand elle passa devant la porte de la chambre de Laura. Curieusement, elle était encore fermée, alors que Laura devrait être déjà partie. Bernadette en était certaine : sa fille avait un important examen de mathématiques ce matin.

Elle frappa doucement à la porte. Un vague grognement lui répondit, attisant son inquiétude.

— Mais que c'est que tu fais là, toé ? lança-t-elle en entrant dans la chambre. T'étais pas supposée avoir un examen à matin ? Tu vas être en retard, prédit-elle en jetant un regard machinal à sa montre... Non, t'es en retard, annonça-t-elle précipitamment.

Bernadette se dirigea vers la fenêtre et tira les rideaux qui s'ouvrirent sur un éclat de soleil vif et brillant renvoyé par les fenêtres de la maison voisine. Puis, elle s'approcha du lit pour tirer sur les couvertures. Un simple regard sur sa fille lui fit avorter le geste.

— Ben voyons don, toé ! T'es ben rouge.

Laura était brûlante de fièvre. En posant sa main sur le visage de Laura, Bernadette sentit une bonne enflure au niveau de la gorge. Pas question que Laura aille à l'école ce matin. Ce que Bernadette avait anticipé tout au long de l'hiver était probablement en train de se produire. Laura souffrait d'un épuisement total, elle en était persuadée, à moins que ce ne soient les oreillons puisqu'elle ne les avait jamais eus.

— Toé, tu restes là, ordonna-t-elle d'une voix autoritaire. Pas question que tu bouges d'ici avant que je revienne. M'en vas aller reconduire ton frère pis...

— Je peux pas, murmura Laura en repoussant les couvertures du bout des pieds, bravant l'interdit maternel. Faut que j'aille faire mon examen. Tu viens de le dire toi-même : je suis déjà en retard.

— Laisse faire l'examen, toé. Tu t'es pas vu l'allure ? C'est pas un examen qui va faire la différence. T'as eu des bonnes notes toute l'année.

— Mais la mère directrice...

Laura était assise sur le bord de son lit, vacillante.

— Pis laisse faire la directrice avec ! Bâtard, Laura, t'es pas en état de faire un examen.

Puis, subitement inspirée et espérant que ce serait suffisant pour convaincre sa fille de rester au lit, Bernadette ajouta :

— Si ça peut te rassurer, m'en vas aller la voir, ta mère supérieure. À moé, a' pourra pas dire non, chus ta mère, c'est moé qui décide pour toé. T'auras juste à le reprendre, ton examen, si y' est si important que ça. C'est toute. Astheure, rendors-toé. Quand j'vas revenir, si ça va pas mieux, on appellera le docteur Samson pour qu'y' passe te voir.

Laura laissa retomber sa tête sur l'oreiller sans émettre la moindre protestation, et Bernadette ressortit de la chambre sur la pointe des pieds.

La directrice du couvent se fit un peu tirer l'oreille, mais devant une Bernadette aussi déterminée, elle ne put que s'incliner. Effectivement, Laura avait eu d'excellentes notes toute l'année, elle devait en convenir. Et non, ce n'était pas un examen, aussi important soit-il, qui pouvait faire la différence dans son cas.

— Vous aurez juste à y mettre sa moyenne, suggéra Bernadette sur le ton qu'elle aurait pris pour l'ordonner.

Le bureau de la directrice sentait la cire fraîche sur un fond de soupe aux choux. Une main sur la poignée, Bernadette se tourna une dernière fois face à la supérieure.

— Ma fille est pas une paresseuse, ajouta-t-elle pour être bien certaine que la vieille religieuse à l'air sévère ait bien compris. C'est toute ce que j'ai à dire. C'est toujours ben pas de sa faute si a' l'est malade à matin. Je vous rappelle demain pour vous donner des nouvelles.

Le verdict du médecin, appelé dès le retour de Bernadette, fut relativement facile à établir.

— Je vais demander à mon infirmière de venir lui faire

une prise de sang pour confirmer mes doutes, mais je serais le plus surpris des hommes si je me trompais. Votre fille a les symptômes classiques.

Bernadette dut écrire le nom que le médecin eut l'obligeance de lui épeler tellement il lui semblait complexe.

Mononucléose...

La prescription : du repos, encore du repos, toujours du repos.

— Pour quelques mois au moins. Disons pour l'été. Avec une alimentation riche en fer, viande, foie, légumes verts, tout devrait rentrer dans l'ordre. Que votre fille ait sa vaisselle bien à elle, parce que ça peut être contagieux. Pour le reste, rien de particulier. Je repasserai dans une quinzaine de jours.

Dès que Bernadette fit part des recommandations du médecin à Laura, la protestation de cette dernière se fit d'une voix un peu faible que démentait, cependant, un regard brillant de fièvre, de colère et d'inquiétude.

— Comment ça, au repos pour tout l'été ? Ça a pas d'allure, ce que tu dis là. Faut que je travaille, moman, pis tu le sais.

— Lâche-moé le travail. Si t'avais été plus raisonnable, aussi, on en serait pas là aujourd'hui. Tu peux pas dire le contraire.

— O.K. J'ai petête exagéré un peu. Mais je suis pas sûre pantoute, moi, que ça va prendre un été au complet pour me remettre. Laisse-moé quelques jours pis...

— T'as entendu ce que je viens de dire ? Le docteur parle de quèques mois de repos, pas de quèques jours... Là-dedans, c'est lui qui décide, c'est lui qui connaît son affaire. C'est pas toé ou moé. Pis quèques mois à partir de tusuite, si tu sais compter, ça donne à la fin du mois d'août. Si c'est pas tout un été, ça, je me demande ben ce que c'est, verrat !

— Ben voyons don !

Laura avait les yeux pleins d'eau. Avoir tant travaillé, s'être privée de sorties et de vêtements neufs, avoir étudié jusque tard dans la nuit, pour se retrouver devant quoi ? Presque rien...

Comment ferait-elle si elle n'avait pas le plein montant de ses études avant de commencer ? Continuer comme maintenant, à tout mener de front, durant des années ? Cette perspective fit redoubler ses larmes. Elle qui voulait tant consacrer tous ses efforts aux études une fois rendue à l'université, elle voyait son beau projet fondre comme neige au soleil...

— Je peux pas, affirma-t-elle avec le plus de vigueur dont elle était capable. Je peux pas arrêter de travailler comme ça. Je... j'ai déjà envoyé ma demande à l'université.

La surprise laissa Bernadette bouche bée. Ainsi donc, elle ne s'était pas trompée. Elle s'en doutait depuis un bon moment déjà, mais cette fois-ci, elle en avait la confirmation : Laura n'avait jamais eu l'intention de s'acheter une auto.

Laura menait donc sa vie sans même lui en parler ?

Ce fut la tristesse qui coupa la parole à Bernadette, une tristesse qu'elle n'avait pas vue venir, mais qui lui fit très mal. Combien de secrets y avait-il entre Laura et elle ? Combien de choses cachées, de confidences retenues tant d'un côté que de l'autre ?

Bernadette détourna la tête un instant. Elle dut prendre une très longue inspiration avant d'arriver à répondre sur un ton normal.

— On verra à tes études quand tu iras mieux, O.K ? Pour astheure, faut que tu penses à te reposer. C'est ça l'important. Que tu retrouves la santé. C'est pas quèques mois de plus ou de moins qui vont changer grand-chose à ton avenir. Pis inquiète-toé pas, on trouvera ben une solution. Y a toujours des solutions à toute ! Astheure, tu vas me faire le plaisir de te recoucher. Pis moé, j'vas aller voir monsieur Albert en passant. Chus sûre qu'y' va comprendre.

— Pis la shop ?

— Pis je m'occupe de la shop avec. Toé, ce que t'as à faire, c'est de dormir. C'est pas moé qui le dis, c'est le docteur !

Monsieur Albert se montra compréhensif quand Bernadette s'arrêta pour lui parler alors qu'elle se dirigeait vers l'école avec Charles.

— J'sais ben que c'est pas vraiment le temps de vous annoncer ça, avec l'été qui commence pis la nouvelle machine à crème molle que vous venez d'acheter, admit Bernadette tout en reluquant l'énorme appareil chromé qui trônait derrière le comptoir, mais ma pauvre Laura est, comme qui dirait, sur le carreau. Je pense qu'a' l'en a trop faite, durant l'hiver.

— Faites-vous-en pas avec ça. Des filles qui veulent travailler, y en a en masse. Dites à Laura de penser à elle pis de ben se reposer. Pis si ça y tente de revenir un jour, a' l'aura toujours sa place icitte, au restaurant. C'est une bonne serveuse. Les clients l'aiment ben gros. A' l'aura juste à me faire signe quand a' l'ira mieux.

Bernadette reprit la route en direction de l'école, le cœur plus léger, fière de ce que monsieur Albert avait dit de sa fille. C'est vrai que Laura était une fille fiable, honnête. Bernadette redressa la tête, resserra l'emprise de sa main sur celle de Charles. Demain, à la première heure, elle appellerait la supérieure du couvent pour lui signifier qu'on escamotait tous les examens de fin d'année. La loi de la moyenne s'appliquerait comme elle l'avait demandé, ce n'était même pas discutable. Puis, elle contacterait le directeur de l'usine pour lui dire d'oublier Laura pour cette année.

Après, l'été pourrait commencer pour de bon, sans autre mauvaise surprise.

À cette pensée, Bernadette ralentit l'allure pour un pas ou deux.

Non, l'été ne pourrait pas commencer tout de suite. Il restait Marcel. Marcel à qui elle devrait parler. Elle n'avait plus le choix. Si elle voulait aider Laura à se reposer comme le médecin l'avait demandé, elle devait lui annoncer de ne plus s'en faire pour ses études. Et pour ce faire, elle devait, d'abord et avant tout, parler à Marcel.

Charles gambadait à ses côtés, insouciant, habitué maintenant aux silences de sa mère qui souvent réfléchissait aux heures à venir quand elle reconduisait son fils. Dès qu'ils furent en vue de la cour de récréation, le petit garçon lâcha la main de Bernadette pour filer rejoindre ses amis.

Bernadette le regarda courir avec un sourire attendri sur les lèvres.

À peine un an d'école et déjà, son petit homme avait une bande de copains avec qui il semblait très bien s'entendre.

Son petit dernier était tellement différent d'Antoine et de Laura. Avec ceux-ci, les amis se calculaient au compte-gouttes depuis toujours.

Ce fut à cet instant qu'elle pensa à Alicia. À Alicia et sa famille qui avaient mis toutes ces idées d'université dans la tête de sa fille à un point tel que celle-ci s'était rendue malade.

Brusquement, Bernadette leur en voulut. Farouchement, inconditionnellement. Tout était de leur faute. S'ils n'avaient pas été là, aujourd'hui, Laura terminerait sa première année d'école normale et elle ne serait pas malade. Et dans un an, tout au plus, elle pourrait envisager de faire le travail dont elle avait toujours rêvé.

La décision de Bernadette se prit sur un coup de tête.

Repérant une cabine téléphonique au coin de la rue, elle s'y dirigea sans la moindre hésitation. Elle ne savait pas grand-chose de cette famille Leclerc. Mais au moins, elle savait leur nom et elle savait aussi que le père était médecin.

Médecin ! Comme Cécile la docteur...

— Voir que c'te sorte de monde-là a d'affaire avec nous autres ! murmura-t-elle avec humeur tout en ouvrant l'annuaire téléphonique qui pendait à une chaîne, près de l'appareil. Si c'est un bon docteur comme le prétend Laura, son nom va être là pour que ses patients puissent l'appeler en cas de besoin. Jean-Louis Leclerc...

Le nom y était. Et sans connaître la ville à fond, Bernadette se doutait qu'avec un nom pareil, la rue devait se situer dans l'ouest, tout comme Laura le lui avait dit. Elle apprit l'adresse par cœur et sans plus réfléchir, Bernadette se mit en file à l'arrêt d'autobus allant vers l'ouest. Le chauffeur eut l'amabilité de lui indiquer la correspondance qu'elle devait prendre.

Bernadette s'arrêta à l'intersection de la rue. Un peu plus bas, sur sa droite, elle apercevait le toit de l'hôpital Sainte-Justine. Elle n'y était allée qu'une seule fois, il y a de cela plusieurs années. Antoine faisait une forte fièvre et le médecin craignait une méningite. Heureusement, ce n'était qu'une montée de température subite, sans raison apparente, comme en ont parfois les jeunes enfants.

Bernadette reporta les yeux sur la rue qui se trouvait devant elle et machinalement, elle se dit que si sa clientèle habitait cette rue, elle serait deux fois plus riche pour à peine un peu plus de travail.

Puis elle soupira, les deux pieds ramenés sur terre. Les femmes d'ici ne devaient pas acheter des parfums d'une quelconque dame Avon. Elles devaient plutôt fréquenter les parfumeries des boutiques de luxe.

Le quartier l'impressionnait. Rien à voir avec la rue cul-de-sac qu'elle habitait. Ici, les pelouses étaient larges, bien entretenues, avec des fleurs et des arbustes, et chaque maison, plus grande que celle d'Évangéline, n'abritait visiblement qu'une seule famille.

Bernadette remonta la rue, essayant de repérer les adresses, ne sachant plus si elle devait sonner ou s'en retourner. Puis elle trouva la maison qu'elle cherchait.

La demeure de la famille Leclerc avait des allures de manoir anglais, comme elle en avait déjà vu dans une revue.

Bernadette s'arrêta un moment, intimidée. C'était donc ici que sa fille Laura aimait parfois venir se réfugier. Bernadette esquissa une moue d'appréciation. Elle pouvait peut-être comprendre pourquoi sa fille venait ici, sans toutefois se sentir attirée par ce genre de résidence.

De gros arbres ombrageaient la façade bordée d'une longue platebande fleurie. À première vue, de loin, ça pouvait ressembler à des roses rouges et blanches. Mais Bernadette n'en était pas certaine. Elle ne connaissait pas les fleurs ; elle n'en avait jamais fait pousser. Le peu de terrain qu'il y avait dans la cour, derrière la maison d'Évangéline, était occupé par un potager.

Puis Bernadette repensa à Laura.

Une grande maison était peut-être le rêve de sa fille, comme elle-même avait le sien quand elle pensait à Adrien.

Elle hésita un moment à remonter la longue allée qui menait à la maison. Sonner à la porte de cette maison cossue, c'était quand même autre chose que de frapper à une porte de cuisine donnant sur une ruelle.

Elle regretta de ne pas avoir avec elle sa mallette d'échantillons. C'était son passe-partout, son talisman lui ouvrant toutes les portes ! Mais comme elle n'était plus femme à perdre son temps — elle n'en avait plus le loisir —, elle se remit en marche. Elle n'était toujours pas venue jusqu'ici pour rien.

Le premier contact, le sourire chaleureux de Charlotte et cette façon qu'elle eut de lui ouvrir tout grand sa porte firent tomber les derniers remparts de Bernadette.

— Madame Lacaille ? La maman de Laura ? Mais entrez, voyons, entrez ! Je suis très contente de vous connaître. Imaginez-vous donc que j'étais justement pour vous téléphoner. À propos de ce voyage...

Bernadette fronça les sourcils. Un voyage ? Mais qu'est-ce que c'était que cette histoire-là ? Laura lui en cachait-elle encore beaucoup, de ces petites misères inattendues ?

Bernadette, cependant, n'eut pas l'occasion de poser la moindre question ni d'expliquer le pourquoi de sa visite. Heureusement d'ailleurs, car elle-même n'avait pas la moindre idée de ce qu'elle allait dire. N'avait-elle pas cédé à la curiosité plus qu'à autre chose en venant jusqu'ici ? À peine Bernadette eut-elle mis le pied dans le vestibule que Charlotte l'entraînait déjà à sa suite dans ce qui lui sembla un palais des mille et une nuits.

— Venez, lança-t-elle joyeusement. Si ça ne vous dérange pas, on va s'installer dans la cuisine. Il y fait plus frais et je viens de préparer une limonade. En voulez-vous ?

Une heure plus tard, Bernadette ressortit de la maison avec la conviction intuitive qu'elle venait de se faire une amie, elle qui en avait si peu.

Charlotte Leclerc était tout sauf une femme inaccessible. La maison cousue d'or n'était qu'un leurre.

Elles avaient surtout parlé de leurs filles, de leurs rêves devant l'avenir, de la vie qui s'ouvrait devant elles. Charlotte, une ferveur inébranlable dans la voix, avait affirmé que Laura, tout autant qu'Alicia, avait le droit de réaliser ses rêves.

— Si vous connaissiez ma vie, vous comprendriez pourquoi je dis cela. Tout n'a pas été facile pour moi, loin de là. Un jour peut-être que je vous raconterai... Mais en attendant, de grâce, n'éteignez pas la flamme qui brille dans le cœur de Laura. Chose certaine, elle a un talent pour les études à la hauteur de ses ambitions.

Bernadette n'avait pu qu'approuver. À écouter Charlotte, elle ne se rappelait plus pourquoi l'idée de fréquenter l'université lui avait semblé si extravagante. Charlotte venait de le dire : Laura avait tous les talents pour les études.

Devant la maladie de Laura, le voyage fut à peine évoqué.

— Elles se reprendront. Elles ont toute la vie devant elles ! Et dites à Laura de bien se reposer. C'est important.

Puis Bernadette prit congé. Il lui fallait rentrer avant qu'Évangéline ne s'inquiète.

Quand elle arriva au coin de la rue, Bernadette se retourna. Restée sur le perron, Charlotte la salua alors joyeusement avant de refermer la porte sur elle.

Bernadette esquissa un sourire. Charlotte avait raison : Laura avait droit à ses rêves. Et si le sien était de posséder un jour une grande maison, ce n'était pas Bernadette qui allait se mettre en travers de sa route.

Bernadette savait trop l'importance qu'il y avait à rêver d'un monde meilleur, différent. Ça rendait le quotidien plus supportable. Elle l'avait tout simplement oublié, et Charlotte venait de le lui rappeler.

CHAPITRE 8

Ah que l'hiver tarde à passer
Quand on le passe à la fenêtre
Avec des si et des peut-être
Et des vaut mieux pas y penser
L'homme est parti pour travailler
La femme est seule seule seule
L'homme est parti pour travailler
La femme est seule à s'ennuyer

Ah que l'hiver
Gilles Vigneault

Montréal, mercredi 5 juillet 1961

Il faisait une journée superbe, en accord avec l'humeur de Bernadette. Éveillée bien avant tout le monde par le piaille-ment des moineaux, elle se leva sur la pointe des pieds et se rendit à la cuisine dont elle referma silencieusement la porte.

Ce matin, elle voulait être seule pour un moment. Seule pour savourer ce qu'elle appelait sa Victoire. Avec un grand V !

Elle mit de l'eau dans la nouvelle bouilloire électrique toute brillante qu'Évangéline et les enfants lui avaient offerte pour la fête des Mères, elle sortit le pot de Maxwell House qu'elle avait les moyens de s'offrir maintenant qu'elle avait un peu d'argent et elle attendit que l'eau se mette à bouillir en regardant dehors par la fenêtre qu'elle avait laissée grande ouverte, hier soir, tellement il faisait chaud depuis quelques jours.

Le soleil était à peine levé. De longs rayons tièdes frôlaient tout juste la cime des arbres, mais on voyait déjà que la journée serait parfaite.

Une fois son café prêt, un vrai, pas du Postum qu'on avait l'audace d'appeler café, Bernadette se glissa sur la galerie. À l'ombre de la maison, il y avait une petite fraîcheur qui était la bienvenue, même à cette heure hâtive de la journée.

Dès qu'elle fut assise, son regard se porta spontanément vers le sud.

Faisait-il beau au Texas ? Aussi beau et aussi chaud qu'ici, à Montréal ?

Depuis la dernière visite d'Adrien, rares étaient les journées où Bernadette ne pensait pas à lui. Ce qui avait été, durant des années, l'expression d'une hypothèse sortie tout droit de son imaginaire avait maintenant des connotations nostalgiques. Ce n'était plus rêver que de croire qu'Adrien l'aimait, c'était une réalité. Une réalité qui ne s'était pas contentée de regards pour s'exprimer, mais qui avait été soutenue par les gestes et les paroles. Malheureusement, cela ne changeait rien au quotidien des choses.

Bernadette soupira, les yeux toujours fixés au-dessus des arbres.

En plein été comme maintenant, Adrien était-il déjà levé, préparait-il sa journée ? Bernadette n'en savait rien. Malgré les trois semaines où ils s'étaient répété qu'ils s'aimaient, Bernadette n'en savait pas beaucoup plus sur lui.

Une vague de tristesse balaya son cœur avant qu'elle se redresse sur la vieille chaise de cuisine branlante et toute rouillée qui demeurait en permanence sur la galerie arrière de la maison. Il n'y avait pas de place pour la tristesse aujourd'hui. Pas de place pour les regrets.

Bernadette obligea son regard à se détourner de ce coin du ciel qu'elle connaissait malheureusement trop bien pour le porter sur le toit de leurs voisins, à sa droite. Deux pigeons se faisaient la cour en roucoulant. Bernadette esquissa un sourire.

C'était bien une journée pour être heureux.

Bernadette prit alors une profonde inspiration de contentement.

Dans quelques heures, elle allait se présenter à la banque pour ouvrir un compte ! Elle, Bernadette Lacaille, celle-là même qui n'avait pas un sou vaillant en poche l'automne dernier, elle allait déposer ce matin, tenez-vous bien ! la coquette somme de trois cent vingt-cinq dollars dans un compte qui porterait son nom.

Et Marcel était au courant ! Pas du compte, mais du travail. Et il n'avait presque pas sourcillé quand Bernadette lui avait enfin tout avoué de ce travail qu'elle menait en cachette depuis l'hiver.

— C'était donc ça !

Marcel l'avait regardée avec une lueur dans le regard qu'elle ne lui avait jamais vue. Une lueur qui oscillait entre la moquerie et... et autre chose qu'elle n'était pas arrivée à déterminer.

— Me semblait aussi que t'étais pas pareille.

— Comment ça, pas pareille ? Me semble que chus toujours la même.

— C'est sûr, calvaire. Tu seras toujours Bernadette. Tu peux don être dull toé des fois quand tu veux ! Comme si tu comprenais ce que je veux dire.

— Mettons...

— Comme ça, tu t'es mise à travailler comme vendeuse... Des rouges à lèvres que t'as dit ? Dans le fond, ça ou autre chose. Du travail, ça restera toujours ben du travail.

À ce moment de la discussion, Bernadette ne savait pas encore sur quel pied danser. À l'entendre réfléchir tout haut, elle n'avait pas la moindre idée de ce que Marcel pensait tout bas de son entreprise. Ce qu'elle savait, par contre, c'était que si son mari opposait son veto, pour quelque raison que ce soit, elle n'aurait pas le choix de tout arrêter. Il l'aurait à l'œil !

Sans tenir compte de sa présence, Marcel avait continué de monologuer tout en émiettant un biscuit au-dessus de son assiette.

— Ma femme travaille...

Il y avait eu une hésitation dans le ton de sa voix. Puis, après un bref silence, il avait ajouté :

— Comme si j'étais pas capable de la faire vivre...

Il avait alors levé les yeux vers Bernadette.

— C'est-tu ça ? Tu trouvais que je te faisais pas ben vivre ?

— Pantoute, Marcel. Voyons don ! On a un char, une tivi, du manger plein le frigidaire... Que c'est tu vas penser là ?

— Je pense en rapport avec ce que je vois. Pis ce que je

230

vois, calvaire, c'est que ma femme a décidé de travailler. Que c'est tu veux que je pense, astheure, à part le fait que tu trouvais que je te faisais pas ben vivre ? Pourquoi c'est faire qu'une femme voudrait travailler à part le fait d'avoir besoin d'argent ?

— Ben, tu te trompes.

Jamais Bernadette n'avait réfléchi aussi vite, aussi intensément qu'en cet instant où tout se jouait pour elle.

— C'est juste que j'avais du temps à moé, avait-elle suggéré enfin, soulagée d'avoir eu cette inspiration tout à fait opportune. J'ai de plus en plus de temps de libre rapport que Charles est rendu à l'école. Pis comme ta mère allait mieux pis qu'a' l'avait de moins en moins besoin de moé, j'ai pensé que ça dérangerait personne si je m'occupais un peu. Tu me vois-tu passer mes grandes journées à me tourner les pouces ?

— Ouais... Vu de même... Pourtant, j'avais toujours pensé que vous étiez ben, vous autres les femmes, à rester ben tranquilles à maison. Pas besoin de travailler...

Bernadette avait évité de tomber dans le piège habituel de cette chance qu'elle avait de ne rien faire. Comme si elle passait ses journées oisive, décontractée ! Elle avait donc gardé le ton employé jusqu'à maintenant et elle avait poursuivi son exposé.

— C'est vrai que chus chanceuse, avait-elle approuvé, et des mots et de la tête pour bien souligner sa chance devant Marcel. Mais pour moé, c'était pas assez. Du temps que j'avais des p'tits à maison, ça pouvait aller. Y a rien qui t'occupe une journée comme un bebé. Pis comme je te l'ai dit, on manquait de rien. C'est pas ça. C'est juste que j'aime pas ça, rien faire. J'aurais pu donner du temps aux bonnes œuvres des sœurs du couvent, mais tu sais comme moé que les sœurs, c'est pas ben ben mon fort. Chus pas comme ta mère.

— Pour ça... Pour une fois, calvaire, chus ben d'accord avec toé. Les sœurs pis les curés, c'est pas mon fort à moé non plus.

— Bon ! Tu vois ben que j'ai un peu raison... Pis, on peut ben se l'avouer entre nos deux, de l'argent, on en a jamais trop.

— Là avec, chus d'accord... Mais j'y pense : avec l'argent que tu gagnes, astheure, ça veut-tu dire que j'aurai pus besoin de te donner une paye à toutes les semaines ?

Les yeux de Marcel brillaient de convoitise anticipée sous ses sourcils broussailleux, froncés sur sa réflexion.

— Non, Marcel.

Bernadette se sentait de plus en plus sûre d'elle devant la tournure que prenait leur discussion, d'autant plus que Marcel n'avait pas haussé le ton. Mais la partie n'était pas encore gagnée. Il ne fallait surtout pas que Marcel s'imagine que dorénavant, il pourrait se libérer de toute responsabilité envers sa famille. C'est alors que tout son travail à elle n'aurait plus aucune portée positive.

Bernadette avait fermé les yeux une fraction de seconde en pensant aux études de Laura, à Antoine qui se sauvait deux fois par semaine pour aller Dieu seul savait où, et à Charles qui finirait bien par avoir besoin de quelque chose de différent, de bien à lui.

— Non, Marcel, avait-elle répété en levant la tête vers

son mari, ça veut pas dire que j'aurai pus besoin de toé pis de l'argent que tu me donnes à toutes les semaines. Tu restes le chef de famille, y a pas de doute là-dessus.

À ces mots, Marcel s'était rengorgé, et Bernadette avait compris qu'elle avait emprunté la bonne avenue. Elle avait donc poursuivi, espérant qu'il comprendrait tous les avantages qu'il pourrait tirer d'avoir une femme au travail.

— Mais ça veut petête dire, par exemple, que pour toutes les p'tits surplus comme des souliers neufs, pis du matériel d'école, pis des vêtements ou un bon rosbif pour le dimanche, un rosbif qui était pas prévu dans le budget de la semaine, ben là, j'vas pouvoir m'en occuper sans avoir à te demander une cenne.

— Ouais...

Marcel était resté songeur un long moment puis, prenant Bernadette par surprise, il avait assené du plat de la main un bon coup sur la table.

— Calvaire ! Ma femme travaille...

Par réflexe, Bernadette avait courbé le front, la tête rentrée dans les épaules. Qu'avait-elle dit pour le mettre en colère ? D'un regard glissé entre ses paupières, elle avait cependant vite compris qu'elle venait de se méprendre. Marcel n'était pas en colère, loin de là ; il était même tout souriant.

— Calvaire de calvaire, Bernadette, je pense que t'as raison. Avec l'argent que tu gagnes, on va pouvoir se gâter un peu... Ça fait un boutte que je veux changer de char, ben là, j'vas petête pouvoir y penser sérieusement... Ouais, un char neuf... Ça serait-tu le fun, rien qu'un peu ! M'en va magasiner ça avec Laura. Même si, pour astheure, notre fille est malade, ça change rien au fait qu'a' veut s'acheter un char.

Bernadette s'était bien gardée de remettre les pendules à l'heure en disant que Laura n'avait jamais eu l'intention de s'acheter une auto. L'aveu viendrait bien assez vite ! Empilant quelques assiettes, elle n'avait pas répondu.

— Mais je veux pas que toute ici dedans soye négligé, par exemple, avait poursuivi Marcel comme pour montrer qu'il avait le dernier mot. Je veux pas être obligé d'avaler du manger en canne pasque t'as pas eu le temps de préparer un vrai souper. J'ai ben assez de mes sandwiches pour dîner.

— Promis, Marcel. J'aime trop le bon manger moé-même pour te servir des affaires achetées qui goûtent rien. De toute façon, t'as-tu vu une différence depuis l'hiver ?

Marcel avait fait mine de réfléchir.

— Non, c'est vrai. J'ai rien vu de différent. Mais j'aimais mieux te prévenir pour pas que ça arrive, par exemple.

— Inquiète-toé pas, ça arrivera pas.

— Ben, c'est parfait comme ça.

Bernadette l'avait regardé s'en aller, le sourire aux lèvres.

L'important pour elle avait été, ce soir-là, que Marcel avait quitté la maison pour aller annoncer la bonne nouvelle à ses amis de la taverne et qu'à son départ, il était d'excellente humeur.

Et c'est ainsi que dans quelques heures, Bernadette allait se présenter à la banque pour ouvrir un compte à son nom. Cela faisait des semaines que la compagnie Avon lui demandait de pouvoir lui envoyer ses paiements par chèque et non en billets de banque. Elle allait maintenant pouvoir le faire !

Quand Bernadette passa la porte de la banque, elle fut quand même grandement impressionnée. C'était la première fois qu'elle y mettait les pieds, et tout ce luxe de cuivre, de granit et de bois sombre verni l'intimidait. Bernadette regarda subrepticement autour d'elle. Assurément, il devait se brasser de grosses affaires ici. C'était probablement un haut lieu de la finance.

Bernadette soupira discrètement, indécise.

Voudrait-on lui ouvrir un compte ?

Les quelques centaines de dollars qu'elle voyait comme une richesse lui semblèrent brusquement fort dérisoires.

Elle se présenta au premier comptoir disponible, son sac à main pressé contre sa poitrine. Il contenait toute sa fortune, en petites coupures comptées et recomptées, et soigneusement rangées dans une enveloppe de papier blanc très fin qu'Évangéline avait prise dans sa boîte de papier à lettres, papier qu'elle utilisait pour écrire à Adrien.

La caissière était jeune et gentille, et elle l'aida à remplir le formulaire. Puis elle compta le contenu de l'enveloppe devant Bernadette.

— Tout est complet, madame Lacaille. Il ne manque plus que la signature de votre mari pour que le compte soit...

Son mari ? Bernadette fronça les sourcils.

— Non, non... Vous avez mal compris. C'est pas Marcel qui veut s'ouvrir un compte chez vous, c'est moé, Bernadette.

— Je le sais. C'est bien ce qui est inscrit sur le formulaire. Bernadette Lacaille.

— Ouais, c'est moé. Pourquoi d'abord vous parlez de mon mari ?

— Parce que vous n'avez pas d'emploi stable et que...

— Comment ça, pas d'emploi ?

À ces mots, Bernadette oublia brusquement le luxe si intimidant. Elle redressa les épaules, insultée.

— C'est pas vrai, ce que vous venez de dire là. J'en ai un, emploi. Vous l'avez même écrit sur votre papier. Chus vendeuse pour Avon... Représentante comme y' disent. Représentante en produits de beauté. Me semble que c'est une job, ça ! L'argent qu'y a dans l'enveloppe, c'est moé tuseule qui l'a gagné. C'est pas mon mari.

— Je ne mets pas votre travail en doute, madame. C'est simplement que...

— Pourquoi c'est faire, d'abord, que vous avez besoin de la signature de mon mari ?

— Si vous me laissez parler, je vais vous l'expliquer. C'est tout simplement la politique de la banque qui veut que...

— La politique ?

Bernadette ne comprenait plus rien.

— J'ai-tu ben compris, moé là ? La politique ? Que c'est que la politique a à voir avec le fait que je veux avoir un compte de banque chez vous ? Va-tu falloir, en plus, que le premier ministre signe, lui avec ?

— Pas du tout...

Visiblement la jeune caissière était dépassée par les événements.

— Donnez-moi un instant, dit-elle précipitamment en refermant à clé le tiroir sous son comptoir. Je vais voir si notre gérant est disponible. Il va vous expliquer lui-même qu'ici...

D'un geste de la main, fébrile et impérieux, Bernadette lui signifia de ne pas se déplacer pour rien.

— M'expliquer quoi ? Que chus pas assez bonne pour vous autres ? Laissez faire. J'ai pas besoin de votre gérant pour comprendre ça. Si y' est pour me répéter ce que vous venez de me dire, dérangez-le pas.

Bernadette regarda autour d'elle. Son intuition première s'était donc avérée la bonne. On ne voulait pas de son argent ici. Ou alors, on avait besoin de la signature de Marcel pour le valider, ce qui revenait au même. Elle était déçue.

Bernadette prit une profonde inspiration pour calmer la colère qu'elle sentait monter en elle et, revenant face à la caissière, elle reprit l'argent et l'enveloppe d'un geste vif.

— Je pense qu'on est pas faits pour s'entendre, lança-t-elle en replaçant sa fortune dans son sac à main. J'aime encore mieux remettre mon argent dans sa cachette à maison que de savoir que Marcel va avoir le droit de se fourrer le nez dans mes affaires.

Et sans la moindre salutation, elle repassa la lourde porte vitrée en sens inverse.

— Non mais, pour qui a' se prend, elle là ? murmura-t-elle en revenant sur ses pas. De l'argent, ça restera toujours ben de l'argent. Y a pas de nom d'écrit dessus, ça fait que je vois pas pourquoi y aurait le nom de Marcel d'écrit sur mon compte à moé. Comme si j'étais une menteuse !

Quand elle entra dans l'appartement, Bernadette claqua la porte derrière elle, sa colère ayant décuplé à chaque pas qu'elle faisait en direction de la maison.

— Bernadette ? C'est-tu toé ?

Bernadette passa la tête dans l'embrasure de la porte du salon, là où se tenait habituellement Évangéline depuis qu'elle avait de la difficulté à se déplacer.

— Maudit verrat de maudit verrat ! Ouais, la belle-mère, c'est moé. C'est moé pis mon argent encore dans son enveloppe, bâtard !

— Cré maudit ! Veux-tu ben me dire ce qui se passe icitte à matin ? Si je te connaissais pas comme je te connais, je dirais que t'es choquée ben noire.

— Choquée ? Non, chus pas choquée. Chus enragée ! Donnez-moé deux menutes pour me changer pis m'en vas toute vous raconter.

Quelques instants plus tard, Bernadette racontait la dernière heure qu'elle venait de vivre et qu'elle avait trouvée plutôt éprouvante.

— Je pense que j'ai jamais été humiliée de même. Voir que j'ai besoin de Marcel pour ronner mes affaires. Comme si j'étais encore une petite fille, comme si j'étais pas capable de gagner de l'argent tuseule, comme si toute ce que je lui avais dit, à la maudite caissière, était un tissu de menteries pis que ça prenait Marcel pour mettre les choses d'aplomb. Y demander de signer... C'est comme rien qu'y' en aurait profité pour se moquer de moé. Pis ça, vous saurez, y en est pas question.

— Je te comprends, Bernadette.

Évangéline approuva d'un vigoureux hochement de tête.

viens de passer, j'ai
yer de me rappeler,
vait un gros trou noir
e suis dit qu'au lieu de
rappeler quèque chose
ais, j'étais petête mieux
lution.

vous dites là. La vie est trop
à se rappeler des affaires.
isais, aussi. Ça fait que j'ai ben
je pense que je l'ai trouvée, la

vous voulez me parler ?
, ma fille ! Je veux savoir ce que t'en
concerne, toé avec.
les sourcils, un tantinet inquiète.
st que j'ai à voir là-dedans ?
a une fraction de seconde.
esoin de mon argent ?
Bernadette, pantoute.
spira plus librement. Maintenant que toute
qu'elle travaillait, donc qu'elle avait un cer-
plus grande crainte était de tous les voir
à la suite des autres, pour lui quêter de
ère aux réflexions anxieuses de sa belle-fille,
inuait sa démonstration.
t, y' est à toé, pis t'en feras ben ce que tu
egarde pas pis je serais ben mal venue de
ben de vouloir gérer tes affaires... Non, si

— À quelle banque que t'es allée ?

— À la grosse banque, à deux rues d'ici. J'ai toujours trouvé que c'était une belle bâtisse qui avait l'air solide. Je pensais ben qu'y' devaient être sérieux. Avoir su...

— Avoir su que t'allais à banque à matin, je t'aurais dit d'aller à caisse populaire, interrompit Évangéline. Je voulais t'en parler, mais ça m'a sorti de l'idée. La caisse est petête un peu plus loin que la banque, mais eux autres, au moins, y' ont une tête sur les épaules. Ça fait des années que j'ai un compte chez eux pis tu sauras que j'ai jamais été obligée d'avoir la signature de mon mari pour ouvrir mon compte d'épargne. Même du temps qu'y' était vivant. Pis j'ai jamais été obligée, non plus, de signer madame Alphonse Lacaille. Mon nom, c'est Évangéline Lacaille depuis le matin de mes noces pis c'est toujours de même que j'ai signé mes chèques avec eux autres.

— Ah ouais ? Pis vous pensez que pour moé avec, y' voudraient que...

— Cré maudit ! C'est sûr que pour toé avec, y' vont faire la même chose... Mais si tu veux être ben sûre de ton affaire, laisse-moé appeler le directeur. Je le connais ben. M'en vas y dire que tu vas passer demain matin, pis lui, y' va toute t'arranger ça.

— Vous êtes ben certaine ?

— Chus ben certaine.

— Ben là. C'est sûr que leur bâtisse est moins belle, mais si vous dites que c'est pas vraiment important...

— Ben non, c'est pas important. Là comme ailleurs, y' faut pas toujours se fier aux apparences, ma fille.

Bernadette fixa sa belle-mère avec une pointe d'incertitude dans les yeux puis, fataliste, elle haussa les épaules.

— Ben, j'vas dire comme vous, d'abord, rapport que vous connaissez ça plus que moé, ces affaires-là. En autant que je peux avoir un compte ben à moé, sans la signature de Marcel, le reste, je m'en balance... Merci, la belle-mère.

— J'y suis pour rien... Quin ! m'en vas l'appeler tusuite, le directeur. Pis après, si t'as deux menutes, moé avec, j'aurais besoin de ton avis pour quèque chose de ben important.

— Pas de trouble, la belle-mère. Le temps de voir ce que fait Charles que je trouve ben silencieux, pis je reviens vous voir.

— Charles, y' est dehors. C'est pour ça que tu l'entends pas. Y' joue dans cour avec le p'tit Daniel. Antoine est dans sa chambre. Y' prépare un dessin pour son cours de samedi. Y' m'a promis de jeter un coup d'œil dans cour de temps en temps. Je pense pas qu'y aye de problème.

Les deux femmes se retrouvèrent au salon quelques instants plus tard. Évangéline, fidèle à elle-même, se jeta tête première, sans le moindre préambule, dans ce qu'elle appelait son gros problème.

— C'est pas toujours facile d'aider le monde, tu sauras.

Déjà, Bernadette se doutait de ce qu'Évangéline allait lui parler. Sans l'interrompre, elle se montra attentive.

— On a beau avoir toute la meilleure bonne volonté du monde, analysait Évangéline, on peut toujours ben pas décider à place des autres, viarge !

— Chus d'accord avec vous, la belle-mère.

— À quelle banque que t'es allée ?

— À la grosse banque, à deux rues d'ici. J'ai toujours trouvé que c'était une belle bâtisse qui avait l'air solide. Je pensais ben qu'y' devaient être sérieux. Avoir su...

— Avoir su que t'allais à banque à matin, je t'aurais dit d'aller à caisse populaire, interrompit Évangéline. Je voulais t'en parler, mais ça m'a sorti de l'idée. La caisse est petête un peu plus loin que la banque, mais eux autres, au moins, y' ont une tête sur les épaules. Ça fait des années que j'ai un compte chez eux pis tu sauras que j'ai jamais été obligée d'avoir la signature de mon mari pour ouvrir mon compte d'épargne. Même du temps qu'y' était vivant. Pis j'ai jamais été obligée, non plus, de signer madame Alphonse Lacaille. Mon nom, c'est Évangéline Lacaille depuis le matin de mes noces pis c'est toujours de même que j'ai signé mes chèques avec eux autres.

— Ah ouais ? Pis vous pensez que pour moé avec, y' voudraient que...

— Cré maudit ! C'est sûr que pour toé avec, y' vont faire la même chose... Mais si tu veux être ben sûre de ton affaire, laisse-moé appeler le directeur. Je le connais ben. M'en vas y dire que tu vas passer demain matin, pis lui, y' va toute t'arranger ça.

— Vous êtes ben certaine ?

— Chus ben certaine.

— Ben là. C'est sûr que leur bâtisse est moins belle, mais si vous dites que c'est pas vraiment important...

— Ben non, c'est pas important. Là comme ailleurs, y' faut pas toujours se fier aux apparences, ma fille.

Bernadette fixa sa belle-mère avec une pointe d'incertitude dans les yeux puis, fataliste, elle haussa les épaules.

— Ben, j'vas dire comme vous, d'abord, rapport que vous connaissez ça plus que moé, ces affaires-là. En autant que je peux avoir un compte ben à moé, sans la signature de Marcel, le reste, je m'en balance... Merci, la belle-mère.

— J'y suis pour rien... Quin ! m'en vas l'appeler tusuite, le directeur. Pis après, si t'as deux menutes, moé avec, j'aurais besoin de ton avis pour quèque chose de ben important.

— Pas de trouble, la belle-mère. Le temps de voir ce que fait Charles que je trouve ben silencieux, pis je reviens vous voir.

— Charles, y' est dehors. C'est pour ça que tu l'entends pas. Y' joue dans cour avec le p'tit Daniel. Antoine est dans sa chambre. Y' prépare un dessin pour son cours de samedi. Y' m'a promis de jeter un coup d'œil dans cour de temps en temps. Je pense pas qu'y aye de problème.

Les deux femmes se retrouvèrent au salon quelques instants plus tard. Évangéline, fidèle à elle-même, se jeta tête première, sans le moindre préambule, dans ce qu'elle appelait son gros problème.

— C'est pas toujours facile d'aider le monde, tu sauras.

Déjà, Bernadette se doutait de ce qu'Évangéline allait lui parler. Sans l'interrompre, elle se montra attentive.

— On a beau avoir toute la meilleure bonne volonté du monde, analysait Évangéline, on peut toujours ben pas décider à place des autres, viarge !

— Chus d'accord avec vous, la belle-mère.

— Ben, j'en suis là.

— À propos de quoi ?

— Pas à propos de quoi. Je dirais plutôt à propos de qui. Pis c'te qui-là, ben, c'est ma sœur Estelle. Pis sa fille, Angéline, comme de raison. Les deux vont ensemble.

— Jusque-là, je vous suis, rapport que vous m'avez raconté dans quelles conditions pas faciles a' vivaient. Si je comprends ben, vous voulez les aider, comme vous me l'avez déjà dit ben des fois jusqu'à date.

— En plein ça... Bon ! Astheure qu'on sait comment a' vivent, toutes les deux, que c'est qu'on peut faire pour les aider ? Je connais ma sœur, est comme moé, la charité, c'est pas pour elle. Pis, l'un dans l'autre, même si j'ai du bien pis un peu d'économies, chus quand même pas greyée pour les faire vivre indéfiniment. Tu me suis-tu, toé là ?

— Comme votre ombre, la belle-mère, comme votre ombre.

— Parfait... Ça me fait du bien de réfléchir à voix haute, me semble que ma pensée est plus claire... On continue. Quand j'étais chez eux, l'automne dernier, me semble que j'avais trouvé une solution. Je me revois dans cuisine en train de verser un verre d'eau, pis là, j'avais une solution pour Estelle. Mais la grande Georgette s'est pointé le nez, son maudit grand nez de fouine, pis a' l'a toute mélangé mes affaires. A' s'est mise à me chanter des bêtises comme c'est pas permis à la seconde où j'ai mis le pied dans le salon, pis là, j'ai eu mon malaise. Je me suis retrouvée à l'hôpital pour un boutte, chus pognée avec une jambe qui me donne du fil à retordre pis j'arrive pus à me souvenir que c'est que c'était que c'te solution-là. Avec l'hiver que je viens de passer, j'ai eu toute le temps qu'y' faut pour essayer de me rappeler, mais rien à faire. C'est comme si y avait un gros trou noir dans ma mémoire. Ça fait que je me suis dit qu'au lieu de perdre mon temps à essayer de me rappeler quèque chose qui reviendra probablement jamais, j'étais petête mieux d'essayer de trouver une autre solution.

— Ça a plein d'allure, ce que vous dites là. La vie est trop courte pour gaspiller du temps à se rappeler des affaires.

— C'est ben ce que je me disais, aussi. Ça fait que j'ai ben réfléchi à mon affaire pis je pense que je l'ai trouvée, la meilleure solution.

— Pis c'est de ça que vous voulez me parler ?

— T'as toute compris, ma fille ! Je veux savoir ce que t'en penses rapport que ça te concerne, toé avec.

Bernadette fronça les sourcils, un tantinet inquiète.

— Moé ? Que c'est que j'ai à voir là-dedans ?

Bernadette hésita une fraction de seconde.

— Vous avez besoin de mon argent ?

— Pantoute, Bernadette, pantoute.

Bernadette respira plus librement. Maintenant que toute la famille savait qu'elle travaillait, donc qu'elle avait un certain revenu, sa plus grande crainte était de tous les voir arriver, les uns à la suite des autres, pour lui quêter de l'argent. Étrangère aux réflexions anxieuses de sa belle-fille, Évangéline continuait sa démonstration.

— Ton argent, y' est à toé, pis t'en feras ben ce que tu voudras. Ça me regarde pas pis je serais ben mal venue de t'en demander ou ben de vouloir gérer tes affaires... Non, si j'ai besoin de ton avis, c'est que j'avais pensé offrir un des logements du bas à ma sœur pis à sa fille.

— Pis ? Je vois toujours pas ce que je fais là-dedans même si je trouve que c'est une saprée bonne idée que vous avez là.

— Tu trouves, hein, toé avec ? Tant qu'à avoir des étrangers dans mes logements, j'aime ben mieux avoir ma sœur pis ma nièce. Comme ça, je pourrais les aider en leur chargeant pas trop cher... Mais tu vois pas pourquoi ça te regarde ?

Au signe de négation que fit Bernadette, Évangéline enchaîna.

— C'est que t'as un grand cœur, ma fille. Un ben grand cœur si tu vois rien pasque si ma sœur s'en vient, tu dois ben te douter que ça va amener un surplus d'ouvrage.

— Ah ça ? C'est pas grave. L'ouvrage m'a jamais fait peur. Chus capable d'en prendre. Pis si, en plus, ça peut aider votre sœur, ben c'est tant mieux. C'est à mon tour de vous dire que ça me regarde pas pis que j'irai pas me mêler de vos affaires... Mais on est là qui jase pis qui jase. En avez-vous parlé à votre sœur, au moins ?

— T'es-tu malade ? On parle pas d'affaires de même dans le téléphône. Je connais Estelle comme si je l'avais tricotée. C'est ben en face d'elle que j'vas pouvoir y faire accepter mon idée, pas autrement. Mais avec ma jambe folle, j'ai pas pu me rendre à Québec comme je l'aurais voulu. Pis comme Estelle est encore plus mal amanchée que moé pognée dans sa chaise roulante, je peux pas y dire de venir jusqu'icitte pour me voir. Ça fait que j'attends.

— Jusqu'à quand vous allez attendre de même ?

— Jusqu'au jour où j'vas être assez solide sur ma canne pour me rendre au coin de la rue tuseule. À partir de là, je devrais me sentir assez forte pour prendre l'autobus. Mais inquiète-toé pas, ça s'en vient. J'vas petête rester avec une canne jusqu'à la fin de ma vie, m'en vas petête rester une sorte d'infirme comme Estelle, mais y' est pas dit que j'vas rester enfermée dans maison durant toute c'te temps-là. Astheure que je sais que t'es d'accord avec mon idée, regarde-moé ben aller. Dans un mois, je te jure que j'vas être capable d'aller à Québec. Pis en attendant, j'vas avertir le locataire de droite que j'vas avoir besoin de son logement.

Bernadette n'osa faire remarquer qu'elle serait peut-être mieux, dans un premier temps, d'en parler avec Estelle et sa fille Angéline. Et si elles refusaient l'offre d'Évangéline ? Bernadette haussa les épaules imperceptiblement. Pourquoi irait-elle mettre un éteignoir sur la joie de sa belle-mère ? Si l'idée d'avoir sa sœur auprès d'elle suffisait à aider Évangéline pour qu'elle reprenne confiance en ses moyens, que demander d'autre ? Il serait toujours temps de se pencher sur la question si Estelle refusait de venir s'installer à Montréal. Mais à la façon dont Évangéline en avait parlé, Bernadette avait l'intuition qu'Estelle ne serait pas difficile à convaincre.

* * *

— C'est aujourd'hui que ça se passe !

Le nez à la fenêtre, Évangéline regardait la chaussée qui séchait rapidement en dessinant de longs rubans de vapeur qui montaient sous la chaleur du soleil enfin revenu après trois jours de pluie.

— De quoi c'est que vous parlez, la belle-mère ?

Occupée à repriser une chaussette, Bernadette avait répondu sans lever les yeux. Elle avait profité de tous ces jours de pluie pour se remettre à jour dans le travail de maison. Ne restait plus que ce qu'elle détestait : le reprisage !

— Je parle de moé pis de mon envie d'aller me promener.

Par réflexe, Bernadette sentit son cœur se serrer. Depuis l'automne, dès qu'Évangéline parlait de se débrouiller toute seule, Bernadette était inquiète. Délaissant son aiguille et le bas qu'elle réparait, elle leva la tête et se heurta au dos de sa belle-mère qui scrutait toujours la rue.

— Vous promenez ? Tuseule ?

— Hé !

— Pensez-vous que ça soye prudent ?

Évangéline laissa retomber le rideau et, appuyée fermement sur sa canne, elle traversa le salon en marchant, droite comme un piquet, vers Bernadette.

— Tu le vois ben que chus capable.

— Ouais... Ici, dans maison, c'est sûr que vous avez retrouvé une bonne partie de votre capacité. Mais dehors, sur le trottoir, me semble que...

— Me semble que rien pantoute. C'te trottoir-là, ma fille, je l'ai vu se faire construire, dans le temps qu'on barouettait le ciment à bras, tu sauras. Je le connais aussi ben que le corridor de mon appartement. Pis ça me tente d'aller sentir l'été d'un peu plus loin que sur ma galerie. Pis la garde-malade à l'hôpital, quand j'vas pour mes traitements, a' m'a dit que je pourrais m'essayer le jour où je me sentirais prête. A' me trouve ben bonne, qu'a' l'a dit. Ça fait que moé, j'ai décidé que c'te jour-là est arrivé ! J'avais dit un mois, ben ça va ressembler à ça. On est ben le quatre d'août, non ?

— Pour être le quatre, on est ben le quatre. Vendredi le quatre.

La chaussette, l'aiguille et le fil à repriser étaient déjà dans le panier de Bernadette. En parlant, elle avait tout rangé.

— Voulez-vous que j'aille avec vous, la belle-mère ? J'aurais justement le temps avant de préparer le souper. On pourrait petête se rendre jusqu'au coin pour s'acheter un cornet de crème molle ?

— T'es ben fine, Bernadette, mais j'ai envie de m'essayer tuseule. Me semble que si t'es là, même si tu m'aides pas, me semble que ça sera pas pareil.

— Si vous le dites.

— Je le dis... Pis c'est surtout pas pour te blesser. Si toute va ben, on se reprendra après souper pour le cornet. C'est vrai que ça serait ben bon... Pis envoye don ! Fais pas de dessert, Bernadette. Je le sais pas pourquoi, mais je sens que ça va ben aller. À soir, après souper, on va fêter ma première promenade dehors. C'est moé qui vas payer la tournée de cornets pour tout le monde.

Quinze minutes plus tard, le nez à la fenêtre à son tour, Bernadette surveillait Évangéline comme elle avait, un jour, surveillé les premiers pas de ses enfants, à cette différence près que, cette fois-ci, elle ne pourrait intervenir en cas de besoin. Sa belle-mère était beaucoup trop loin...

Elle attendit, le cœur inquiet, qu'Évangéline soit rendue devant la maison de Gérard Veilleux et Marie pour s'arracher à sa contemplation. Il semblait bien que la vieille dame pouvait s'en sortir toute seule sans trop de difficulté.

— M'en vas me dépêcher de faire le souper pis après, j'vas l'attendre sur la galerie. Comme ça, si est plus fatiguée quand a' va revenir, j'vas le voir facilement pis j'vas pouvoir l'aider.

Bernadette fila donc à la cuisine, jugeant qu'un macaroni serait vite fait.

Le temps de mettre les pâtes à mijoter et elle revenait au salon pour un petit coup d'œil, persuadée qu'Évangéline serait sur le chemin du retour, probablement épuisée. Mais il n'en était rien.

Coup de fatigue ou envie de revoir une dame qu'elle aimait bien ? À cette distance, Bernadette ne pouvait juger. Mais toujours est-il qu'Évangéline montait les marches de l'escalier menant chez Anne la musicienne, une à la fois, bien lentement. Elle ne s'arrêta qu'arrivée devant la porte où Bernadette la vit sonner. Le battant s'ouvrit presque aussitôt.

— Tant mieux, murmura-t-elle en regagnant la cuisine, rassurée. Comme ça, j'vas avoir le temps de faire tout le repas avant qu'a' revienne.

Le repas fut prêt, et Bernadette eut même le temps de finir son reprisage sans qu'Évangéline soit revenue. Charles jouait gentiment dans sa chambre.

Puis Laura vint la rejoindre au salon, un livre à la main.

Les longues siestes qu'elle faisait tous les après-midi commençaient à donner de bons résultats. La jeune fille avait
repris du poids et sa mine était bien meilleure. Elle pourrait
même reprendre les études en septembre — le médecin
l'avait dit —, mais curieusement, Laura n'en parlait pas.
Fidèle à elle-même, Bernadette attendait les confidences
sans les provoquer. Sa fille ne finirait pas sa vie au lit et se
déciderait bien à parler un jour ! Chaque fois qu'Alicia
venait visiter son amie, Bernadette les entendait rire et discuter dans la chambre de Laura, et souvent le mot université faisait son apparition. Ce n'était donc qu'une question
de temps...

Puis ce fut Antoine qui entra en coup de vent. Durant
l'été, il avait encore grandi et il prenait de la carrure. Ses
épaules et ses bras n'étaient plus tout à fait ceux d'un enfant,
et sa voix commençait à muer.

— Salut, moman ! Quand est-ce qu'on mange ?

Il n'avait que ce mot à la bouche. Manger ! Bernadette
lui répondit en souriant malicieusement.

— On mange pas à soir ! Y' fait trop chaud.

— Comment ça, trop chaud ? Je trouve pas, moé, qu'y' fait
trop... C'est ça, tu te moques encore de moé !

— Un peu, oui... Inquiète-toé pas, on va manger comme
d'habitude. On attend juste que ta grand-mère revienne.
Ton père, lui, y' sera pas là avant neuf heures. Y' m'a appelé
pour dire qu'y' remplaçait monsieur Perrette à la caisse.

Dans l'esprit d'Antoine, tout ce qui avait trait à son père
était automatiquement escamoté. Il revint donc à Évangéline.

— Grand-moman ? Grand-moman est sortie ? Depuis

quand est redevenue capable de sortir tuseule?

Visiblement, Antoine se réjouissait pour elle.

— Depuis t'à l'heure. Quand la pluie a arrêté. A' l'a décidé qu'était tannée de rester dans maison. Je l'ai regardée aller par la fenêtre pis je dirais qu'a' l'avait raison. A' s'est rendue sans problème jusque chez Anne la musicienne.

— Grand-moman est chez madame Anne?

— Ça m'en a tout l'air. À moins qu'a' soye repartie sans que je le voye, mais ça me surprendrait ben gros que ta grand-mère aye décidé de continuer sa promenade plus loin que le coin de la rue. Pour une première fois, c'est déjà pas mal loin.

— Ouais... Si grand-moman est chez madame Anne, ça risque d'être long. T'es sûre qu'y' faut l'attendre pour manger?... Ouais, t'es sûre. Je le vois d'écrit dans ta face. Pis si j'allais la chercher?

— Pourquoi? On peut ben attendre un peu, non? Pis chus pas sûre pantoute qu'a' l'aimerait ça. A' m'a ben dit qu'a' voulait être tuseule pour sa première sortie.

À ces mots, Antoine haussa les épaules avec désinvolture.

— Avec moé, a' dira rien. Pis j'ai faim en mautadine... J'y vas. Si est pas contente, grand-moman, a' l'aura juste à me le dire. C'est toute.

Sans attendre la permission, Antoine fit demi-tour et quitta la maison en claquant la porte. La maison vibra quand il dévala l'escalier en courant, ce qui fit dire à Laura qui avait toujours le nez plongé dans sa lecture:

— Tu trouves pas qu'y' a changé, lui, durant l'été? Me semble qu'y' est plus pareil.

À ces mots, Bernadette ébaucha une moue amusée : « Ben, regardez-moé don ça, pensa-t-elle aussitôt, un autre dans famille qui est pas pareil à lui-même. À croire que Marcel pis Laura se sont passé le mot ! »

— Comme ça, tu trouves que ton frère a changé ? demanda-t-elle alors, curieuse, d'une voix qui se voulait indifférente.

— Hum, hum ! On dirait qu'y' est plus effronté.

— Effronté ? Antoine, effronté ? Ben non, voyons ! Ton frère est pas plus effronté qu'un autre. C'est juste qu'y' a treize ans et demi. Y' est en train de devenir un homme, au cas où tu l'aurais pas remarqué. C'est toute. Tu vas voir, dans un an, un an et demi, tu le reconnaîtras pus, annonça Bernadette en se retournant vers sa fille.

Mais Laura ne l'écoutait plus. Les jambes allongées par-dessus le bras du fauteuil, avachie contre le dossier, elle semblait captivée par le livre qu'elle lisait. Bernadette n'insista pas. Se relevant, elle vint à la fenêtre et souleva le rideau. Antoine arrivait au pas de course devant la maison de madame Anne. Elle esquissa un sourire, attendrie. En un sens, Laura n'avait pas tort. Antoine avait changé. Et c'était en grande partie grâce à Évangéline. Bernadette ne savait toujours pas ce qui avait bien pu se passer entre eux pour que le changement soit aussi visible, mais était-ce si important ? De toute évidence, Antoine était beaucoup plus sûr de lui, et c'était tout ce qui comptait pour elle.

Mais, à l'autre bout de la rue, ce n'était pas du tout ce qu'il ressentait, le grand Antoine, quand il arriva devant la maison de madame Anne. L'assurance que sa mère lui prêtait ressemblait plutôt à de la timidité. Il ralentit l'allure.

Combien de fois depuis l'automne dernier avait-il eu envie de sonner à cette porte? Au moins aussi souvent qu'il était passé devant la maison, ce qui n'est pas peu dire! Le rire contagieux de madame Anne lui résonnait encore dans les oreilles, et il se mourait d'envie de l'entendre de nouveau. Mais il n'arrivait jamais à faire les quelques pas nécessaires pour traverser la rue et monter l'escalier. Chaque fois, il tentait de se convaincre qu'il n'y avait rien là de bien terrible, il se morigénait intérieurement de sa couardise, mais, rien à faire. Ses jambes pesaient subitement cent tonnes de plomb, et Antoine poursuivait son chemin, la mine basse, en se promettant qu'il arrêterait à la prochaine occasion.

Il s'était essayé une fois, une seule, au début de juillet. Il avait avec lui l'argent emprunté à l'automne. Il voulait régler ses dettes. C'était une raison suffisante pour être moins gêné. Malheureusement, il n'y avait personne. Antoine s'était contenté de mettre l'argent dans la boîte à lettres et il avait redescendu l'escalier, déçu et soulagé en même temps, sans essayer de comprendre ce qu'il ressentait vraiment.

Il n'avait jamais retenté l'expérience, la déception l'ayant largement emporté sur le soulagement. La seule chose qui l'inquiétait, c'était de savoir si madame Anne avait trouvé l'argent.

Mais ce soir, c'était différent. Il avait une raison de sonner à la porte de madame Anne et il savait qu'elle était là. Même si pour l'instant, chose curieuse, il n'avait plus tellement faim, il venait chercher Évangéline pour le souper et peut-être, en même temps, demander si madame Anne avait trouvé les quelques dollars laissés à son intention.

Ce fut Anne qui vint ouvrir.

— Antoine !

Puis il y eut son rire. Ce rire qui coulait joyeusement sur le cœur d'Antoine comme une cascade d'eau fraîche.

— Viens, entre ! Ta grand-mère est ici.

— Justement...

Antoine s'était juré de rester à la porte, mais il ne put résister. La clarté lumineuse du salon opéra sa magie une fois encore et ce fut plus fort que lui : Antoine entra dans la pièce comme s'il pénétrait dans une toile de son professeur Émilie.

— Justement, répéta-t-il, c'est ma grand-mère que je suis venu chercher.

— Comment ça, me chercher ?

De la cuisine, Évangéline avait reconnu sa voix. Elle avait tout entendu et elle se tenait dans l'embrasure de la porte, le regard sévère.

— Ça serait-tu ta mère qui t'envoye me quérir pasqu'a' l'a peur que je me fasse mal ? Cré Bernadette ! A' sera ben toujours inquiète de toute.

— Pantoute, grand-moman, pantoute ! C'est pas moman qui m'envoye. Ben au contraire, elle, a' voulait que tu reviennes tuseule... C'est moé qui a décidé de venir pasque c'est l'heure du souper pis que tout le monde t'attend.

Évangéline détourna la tête un instant.

— Cré maudit ! T'as ben raison. Y' est six heures passées.

À son tour, Évangéline égrena son rire rocailleux. Un rire, cependant, qui n'avait rien à voir avec celui de madame Anne.

— Quand je viens icitte, je vois pus le temps passer...

Merci, madame Anne. Pour le jus de pomme, comme de raison, mais surtout pour le p'tit morceau de piano que vous avez joué t'à l'heure. Juste le fait de vous entendre, j'ai l'impression que ma jambe folle est toute ragaillardie. On dirait qu'y a des fourmis dedans !

— Si c'est comme ça et que ma musique vous fait du bien, vous revenez quand vous voulez. De toute façon, vous le savez ! Vous êtes toujours la bienvenue.

Puis se tournant vers Antoine, Anne ajouta :

— Toi aussi, tu es toujours le bienvenu. J'espérais bien que tu reviendrais, mais...

— Oh ! Chus revenu, vous savez, interrompit Antoine, sentant qu'il rougissait comme une tomate. Mais vous étiez pas là.

Anne fronça les sourcils.

— Pas là ?

Puis son visage s'éclaira.

— Ah, c'est toi ! L'argent que j'ai trouvé, c'était celui que tu me devais, c'est bien ça ?

— Comment ça, de l'argent ?

Toujours appuyée sur sa canne, Évangéline avait l'air de plus en plus sévère.

— Pour mes cours, grand-moman, précisa Antoine avec un brin de précipitation pour éviter que la discussion ne tourne à l'interrogatoire en règle.

Avec Évangéline, on pouvait s'y attendre.

— C'est quand t'étais à Québec pis que chus venu l'annoncer à madame Anne. Y' me manquait de l'argent pour mes cours pis madame Anne m'en a prêté. Pis moé, j'avais promis d'y remettre quand je travaillerais au garage à Jos Morin. C'est juste ça.

Évangéline hocha la tête.

— C'est vrai que j'en ai perdu des bouttes à l'automne...

— Mais maintenant, vous allez mieux, lança joyeusement Anne avant de se retourner vers Antoine. Si jamais ça se reproduit et que je ne suis pas là, reviens un peu plus tard. Je ne vais jamais bien loin ni bien longtemps. Sauf dans deux semaines. Je m'en vais au Connecticut voir mon père, Antoinette et Jason.

Antoine n'osa demander qui était ce Jason, même si sa mention lui avait causé un drôle de soubresaut dans la poitrine. Madame Anne avait prononcé son nom avec tellement de joie et de fierté. Pourtant, madame Anne était mariée à un certain Robert, il le savait de sa grand-mère, et ce fait ne le dérangeait pas du tout.

Il leva les yeux vers Anne et comprit sans la moindre hésitation qu'elle attendait une réponse de sa part. Il oublia alors Jason et le Connecticut et il lança avec le plus de conviction qu'il était capable de mettre dans sa voix:

— O.K, promis, j'vas venir plus souvent.

— Je compte sur toi. Tu accompagneras ta grand-mère et nous ferons de la musique tous ensemble.

— De la musique? J'ai jamais fait ça, moé, de la musique. À part le solfège à l'école, je connais rien là-dedans. Moé, c'est plus de la peinture que je fais.

— C'est vrai. Où avais-je la tête? Tu suis même des cours avec Émilie. Alors, apporte ton matériel et tu peindras pendant que moi, je jouerai du piano.

— Bon, bon, vos deux…

Clopin-clopant, Évangéline était venue les rejoindre. Elle mit soudainement fin à la conversation, ne laissant aucune chance à Antoine de répondre.

— C'est ben beau toutes vos projets de musique pis de peinture, mais moé, astheure que je sais l'heure qu'y' est, j'ai faim. Viens-t'en, mon Antoine, on retourne chez nous… Pis merci encore, madame Anne. Votre invitation est pas tombée dans l'oreille d'une sourde. Astheure que ma jambe va mieux, vous allez être tannée de me voir chez vous. À bientôt… Envoye, Antoine, arrête de regarder partout pis suis-moé…

Anne resta un moment sur le balcon pour les regarder s'éloigner. Si un jour elle avait déjà pensé à Antoine comme à un fils probable, le voyant jusque dans ses rêves, aujourd'hui, elle constatait que cela était impossible. Antoine Lacaille n'avait plus rien à voir avec le petit garçon chétif qu'elle voyait passer devant chez elle, sans âge précis, ployant sous l'effort de traîner son matériel de dessin. Il était maintenant presque aussi grand qu'elle et n'avait probablement que dix ans de moins qu'elle! Pourtant, malgré son allure dégingandée et un langage un peu rustre, Anne l'aimait toujours autant. Par sa gentillesse, Antoine lui faisait penser à Jason, son demi-frère.

Présentement, il soutenait le coude de sa grand-mère avec délicatesse. Il avait ajusté son pas à celui de la vieille dame, et c'est à tout petits pas qu'ils cheminaient ensemble vers l'autre bout de la rue, discutant avec animation.

Anne eut un pincement au cœur. Si Robert et elle avaient

décidé d'avoir des enfants, c'est un fils comme lui qu'elle aurait aimé avoir. Mais comme son mari et elle préféraient se consacrer à la musique...

Anne referma la porte sur son regret. Un tout petit regret qui venait lui pincer un bout du cœur à l'occasion. Un regret qu'elle arrivait même à oublier quand elle préparait un concert. Un regret qu'elle pourrait peut-être partager avec Jason à la fin du mois, car personne d'autre sur terre ne savait qu'Anne Deblois, malgré tout ce qu'elle pouvait en dire, pleurait parfois de ne pas avoir d'enfants. Seule Charlotte l'avait peut-être deviné.

Anne regagna le salon. Dans quelques minutes, Robert serait de retour. Il préparerait le souper qu'ils mangeraient ensuite tous les deux ensemble en discutant de la journée qui s'achevait, puis ils feraient un peu de musique... comme tous les soirs.

Alors, en attendant son mari, Anne se mit au piano et spontanément, ce fut une musique de Beethoven qui lui vint au bout des doigts. Beethoven, le grand musicien qui partageait depuis toujours ses larmes et ses déceptions.

* * *

En deux visites chez Anne la musicienne, Évangéline avait acquis la conviction qu'elle serait capable de faire le voyage jusqu'à Québec.

— Cré maudit ! Y' est pas trop tôt ! On rit pus. Ça fait quasiment neuf mois que chus allée à Québec. Neuf mois que je sais qu'y' faut que j'aide ma sœur pis sa fille,

Angéline, pis que j'ai rien de faite encore. Neuf mois de trop, si tu veux mon avis, Bernadette.

— Pauvre vous ! Je comprends ce que vous dites. Mais d'un autre côté, vous savez ben que vous y êtes pour rien.

— Je le sais ben, viarge, que j'y suis pour rien ! Y' a pas personne qui veut avoir ça, un malaise comme j'ai eu, c'est pas ce que j'ai dit. Mais ça change rien au fait qu'Estelle est pognée pour vivre dans un coqueron avec pas grand-chose... On est mardi... Jeudi matin, je prends l'autobus pour revenir vendredi. C'est c'te semaine que je règle ça, c'te problème-là !

— Vous êtes ben sûre de vous, la belle-mère ? Je voudrais pas qu'y' vous arrive la même chose qu'à l'automne passé. Ça fait loin en verrat de partir d'ici pour aller vous chercher à Québec en taxi.

— Fais don pas ton oiseau de malheur, toé ! Tu t'inquiètes toujours trop, ma pauvre Bernadette. Y' m'arrivera rien rapport que je verrai pas la grande Georgette. Depuis l'autre jour, a' l'a pas remis les pieds chez Estelle. Les relations sont rompues, comme dit Angéline.

— Quand même...

— Laisse faire tes « quand même ». Je me sens ben, ma jambe va de mieux en mieux, pis j'ai hâte de revoir ma sœur. Toute ça fait que ça va ben aller.

— Et si j'accompagnais grand-moman ?

De sa chambre, Laura avait entendu la conversation et elle s'était approchée du salon silencieusement.

— Moi aussi, je vais de mieux en mieux, c'est le docteur qui l'a dit. Me semble que ça me ferait du bien de changer de décor un peu. J'aimerais ça, voir autre chose que les quatre murs de ma chambre... Comme ça, je serais là si jamais grand-moman avait besoin d'aide.

— C'est ben gentil, ce que tu dis là, Laura. Mais ça changera rien au fait que si y' arrivait quèque chose, Québec, c'est loin en verrat !

Laura ferma les yeux en soupirant.

— Grand-moman a raison : tu t'inquiètes trop. Mais si ça peut te rassurer, je pourrais appeler Cécile. La prévenir qu'on s'en vient. Je suis certaine qu'elle pourrait même venir nous attendre au terminus. Elle ou son mari.

— Ben voyons don ! Ça se fait pas, déranger le monde de même.

— Cécile, c'est pas pareil !

Évangéline et Laura avaient lancé ce cri à l'unisson. Elles se regardèrent avec un sourire de connivence qui blessa Bernadette au passage.

— Bon, bon, j'ai compris.

Elle se tourna vers Évangéline.

— C'est pas pour moé que je disais ça, c'est pour vous, la belle-mère.

— Je le sais. Mais moé je te réponds que tu t'en fais pour rien.

Bernadette était déjà debout. Elle lissa les plis de sa jupe d'une main nerveuse, impatiente, un rien colérique.

— Si c'est de même, j'ai pu rien à faire icitte. Vous ferez ben à votre tête, vos deux. Mais demandez-moé pas de vous aider si ça tourne mal à l'autre boutte. Vous vous arrangerez tuseules avec votre problème. En attendant, moé, je m'en vas dans cuisine. J'ai le souper à préparer.

Mais Bernadette n'avait pas fait trois pas dans le corridor qu'elle rebroussait chemin.

— Si ça va si bien que ça, Laura Lacaille, viens don me donner un coup de main pour éplucher les patates. Astheure que tu vas mieux, y' serait petête temps que tu penses à m'aider. Chus pas la bonne, ici dedans !

CHAPITRE 9

L'été brûlant, les étés fous
Quand nous remontions la rivière
Dans la grande chaloupe Verchères
À quelques milles de chez nous
Nous partions très tôt le samedi
En taxi jusqu'à la « Boat house »
Face à la grange où l'on entasse
Des blocs de glace dans du bran d'scie

La chaloupe Verchères
Clémence Desrochers

Québec, jeudi 10 août 1961

Cécile faisait les cent pas sur le trottoir abrité qui longeait la façade arrière de l'édifice en briques beige doré hébergeant le terminus d'autobus. Elle était arrivée avec une bonne demi-heure d'avance, légèrement agitée. Cette visite de Laura lui était d'autant plus agréable qu'elle était inattendue. Deux belles journées avec l'occasion de la voir probablement durant quelques heures chaque jour amèneraient un peu de beauté sur un été qui, autrement, avait été plutôt ordinaire. Son mari, Charles, ayant été retenu dans son laboratoire par une recherche particulièrement délicate, toute la famille était restée à la maison tout l'été. Un simple voyage à Montréal aurait déjà été trop loin! Quant à Denis, son fils, il grandissait à vue d'œil et il avait passé plus de temps avec ses amis qu'avec elle! Cécile avait trouvé l'été un peu long!

Elle s'arrêta de marcher un instant et jeta un coup d'œil au ciel de plus en plus gris. La température avait nettement fraîchi durant la nuit, et pour appeler régulièrement sa belle-sœur Marie, Cécile savait qu'il pouvait y avoir une différence notable entre le temps qu'il faisait à Montréal et celui qui prévalait à Québec. Évangéline avait-elle pensé à se munir d'un lainage? Heureusement, Laura l'avait appelée. Ainsi, en cas de besoin, elle pourrait les aider à pallier un manque de vêtements chauds.

Cécile se remit à marcher de long en large, tout comme un ours en cage, essayant de mettre un peu d'ordre dans ses pensées, impatiente de voir les deux visiteuses arriver.

Aujourd'hui, il n'y avait plus seulement Laura qui avait de l'importance à ses yeux. Une Laura qui vieillissait en sagesse et en beauté resterait toujours pour elle le reflet de ce que sa propre fille, cédée à l'adoption dès la naissance, devait être devenue. Un lourd secret que cette naissance, d'ailleurs, et que peu de gens partageaient avec elle. C'est pour cela que Laura aurait toujours une place privilégiée dans son cœur. Mais, depuis l'automne, Évangéline aussi l'avait ensorcelée.

Quand elle s'était précipitée à l'hôpital à la suite de l'appel de Laura, en novembre dernier, Cécile n'avait rien éprouvé de plus que ce que le médecin en elle ressentait habituellement devant le cas d'un patient de longue date auquel elle se serait attachée. À ses yeux, Évangéline Lacaille était une dame sur ses vieux jours, sans âge précis, certes, mais assurément assez vieille pour être sa grand-mère. Un simple regard sur son dossier lui avait appris qu'Évangéline Lacaille n'aurait pu être sa grand-mère, ou alors elle aurait eu ses enfants fort jeune !

Évangéline était dans la jeune soixantaine.

À peine plus vieille que sa mère l'aurait été si elle avait survécu à sa dernière grossesse.

Cécile avait tout de suite fait ce rapprochement, surprise d'une telle pirouette de l'esprit aussi inopinée que subite. Pourtant, Évangéline ne ressemblait en rien à cette mère si douce partie trop vite. Jeanne Veilleux avait toujours été une femme discrète, de peu de mots. Sauf peut-être au moment de son décès. Non, Évangéline Lacaille ressemblait davantage à sa tante Gisèle, tant par sa personnalité que par son franc-parler. Pourtant, ce soir-là, c'est à sa mère que Cécile avait pensé.

Tout en longeant le corridor qui menait à la chambre d'Évangéline, Cécile s'était alors rappelé les derniers mots de sa mère.

— Je te l'ai déjà dit, Cécile, je suis fatiguée... Ça fait trop longtemps que je suis fatiguée.

Quand Cécile était entrée dans la chambre d'Évangéline, la voix de sa mère résonnait encore en elle, claire et précise comme si elle avait été à ses côtés. Voilà pourquoi elle avait fait le rapprochement entre Jeanne Veilleux, sa mère, et Évangéline Lacaille, une dame qu'elle avait appris à connaître et à apprécier. Ces deux femmes avaient été usées par la vie. Usées prématurément par les revers de la vie...

Elle avait alors pris la main d'Évangéline, percluse par l'arthrite, et l'avait tenue un long moment entre les siennes. Elle se rappelait aussi que sa mère lui avait dit, quelques instants avant de mourir, qu'elle n'avait plus la force de se battre. La jeune Cécile de cette époque, pétrie d'émotions et de douleur, n'avait rien pu faire.

Mais ce soir-là, c'était différent, et tout en veillant une vieille dame qui, bien involontairement, l'avait ramenée dans le passé, Cécile s'était juré de faire tout ce qui était en son pouvoir pour l'aider à s'en sortir.

Voilà un peu pourquoi ce matin, Cécile, un tantinet fébrile, attendait Laura mais aussi Évangéline avec impatience.

Tout au long de l'hiver, elle avait régulièrement téléphoné à la famille Lacaille pour s'enquérir des progrès d'Évangéline. À Noël, de passage à Montréal, elle l'avait même visitée, profitant de l'occasion pour offrir un petit cadeau à Laura, comme elle l'avait fait l'année précédente.

Dans quelques instants, elle aurait enfin la chance de les revoir toutes les deux.

L'autobus arriva à l'heure prévue. Pour éviter les bousculades, Laura et sa grand-mère furent les dernières à en descendre.

Et l'une comme l'autre, elles portaient un chandail de laine !

La vieille dame, qui en fait n'était pas si vieille que ça, avait définitivement repris l'allure qui était la sienne avant l'incident. Malgré la canne qui la soutenait, la démarche semblait ferme et équilibrée. Laura, qui n'avait nul besoin de la soutenir, s'occupait des bagages légers qu'elles avaient emportés. Cécile se précipita au-devant d'elles.

— Enfin ! Si vous saviez comme j'avais hâte de vous voir !

De son œil le plus professionnel, elle examina Évangéline et apprécia ce qu'elle vit, avant de tourner un regard maternel vers Laura qui, elle aussi, semblait se remettre à merveille de sa mononucléose.

— Vous avez l'air en pleine forme, toutes les deux.

— Mais on est en pleine forme, rétorqua Évangéline de sa voix bourrue en redressant les épaules pour confirmer ses dires. C'est quoi c'te manie de toujours s'imaginer qu'on est encore malades.

Elle tourna la tête à demi vers Laura.

— Une autre qui s'inquiète pour rien, souligna-t-elle comme si Cécile n'avait pas été là. La Cécile docteur me fait penser à ta mère, Bernadette.

Puis elle tendit la main vers Cécile.

— Mais chus ben contente de vous voir pareil, fit-elle enfin en donnant une poignée de main solide qui ne laissait aucun doute quant à la bonne forme de la dame, qui accompagna son geste de l'inimitable sourire qui ne retroussait qu'un coin de ses lèvres. Pis vous, comment c'est que vous allez ? À première vue, comme ça, je dirais que ça va ben... Mais coudon, que c'est qui s'est passé c't'année ? Je pensais ben vous voir apparaître à Montréal durant l'été.

Elles parlèrent de tout et de rien en marchant jusqu'à l'auto que Cécile avait stationnée non loin de là, Évangéline refusant vigoureusement qu'on vienne la prendre à la porte.

— Dans quelle langue va falloir que je le dise, viarge, pour que le monde comprenne enfin que j'vas ben ? Mon malaise, c'est une histoire du passé.

— Mais quand même... Il faut que vous soyez prudente. Ça pourrait revenir. Dans notre jargon médical, on dit que vous êtes à risque.

— Une autre affaire, astheure ! Chus à risque. Comme un orage en été... Faites-vous-en pas, Cécile, j'ai quèqu'un qui me le rappelle tous les jours que le Bon Dieu amène, stipula-t-elle en soulevant légèrement sa canne. Avec elle au boutte de ma main, y a pas de danger que j'oublie que j'ai été malade.

En moins de deux, elles arrivèrent devant l'immeuble abritant le logement d'Estelle.

— Bon, c'est icitte qu'on se laisse, lança alors Évangéline.

Elle tourna alors un regard polisson vers la banquette arrière de l'auto, là où était assise Laura.

— Faudrait pas que ta mère apprenne ça !

Puis elle revint à Cécile qui la dévisageait avec une certaine interrogation dans le regard, les mains posées sur le volant et ayant stationné en double file puisqu'Évangéline avait catégoriquement refusé qu'on l'accompagne jusqu'à la porte.

— C'est juste Bernadette, expliqua alors Évangéline tout en ramassant ses gants, sa canne et son sac à main qu'elle avait déposés à ses pieds. Je pense que si Laura avait pas promis qu'a' resterait tout le temps avec moé, Bernadette m'aurait jamais laissée partir... Voir que j'ai besoin de ma petite-fille pour régler mes affaires... On s'est entendues, elle pis moé dans l'autobus, pis on va faire comme je l'ai décidé. De toute façon, Laura se serait ben gros ennuyée avec ma sœur pis moé, rapport qu'on va discuter de choses sérieuses. A' va être ben mieux chez vous, si ça vous dérange pas, ben entendu... Bon, c'est pas que je m'ennuie, mais c'est comme rien qu'Estelle doit m'espérer... T'as juste à venir porter ma valise proche de la porte, Laura. Après, j'vas être capable de me débrouiller tuseule... Pis vous, Cécile, merci ben gros pour le dérangement. Votre char est pas mal plus confortable qu'un taxi... Bon, je pense que j'ai toute dit. On se revoit demain à midi. Bonne journée.

Une échancrure dans les nuages laissa filtrer un rayon de soleil à l'instant précis où Cécile engageait sa voiture dans l'allée de pierres blanches qui jouxtait le parterre de la maison. La température remonta aussitôt de quelques degrés, comme un supplément à cette heureuse surprise d'avoir Laura auprès d'elle pour vingt-quatre heures sans interruption.

D'un commun accord, Laura et Cécile décidèrent de s'installer au jardin. Comme Denis passait la journée au Jardin zoologique avec la famille d'un de ses amis, elles auraient tout le temps voulu pour discuter à satiété.

Pendant que Cécile leur préparait un léger goûter, Laura profita de l'occasion pour se délecter les yeux et l'esprit de ce jardin qu'elle aimait tant. Cela faisait maintenant quatre ans qu'elle le connaissait et trois ans qu'elle y venait, l'an dernier ayant été l'exception puisqu'elle menait de front deux emplois exigeants.

Les rosiers que Cécile entretenait avec beaucoup de soin étaient remplis de fleurs odorantes, et Laura ferma les yeux un court moment pour inspirer profondément le lourd parfum un peu sucré qui flottait dans l'air autour d'elle. Chez Évangéline, que l'on soit à l'avant ou à l'arrière de la maison, à l'ombre ou au soleil, depuis quelque temps, c'était l'odeur nauséabonde des gaz d'échappement des voitures qui dominait.

Laura laissa échapper un petit soupir en ouvrant les yeux tout en se disant que si sa mère avait la chance de venir ici, elle comprendrait peut-être son désir de fréquenter l'université. Un diplôme était, aux yeux de Laura, le billet gagnant pour échapper à la vie que menaient ses parents. Sans nécessairement aspirer à posséder un château comme celui de la famille d'Alicia, elle espérait néanmoins sortir de la ville où elle était condamnée à vivre depuis sa naissance. Un peu d'espace autour d'elle lui plairait grandement.

Depuis qu'elle savait que le médecin l'autorisait à reprendre ses études en septembre, Laura ne savait comment aborder la question avec sa mère. N'empêche qu'elle devrait le faire, et très bientôt, si elle voulait que celle-ci serve d'intermédiaire auprès de son père.

Un courant électrique inconfortable parcourut la colonne vertébrale de Laura, la faisant tressaillir.

Comment Marcel prendrait-il la nouvelle lui annonçant que Laura n'achèterait pas d'auto, finalement? Sa colère, décuplée par la déception, serait mémorable, Laura n'en doutait aucunement. Elle avait eu tout un été ou presque pour essayer de trouver une solution. Elle en était arrivée à la seule conclusion plausible : il n'y avait pas de solution. Elle n'aurait pas le choix de subir les foudres paternelles, ce qui devrait susciter, en conclusion finale et fort prévisible, que Marcel Lacaille ne donne pas un sou pour ses études, et comme Laura n'avait pu travailler cet été...

Laura poussa un second soupir à l'instant précis où Cécile arrivait de la cuisine, les bras chargés d'un lourd cabaret.

— Fatiguée, Laura ?

Celle-ci tourna la tête vers Cécile, un sourire un peu désabusé sur les lèvres.

— Pas du tout, fit-elle avec une vivacité qui contredisait sa lassitude apparente. J'ai tellement dormi cet été que je pense que je ne serai plus jamais fatiguée de toute ma vie ! Non, je dirais plutôt que je suis préoccupée.

Les mots avaient coulé avec une facilité déconcertante, alors qu'elle était si indécise à parler avec Bernadette. Laura n'aurait su dire pourquoi, mais elle s'était toujours sentie plus à l'aise avec Cécile qu'avec sa propre mère. Pourtant, tel qu'elle l'avait assuré à Bernadette à maintes reprises au fil des ans, jamais elle n'aurait voulu changer de place ou de mère. Peut-être le fait que Cécile soit étrangère à sa famille rendait les confidences plus faciles ?

Une seconde fois, Laura regarda attentivement le jardin autour d'elle, détailla l'arrière de la maison aux murs envahis de lierre. Tout, ici, respirait le calme. Un calme qu'elle était bien loin de ressentir dans sa propre maison.

— En fin de compte, murmura-t-elle tout en reportant son attention sur Cécile qui venait de déposer devant elle un verre de limonade, c'est dans une maison comme ici que j'aurais dû naître. C'est dans un jardin comme le tien, rempli de fleurs, que j'aimerais vivre.

Le cœur de Cécile frissonna et elle baissa les yeux, incapable de soutenir l'intensité du regard tourmenté que la jeune fille posait sur elle.

Laura n'aurait pu mieux dire.

Si la vie l'avait voulu autrement, il y aurait effectivement eu une belle grande jeune fille qui vivrait à ses côtés. Juliette, qu'elle se serait appelée.

À son tour, Cécile jeta un regard discret autour d'elle.

Mais alors, si Juliette avait été avec elle, Cécile n'aurait pas été ici. Avoir Juliette à ses côtés voudrait dire qu'elle aurait épousé Jérôme, son fiancé de l'époque disparu à la guerre, et qu'elle vivrait en Beauce cultivant la terre, entourée d'une famille qu'elle avait toujours souhaitée nombreuse. Cécile Dupré, née Veilleux, se serait appelée Cécile Cliche. Elle ne serait pas médecin, elle ne se serait pas mariée avec Charles, elle n'aurait pas adopté Denis, son fils, elle n'aurait jamais rencontré Laura et sa famille, elle...

Légèrement étourdie par la ronde folle de toutes ces suppositions, Cécile respira un grand coup avant de tourner franchement la tête vers Laura.

— Comme ça, mon jardin te préoccupe ? lança-t-elle avec une pointe d'espièglerie qui lui faisait du bien, essayant, tant bien que mal, de joindre entre eux les éléments disparates de la réflexion de Laura et ses propres pensées.

Mais Laura n'avait pas le cœur à rire ni même à sourire.

— C'est une figure de style, expliqua-t-elle d'un ton boudeur, tout de même satisfaite d'avoir pu glisser dans la conversation une expression chère à sœur Marie-Carmel. C'est juste une manière de dire que si j'habitais ici ou chez mon amie Alicia, je n'aurais pas à me débattre comme un beau diable pour pouvoir étudier... Et puis, je n'aurais pas été malade parce que j'ai trop travaillé, conclut-elle en soupirant.

— C'est vrai qu'à brûler la chandelle par les deux bouts, constata Cécile, on risque de s'échauffer les doigts.

Laura jeta un regard interrogateur sur Cécile.

— C'est juste une figure de style, expliqua alors cette dernière tout en se moquant gentiment. Tout ça pour expliquer que tu en as peut-être trop fait. On ne peut pas exagérer sans en payer le prix, un jour ou l'autre. Même à ton âge, le corps humain a ses limites.

Laura haussa les épaules de dépit. Cécile pouvait peut-être se permettre de respecter les limites de son corps, comme elle venait tout juste de le dire, mais Laura, elle, n'avait pas ce luxe. Elle n'en avait ni les moyens ni le temps.

— Est-ce que j'avais le choix ? demanda-t-elle en guise de réponse.

— Je te renvoie la question, fit alors Cécile, consciente que pour Laura cette conversation semblait de la toute première importance.

— Avais-tu le choix ? reprit Cécile. Deux emplois l'été dernier, un autre presque à temps plein en plus de tes études cette année... C'était beaucoup, tu ne trouves pas ?

Laura ne leva même pas les yeux vers elle. Devant un silence maussade qui semblait vouloir s'éterniser, Cécile ajouta :

— Je crois qu'on a toujours le choix, répondit-elle avec une conviction qu'elle était loin de ressentir, ayant été elle-même confrontée à des décisions qui lui avaient totalement échappé lors de la naissance de Juliette, son père ayant tout décidé à sa place. En as-tu parlé avec tes parents, au moins ? Sérieusement, je veux dire.

Il y eut encore un long moment de silence, rempli de la réflexion intense de Laura. Du bout du doigt, elle jouait avec une miette de pain dans l'assiette où Cécile avait déposé quelques pointes de sandwiches.

— Mes parents ? explosa-t-elle enfin tout en frappant la table de jardin du plat de la main. Il est justement là, le problème !

Le regard de Laura, colérique et impatient, lançait des flammèches.

— Alors là, il va falloir que tu m'expliques parce que je ne comprends pas, demanda Cécile tout en prenant un sandwich pour se donner une certaine contenance.

La voix de Cécile était ferme, et elle y avait mis tout ce qu'elle avait de sincère en elle pour que Laura se sente obligée de tout raconter. Pourtant, Cécile se doutait grandement de ce qui allait suivre. Mais devoir le dire à voix haute aiderait peut-être Laura à faire le point.

— Tu ne comprends pas ? rétorqua Laura avec amertume. Tu vas voir, ce n'est vraiment pas difficile à comprendre.

Sur ce, sans autre préambule, Laura se lança dans la description détaillée des quinze derniers mois, n'omettant aucun détail. La pointe de sandwich qu'elle avait commencé à attaquer du bout du doigt, quelques instants auparavant, passait maintenant un très mauvais quart d'heure.

— Tu sauras, Cécile, que toute cette histoire a commencé avec ma mère qui ne s'est pas gênée pour me dire que l'école normale serait bien suffisante pour moi.

— Mais c'est toujours ce dont tu as parlé, non?

— Oui... non... En fait, c'est ce que je voulais jusqu'à l'an dernier. Puis l'idée d'aller à l'université a commencé à faire son bout de chemin. Je me disais qu'avec les notes que j'avais, je pourrais peut-être essayer. Mais ma mère n'a rien voulu entendre quand j'ai voulu lui en parler. Pour elle, l'école normale était tout à fait correcte pour moi. Elle était même en colère. J'avoue que de l'entendre me parler sur ce ton-là, ça m'a déçue. Énormément. J'avais toujours cru que ma mère était fière de mes notes à l'école et qu'elle serait encore plus fière d'apprendre que j'avais l'intention de poursuivre mes études à l'université.

Dès que Laura se retrouvait en présence de Cécile ou d'Alicia et sa famille, elle modifiait son langage. C'était involontaire et incontrôlable. Habituellement, Cécile souriait devant ce petit manège bien inoffensif. Mais pas ce matin. Ardente défenseure de la langue bien parlée, présentement, elle décelait dans la voix de Laura une préciosité qui la mettait mal à l'aise. Elle avait l'impression que Laura était en train de renier le langage qui avait bercé son enfance comme s'il n'était plus à la hauteur de ses ambitions. Pourtant, Dieu sait que ce n'était pas du tout ce qu'elle avait recherché en poussant Laura à mieux parler.

Durant ce temps, celle-ci poursuivait son discours avec détermination.

— J'ai vite compris que c'était d'abord et avant tout une question d'argent. C'est là que j'ai pensé à mon amie Francine qui travaille dans une manufacture.

Ce fut à cette même époque que Laura avait commencé à mentir à sa famille pour justifier sa frénésie de travail.

— Il fallait que je trouve un prétexte. Jamais mon père n'aurait accepté que je travaille autant sans avoir une bonne raison. Vois-tu, c'est sa fierté de nous faire vivre conforta-blement, et la moindre allusion à un manque d'argent le met en colère. Et il y avait toujours ma mère ! Elle m'avait interdit de parler d'université à la maison et je ne voulais surtout pas que mon père me demande une pension. J'avais besoin de tous les sous que je gagnais. J'ai donc inventé une auto que je voulais m'acheter. Les autos, c'est le point faible de mon père...

Contre toute attente, le stratagème avait fonctionné.

— Je savais que ma mère n'était pas une imbécile et qu'elle se doutait bien du but réel de mon travail. Mais elle n'en a jamais vraiment parlé. Une allusion par-ci, par-là, sans plus. Sauf le jour où je suis tombée malade... C'est là que j'ai eu la certitude que si j'avais réussi à berner mon père, il en allait autrement avec ma mère. Pourtant, elle n'a pas semblé m'en vouloir d'avoir menti. Elle m'a même soutenue en intervenant auprès de la directrice du couvent pour que je puisse passer mon année sans faire mes examens.

— Bon ! Tu vois !

— Qu'est-ce que je suis supposée voir ? Que je n'ai pas assez d'argent pour entrer à l'université ? Oui, inquiète-toi pas, Cécile, ça, je le vois. Je vois aussi que quand ma mère me dit qu'il y a toujours des solutions, elle pense encore à l'école normale. Quoi d'autre ? Si elle avait pensé à l'université, elle me l'aurait dit pour que je puisse me reposer sans avoir à réfléchir tout le temps, d'autant plus que maintenant, elle travaille et dispose d'un peu d'argent. Mais non ! Elle n'a rien dit. J'ai l'impression qu'elle veut que je me débrouille toute seule... D'un autre côté, comme j'ai toujours l'argent gagné durant la dernière année, ça va peut-être aider mon père à avaler sa pilule sans trop crier quand il va apprendre que je n'achète pas d'auto. Savoir que j'ai assez d'argent pour payer l'école normale sans rien lui demander va probablement suffire pour qu'il ne me crie pas après trop fort. Parce que c'est tout ce que je peux m'offrir pour l'instant : l'école normale. À moins que je ne recommence à travailler comme une folle tout en poursuivant mes études à l'université en priant le ciel de ne pas tomber malade encore une fois... Ce n'est pas du tout ce que j'avais prévu. Pendant ce temps-là, mon amie Alicia se prépare à entrer en médecine avec l'appui de ses parents. C'est pour ça que j'ai dit tantôt que je ne suis pas née dans la bonne famille. Personne ne devrait empêcher quelqu'un de réussir sa vie comme il l'entend. Mais chez nous, les études, ce n'est pas important. Mon père n'arrête pas de dire qu'il a réussi sa vie sans études et que ses enfants n'ont qu'à faire comme lui. C'est bien certain que quand on mesure sa réussite à une auto dans la rue devant la porte et à une télévision dans le salon, une dixième année, c'est amplement suffisant.

Il y avait dans le propos de Laura un mépris que Cécile pouvait comprendre sans pour autant l'accepter. Il avait fallu des années à la jeune Cécile pour pardonner à son père d'avoir tout géré dans sa vie à la naissance de sa petite Juliette. Elle ne voulait surtout pas que Laura vive la même chose qu'elle. Alors, elle demanda tout doucement:

— Et toi, comment vois-tu ta vie pour qu'elle soit réussie?

— Ma vie?

Laura avait fait une petite boule de mie avec le pain émietté. Elle s'amusa à la faire rouler dans l'assiette avant de lever la tête vers Cécile.

— Ce que je vois, c'est que j'aime les études. En fait, je pense que je pourrais étudier toute ma vie sans que ça me dérange. J'aime ça apprendre. J'aime ça avoir à me forcer pour mériter de bonnes notes. Je sais bien que c'est impossible; personne ne peut étudier durant toute une vie. Mais au moins, je voudrais suivre un cours de pédagogie à l'université avant de commencer à enseigner.

— Alors, dis-le!

— Le dire?

Laura laissa échapper un rire de gorge amer, dur.

— Chez nous, certaines choses ne doivent pas être dites. Jamais. Les études en font partie. Je l'ai compris l'an dernier quand ma mère m'a demandé de ne pas parler d'université. Ça allait rendre mon père et ma grand-mère de mauvaise humeur, qu'elle disait! Habituellement, quand elle juge que quelque chose est possible ou raisonnable, elle intervient auprès de mon père. Souvent, elle a pris sur elle de manger les coups et les reproches à notre place. Mais pas cette fois-ci. Si je veux étudier, il va falloir que je me débrouille toute seule, comme je viens de te le dire... après avoir fait comprendre à mon père que je n'achèterai pas d'auto. Et ça, je te jure que ce n'est pas du tout gagné à l'avance. Comme je le connais, Marcel Lacaille est capable de me mettre à la porte juste pour me punir de lui avoir menti.

— Allons donc ! Tu ne crois pas que tu exagères un peu ?

Mais Cécile savait que Laura n'exagérait pas, ou si peu. Pendant que la jeune fille lui racontait les derniers mois de sa vie, Cécile avait l'impression d'assister à un mauvais film qui ressemblait à ce qu'elle-même avait vécu. Un père autoritaire, une situation qui lui semblait insoluble, une mère trop silencieuse devant les faits... La situation se déroulait peut-être à un autre niveau, les enjeux n'étaient pas les mêmes, mais la déception de Laura était tout aussi vive et réelle que l'avait été la sienne. C'est toute la vie de Laura qui se jouait à travers un conflit d'idées, de valeurs, tout comme la sienne avait été un jour dans la balance.

— Si tu savais comme je le déteste, des fois ! Si tu savais à quel point j'aimerais avoir un autre père... Pis en même temps, je m'écoute parler, pis je me dis que je m'en fais peut-être pour rien parce que je n'ai toujours pas reçu ma réponse de l'université. Alicia, elle, ça fait longtemps qu'elle sait qu'elle est acceptée.

Sur ce, sans le moindre avertissement, Laura éclata en sanglots bruyants, et Cécile n'eut alors qu'une seule envie : celle de lui ouvrir tout grand les bras comme un jour la tante Gisèle l'avait fait pour elle.

À cette pensée, Cécile dessina un petit sourire.

Elle caressa doucement le dos de Laura, le regard perdu

au-delà de sa haie de rosiers. Pourquoi pas ?

Elle avait peut-être une solution.

Une fois la crise de larmes passée, Cécile et Laura, d'un accord tacite, parlèrent de tout et de rien jusqu'à l'arrivée de Denis.

Quelques heures plus tard, confiant Denis à Laura, Cécile annonça qu'elle devait quitter la maison.

— Tu le sais, Laura, il m'arrive encore de pratiquer la médecine. J'ai gardé quelques vieux patients qui n'auraient pas aimé avoir à changer de médecin.

Ce n'était, jusque-là, qu'un demi-mensonge.

— Le temps d'une visite auprès d'une patiente que j'aime beaucoup, de chercher Charles à l'hôpital puisque c'est moi qui ai la voiture, et je reviens pour le souper.

Laura avait eu le temps de se remettre de ses émotions même si elle n'affichait pas la grande forme.

— Veux-tu que je prépare quelque chose pour manger ?

— Ce ne sera pas nécessaire. Il y a, non loin d'ici, un petit restaurant qui livre à domicile, et je crois que pour ce soir, on pourrait...

Toujours aussi vif, le jeune Denis avait tout entendu même s'il n'était pas dans la même pièce que sa mère et Laura. Il se pointa le bout du nez dans l'embrasure de la porte de la cuisine où il faisait une incursion intéressée dans le réfrigérateur.

— Est-ce que j'ai bien entendu ? Tu parles de faire venir du Saint-Germain ? demanda-t-il en interrompant Cécile avec une lueur gourmande dans le regard.

— Qu'est-ce que tu en penses ?

— Youppi! Leur hamburger est le meilleur au monde!

Cinq minutes plus tard, Cécile stationnait son auto devant la porte où, quelques heures plus tôt, elle avait laissé Évangéline. S'il y avait quelqu'un sur terre capable d'aider Laura, c'était bien elle, Cécile en était persuadée. Cependant, timide de nature, Cécile hésita un instant. Ne se mêlait-elle pas de ce qui ne la regardait pas?

Le bruit des sanglots de Laura, déchirants et incontrôlables, lui revint à la mémoire. Que ce soit de ses affaires ou non, elle ne pouvait tolérer que Laura soit malheureuse.

Cécile ouvrit la portière de son auto en se fiant à son instinct. Pour Laura, elle était prête à bien des sacrifices. Marcher sur sa timidité habituelle faisait partie de ceux-là.

Ce fut Évangéline qui vint elle-même ouvrir la porte.

— Ah ben, ah ben... Regardez-moé qui c'est qui vient nous rendre visite. Entrez, Cécile, entrez. Je parlais justement de vous à ma sœur Estelle. Quel bon vent vous amène?

Évangéline ressemblait tellement à la tante Gisèle avec son parler bourru que la gêne de Cécile resta sur le perron.

— J'aimerais vous parler. C'est à propos de Laura...

Quand Cécile eut fini de parler, Évangéline resta un moment silencieuse, perdue dans ses pensées. Puis, elle assena un coup de poing sur l'accoudoir de son fauteuil.

— Me semblait aussi que ça se pouvait pas que Laura aye envie de s'acheter un char! Celui de son père l'a toujours laissée ben frette. Est pas comme son frère Antoine qui doit rêver de chars à toutes les nuittes!

Elle soupira à fendre l'âme.

— Comment ça se fait que j'ai rien vu aller, moé, coudon?

Faut croire que mon malaise m'a occupé l'esprit plus que je le pensais.

Évangéline avait écouté Cécile sans l'interrompre, ses sourcils broussailleux formant une ligne sombre et compacte au-dessus de ses yeux, ce qui montrait à quel point elle prenait les propos de la docteur au sérieux.

— Comme ça, vous dites que si Laura a travaillé à s'en rendre malade, c'est pour aller à l'université ?

— Exactement.

Évangéline hocha la tête, toujours aussi concentrée sur ses pensées.

— Ben ça, ça me fait plaisir, lança-t-elle soudainement. Pas que Laura aye été malade, comprenez-moé ben, mais qu'a' veuille continuer ses études, par exemple.

Évangéline se tut un instant, se souriant à elle-même. Puis elle se tourna vers Estelle, restée au salon à sa demande.

— T'as-tu entendu ça, Estelle ? Ma Laura qui veut aller à l'université. Comme ta fille !

Estelle leva le doigt comme une gamine à la petite école.

— Sachant cela, peut-être veux-tu revoir la proposition que tu m'as faite ?

D'un geste sec de la main, Évangéline envoya promener la suggestion de sa sœur.

— Veux-tu ben te taire, toé ! Voir que j'vas enlever d'une main ce que je viens de donner de l'autre ! Pis viens pas gâcher mon fun. Ça fait longtemps que j'ai pas été heureuse comme aujourd'hui. D'un bord, ma sœur Estelle accepte de déménager à Montréal pis de l'autre, ma p'tite-fille Laura veut étudier.

Tout en parlant, Évangéline était revenue face à Cécile.

— Vous pouvez pas savoir le nombre de fois que chus arrêtée devant le magasin du photographe proche de chez nous. Dans sa vitrine, y a toujours des photos d'étudiants avec leur drôle de chapeau sur la tête. Je les ai toujours enviés, ces étudiants-là. Moé avec, j'aimais ça, l'école. Chus pas allée plus loin que ma cinquième année, mais c'est pas pasque je l'avais décidé comme ça... Ma Laura doit retenir ça de moé, aimer l'école. Pis j'vas toute faire pour l'aider. Comme je le disais t'à l'heure à Estelle, chus pas riche comme ceux qui vivent dans l'Ouest-de-l'île, c'est ben certain, mais j'ai un peu de bien. Avec ça pis avec l'argent que Laura a économisé depuis un an, on devrait arriver à s'en sortir. M'en vas m'assire avec elle pis on va regarder nos finances, comme y' disent. On va se faire un budget. Les budgets, ça me connaît !

— Es-tu vraiment certaine de toi ? intervint encore une fois Estelle.

— Ouais, chus sûre pis reviens pas là-dessus. Si ta fille est d'accord, comme de raison, mais je verrais pas pourquoi a' le serait pas. Tu t'en viens vivre à Montréal dans le logement de droite en bas du mien. Le locataire est au courant pis y' accepte de partir le premier d'octobre... Comme ça, le jour, Bernadette pis moé on va pouvoir s'occuper de toé, pis ta fille va pouvoir travailler comme tout le monde. Jusque-là, ça me coûte pas une cenne, si tu sais compter dans le sens du monde... Pis pour Laura, on va voir ce qu'on peut faire. De l'argent, j'en ai un peu pis je l'emporterai pas au paradis, comme le curé Ferland l'a déjà dit dans son sermon. J'ai toujours faite ben attention à mes dépenses pis je gardais mes économies en cas de besoin. Ben, c'est astheure que j'en ai besoin, de mon argent, pis y a pas un chrétien qui va me faire changer d'idée... Laura à l'université, murmura-t-elle enfin pour elle-même.

Puis après un dernier moment d'intériorité, Évangéline regarda Estelle et lui fit un petit clin d'œil.

— Comme l'aurait dit mon défunt Alphonse, calvase que chus contente! Chus sûre qu'y' doit toute voir ça, lui, là, de l'autre bord, pis y' doit être fier de moé. Ouais, y' doit être ben fier de voir ce que j'ai réussi à faire avec ce qu'y' m'a laissé en partant.

« Comme quoi, on peut réussir sa vie de bien des façons », se dit alors Cécile, émue.

Elle se promit de le faire remarquer à Laura.

*   *   *

Jamais la route entre Québec et Montréal n'avait paru si courte aux yeux d'Évangéline et de Laura. Armées d'un petit calepin trouvé au fond du sac à main d'Évangéline et de crayons empruntés à leurs voisins de transport, elles établirent un premier budget sommaire.

— C'est sûr qu'y' faut que je vérifie certaines affaires. Les chiffres que je mets là, c'est juste en attendant. Mais je devrais pas me tromper de beaucoup. Pis si t'as autant d'argent que tu le dis, ma Laura, pis que ça coûte le montant que t'as écrit, ben tu vas pouvoir étudier sans avoir à travailler autrement que durant l'été, comme de raison.

C'est juste normal qu'une belle grande fille comme toé, en santé, travaille durant l'été. Mais pour le reste...

Laura avait des ailes, et le fait de ne pas avoir eu de réponse de la part de l'Université de Montréal ne pesait plus lourd dans la balance. Il y avait sûrement une raison facilement justifiable qui expliquait ce retard.

Et Marcel non plus ne l'inquiétait plus !

Si sa grand-mère était d'accord avec son projet, toute la famille le serait, cela ne faisait aucun doute !

— Bon ben, astheure qu'on sait que c'est faisable, si ça te dérange pas trop, ma Laura, je ferais un p'tit somme avant d'arriver chez nous.

— Pas de trouble, grand-moman ! T'inquiète surtout pas pour moi. J'ai de quoi penser jusqu'à Montréal.

— C'est ben ce que je me disais, aussi... Ah oui, avant que je l'oublie, tu rajouteras un deux cents piasses à tes économies.

Laura se sentit rougir, voyant aisément où sa grand-mère voulait en venir. Sa mère avait-elle parlé, finalement ?

— Pourquoi ? demanda-t-elle d'une toute petite voix, même si elle se doutait de la réponse qui viendrait.

— Fais pas ton innocente avec moé !

Évangéline la regardait mi-moqueuse, mi-sérieuse.

— Je me suis renseignée : c'est ça que ça coûte en taxi de Montréal à Québec, aller-retour. Faudrait pas me prendre pour une imbécile. À l'automne, ta mère avait pas une cenne à elle. Pis Marcel, lui, y' serait venu avec son char. C'était pas dur à deviner que t'étais en arrière de c'te voyage-là. J'attendais juste la bonne occasion pour t'en parler. Pis c'est

justement aujourd'hui qu'a' s'est présentée, la bonne occasion... Bon, astheure, je peux dormir en paix. On se reparle
t'à l'heure.

L'instant d'après, Évangéline ronflait tout doucemôt.

Le cœur battant et le papier des calculs serré contre sa
poitrine, Laura couva sa grand-mère des yeux avec affection, se rappelant les quelques mots que Cécile lui avait
glissés à l'oreille, la veille au soir quand celle-ci était venue
lui souhaiter bonne nuit. Durant la soirée, elles avaient
longuement parlé d'Évangéline.

— Moi aussi, il y a eu une époque de ma vie où j'ai
sincèrement cru que ma famille était la pire qui puisse exister, avait conclu Cécile. Avec le temps, j'ai compris qu'elle
était unique et que j'y tenais vraiment parce que tant mon
père que mes frères et sœurs étaient tous des gens de cœur.
La seule chose qui pourra faire en sorte que tu puisses dire
un jour que tu as réussi ta vie, c'est si tu as rendu les gens
heureux autour de toi. Les qualités du cœur valent bien plus
que toutes les belles maisons et les beaux jardins du monde.
N'oublie jamais cela ! Pour ma part, je crois que ta grand-
mère a fort bien réussi la sienne.

Laura avait mûrement réfléchi avant que le sommeil ne
l'emporte. Au réveil, elle savait très bien que Cécile avait
raison. Il lui tardait maintenant de se retrouver chez elle.

Il lui tardait d'avoir une longue conversation avec sa
mère.

Tournant le regard vers l'extérieur de l'autobus, Laura
contempla le paysage qui défilait à ses côtés. La campagne
du mois d'août était luxuriante. Le maïs serait bientôt prêt

et quelques arbres commençaient même à changer de couleur.

Laura prit une profonde inspiration.

Au fond, elle ressemblait à sa mère. L'une comme l'autre, elles avaient de la difficulté à s'ouvrir aux autres. Était-ce un défaut? Laura ne saurait le dire. Mais chose certaine, elle allait dorénavant s'appliquer à essayer de changer. Même si ce n'était pas nécessairement un défaut, elle avait été trop malheureuse ces derniers mois pour ne pas tenter quelque chose.

Le front appuyé contre la vitre, regardant défiler les campagnes verdoyantes, Laura sentit qu'elle était à un tournant important de sa vie.

Puis le sommeil la prit, elle aussi, par surprise.

Bernadette les attendait sur la galerie, rongeant son frein. Dès qu'elle aperçut un taxi tournant le coin de la rue, elle se précipita dans l'escalier.

— Enfin! lança-t-elle en ouvrant la portière avant même que la voiture se soit complètement immobilisée. Laissez-moé vous dire que la maison est grande en verrat quand vous êtes parties toutes les deux en même temps. Je me suis ennuyée sans bon sens!

Il était évident que Bernadette s'était morfondue tout au long de leur bref séjour à Québec. Bien appuyée sur sa canne, Évangéline lui tapota le bras au passage.

— Pauvre Bernadette. C'était pas de l'ennui, ton affaire, c'était de l'inquiétude, rien d'autre. Je te connais assez pour pouvoir le dire sans me tromper... Pis tu vois? On est là, toutes les deux avec tous nos morceaux. On te l'avait dit qu'on allait ben. Tu t'en es fait pour rien... Astheure, viens t'assire sur la galerie, faut que je te parle. J'ai ben des choses à te raconter...

Après de longues palabres entre les trois femmes, il fut décidé, à l'unanimité, qu'Évangéline parlerait à Marcel, tant de l'arrivée d'Estelle et de sa fille — ce qui ne le regardait que fort peu — que des intentions de Laura, ce qui pourrait amener un peu plus de discussions.

— T'es bien la seule, grand-moman, à pouvoir faire entendre raison à popa quand il est de très mauvaise humeur.

Laura avait mis l'accent sur le *très*.

— Tant qu'à ça...

— Mais je pense que quand y' va voir que ça y coûtera pas une cenne, analysa Bernadette, y' devrait mieux encaisser la nouvelle. On est pas obligées d'y dire que c'est depuis le début que Laura sait qu'a' l'achètera pas de char. On peut juste y dire qu'a' l'a changé d'idée en cours de route pis que vous, la belle-mère, pis Laura pis moé, on va s'occuper des frais. Comme ça, ça devrait passer.

— Ouais... Mais pour ça, va falloir attendre la réponse de l'université, conclut Laura en poussant un long soupir d'inquiétude. C'est bien beau dire à popa que j'ai changé d'avis parce que je veux aller à l'université, tant qu'on a pas reçu la réponse, ça tient pas debout... Qu'est-ce qu'y' font à lambiner comme ça ? Alicia, elle, ça fait plus qu'un mois qu'elle sait qu'elle est acceptée. Maudite marde, on est déjà rendus quasiment au milieu du mois d'août !

La fameuse lettre aux armoiries de l'institution arriva le lundi suivant, le quatorze août. Ce fut Bernadette qui la reçut en mains propres, car, contaminée par l'inquiétude de sa fille, elle surveillait la venue du facteur.

— Laura! Ça y est! Tu l'as, ta réponse.

La jeune fille était déjà dans l'embrasure de la porte de sa chambre et tendait la main, impatiente.

— Donne! Enfin...

Même si elle était dévorée par la curiosité, Bernadette eut la délicatesse de se retirer à la cuisine. Un petit cri provenant de la chambre de Laura la fit cependant ressortir bien vite de sa tanière.

— Qu'est-ce qui se passe, ma belle?

En chemise de nuit, debout au milieu du couloir, Laura avait les yeux pleins d'eau.

— Tiens, fit-elle en reniflant, lis toi-même...

Laura tendit la lettre.

Il n'y avait qu'une feuille, elle aussi aux armoiries de l'université. Bernadette la prit, constatant que sa main tremblait légèrement.

— Les chameaux, murmura-t-elle après une première lecture.

Puis, elle leva les yeux vers Laura.

— Viens dans la cuisine, ordonna-t-elle en lui prenant la main. On va s'assire pis on va relire ça ben tranquillement.

C'est ce qu'elle fit dès qu'elle fut installée à la table.

— Dans le fond, on dirait qu'y' savent pas ce qu'y' veulent... Lis-la encore, Laura, c'te maudite lettre-là. Moé, je pense que t'as encore une chance. Une ben grosse chance.

Laura dut s'essuyer les yeux avant de prendre la lettre. Après quelques mots de politesse la remerciant de l'intérêt qu'elle portait à leur institution, on soulignait l'excellence de son dossier scolaire, d'où la si longue hésitation avant de donner suite à sa demande. Finalement, on ne voyait qu'un manque à son dossier, c'était la philosophie. N'ayant pas suivi le cours classique, Laura n'avait jamais eu de cours de philosophie.

— Bâtard, Laura ! Voir qu'un seul cours peut faire une différence comme ça. Si tu veux mon avis, t'as juste à aller les voir pour défendre ta cause.

— Ben voyons don !

— Pourquoi pas ? Y' le disent eux-mêmes que ton dossier est excellent. Pas juste bon, excellent. Je l'ai toujours ben pas inventé, c'te mot-là ! C'est écrit, là, noir sur blanc... Si y' ont bretté autant que ça, c'est sûr qu'y' étaient plusieurs à décider. Une seule personne peut pas prendre autant de temps pour se faire une idée, ça se peut pas.

— Pis ? Qu'est-ce que ça change ?

— Ça change que si tu tombes sur la bonne personne pis que tu lui fais valoir ton point de vue, ben a' peut petête amener les autres à changer. Pis petête avec qu'a' peut prendre la décision tuseule. On sait jamais. On connaît pas ça, les universités. Pas plus toé que moé.

Laura avala sa salive à deux reprises pour dénouer le nœud qui s'était formé dans sa gorge avant de pouvoir répondre.

— Tu crois vraiment ?

Laura expira bruyamment et sans attendre de réponse, elle ajouta :

— Je me vois pas en train d'argumenter pour...

— Ben si toé tu te vois pas, coupa Bernadette, c'est moé

qui vas y aller. Un directeur d'université, ça me fait pas plus peur qu'une mère supérieure. Le pire qui peut m'arriver, c'est qu'y' me dise non pis qu'y' me montre la porte pour que je m'en aille. C'est toute pis ça fait pas mal.

L'idée que Laura se fit de sa mère chantant des bêtises à un directeur d'université lui arracha enfin un sourire. Bernadette ne parlait pas beaucoup, certes, mais quand venait le temps de défendre ses enfants, elle n'était plus la même. Laura le savait pour avoir entendu de nombreuses discussions provenant de la chambre de ses parents. Une bouffée de tendresse fit battre son cœur.

— O.K, moman, je pense que t'as raison. Je peux pas laisser passer une affaire de même sans dire un mot. De toute façon, je risque pas grand-chose à m'essayer.

— Comme ça, tu vas y aller ?

— Oui. C'est à moi de faire ça, pas à toi.

— Ben, on va y aller ensemble, trancha Bernadette tout en repoussant sa chaise. M'en vas t'attendre dehors, devant la bâtisse. Comme ça, si ça va pas comme tu veux, tu seras pas pognée pour revenir tuseule jusqu'à maison en braillant comme une Madeleine.

Bernadette jeta un regard furtif sur l'horloge.

— Pis on va y aller drette là ! enchaîna-t-elle aussitôt. Comme dit mon père, faut battre le fer quand y' est chaud. C'est pas bon de trop attendre, ça fait juste donner le temps de jongler pis d'hésiter... Envoye, debout, Laura ! Va mettre ta jupe bleue à plis pis ton twin-set blanc qui va avec, t'es ben swell là-dedans. Pis moé, je m'en vas t'attendre sur la galerie d'en avant. Le temps de prévenir ta grand-mère qu'on s'en va faire une commission, de me mettre une robe qui a de l'allure pis on part !

En deux temps trois mouvements, Bernadette avait pris la situation en main. Son expérience de vendeuse lui donnait une assurance qu'elle n'aurait jamais eue auparavant. Subjuguée par le ton autoritaire que sa mère avait pris, Laura n'eut d'autre choix que de lui obéir.

Trois heures et quelques barbus plus tard, Laura ressortit du lourd bâtiment de briques brunes. Elle resplendissait ! Effectivement, c'était le cours scientifique au lieu du cours classique qui avait causé problème, pas ses notes.

— Et si je vous disais que je suis prête à suivre un cours de philosophie ? Ça devrait être possible, non ?

Après que Laura l'eût répété à quelques reprises, y mettant tout son cœur et sa conviction, on admit finalement que c'était effectivement possible. À partir de là, tout fut arrangé dans l'heure.

Quand Laura passa la porte, un large sourire illuminait son visage. Sans dire un mot — il n'était pas nécessaire de le faire —, elle se jeta dans les bras de sa mère qui n'avait jamais été aussi fière de sa fille qu'en cet instant.

Était-ce bien elle qui avait trouvé exagérée l'idée d'aller à l'université ?

Ne restait plus qu'à prévenir Marcel et le problème serait réglé. Bernadette poussa un soupir discret. S'orientant en regardant à droite et à gauche, elle ajusta son pas à celui de Laura pour se diriger vers l'arrêt d'autobus. Cela faisait deux fois en moins d'un été qu'elle venait dans ce coin de la ville.

Charlotte et sa famille habitaient à quelques rues d'ici.

En prenant place sur sa banquette, Bernadette se promit de tout raconter à Laura quand l'effervescence de sa rentrée universitaire serait passée.

Laura ouvrit la grande enveloppe brune qu'on lui avait remise. Les papiers d'inscription devaient être retournés le lendemain.

— J'ai plein de papiers à remplir, constata-t-elle. Pis faut que j'aye mon baptistaire, c'est écrit là... Pis ça prend un chèque, aussi.

Elle tourna la tête vers Bernadette.

— Est-ce que t'as ça, toi, des chèques ?

— C'est sûr !

Bernadette redressa les épaules, fière comme un paon.

— Comment c'est que tu veux que je fasse des affaires sans chèques ?

Elle minaudait, en était consciente, mais ne s'en souciait pas le moins du monde. Au contraire, cela lui faisait un bien fou !

— Au lieu de garder ton argent caché dans ta chambre, tu devrais t'ouvrir un compte, toé avec, conseilla-t-elle. Tu vas voir, c'est pas ben ben compliqué...

La mère et la fille jacassèrent comme des pies jusqu'à la maison.

* * *

Quand il entra à l'épicerie, ce matin-là, Marcel n'avait pas le cœur à l'ouvrage, et c'était bien la première fois que cela lui arrivait.

Il regarda autour de lui avec ennui, soupira, puis se dirigea vers le fond du commerce, là où se trouvait son domaine : la boucherie.

À cette heure-ci, la petite épicerie était encore déserte. Il avait quitté la maison avant même le réveil de sa famille, incapable de dormir.

Machinalement, Marcel attrapa une pomme en passant à côté du comptoir des fruits et légumes, accrocha son coupe-vent à la patère qu'il avait lui-même achetée pour la mettre dans un coin derrière le comptoir, et enfila le vieux chandail de laine qu'il portait quand il avait à travailler dans le local réfrigéré. Puis, il ouvrit la lourde porte de bois et sans hésiter, il la referma sur lui. Ici, entre les carcasses de viande à l'odeur métallique et l'étal de fer-blanc luisant qu'il entretenait comme un bijou précieux, Marcel était bien. C'était son antre, son refuge. Il savait que personne ne viendrait le déranger, car il était bien le seul à se sentir à l'aise ici.

Il tira vers lui un petit banc de bois verni, essuya du revers de la manche l'humidité qui s'y était formée durant la nuit et il s'installa, pomme à la main, les coudes appuyés sur l'étal.

Il resta ainsi un long moment, immobile, le regard fixé sur la porte.

Puis, il laissa tomber la pomme et la regarda rouler jusqu'au bout de la table. Ce matin, il n'avait pas faim.

Hier, au souper, Évangéline lui avait parlé.

À la soupe, elle avait commencé par sa famille dont il pouvait être fier. Puis elle avait enchaîné avec leur maison dont elle-même était très fière. Au poulet rôti, elle avait parlé de leur confort, de leur chance d'avoir une vie aussi agréable. Marcel l'avait laissée dire sans l'interrompre. Évangéline avait raison même s'il ne voyait pas du tout où sa mère voulait en venir avec son long discours. Le repas étant particulièrement soigné pour un lundi soir, il en avait profité sans retenue, se contentant d'approuver à l'occasion par quelques grognements.

C'est au dessert que ça s'était gâché même si Bernadette avait fait un énorme gâteau au chocolat surmonté de crème fouettée comme il les aimait tant.

Évangéline avait alors parlé de Laura. Laura qui voulait poursuivre ses études et qui, pour ce faire, aurait besoin de tout l'argent engrangé depuis un an.

— À l'université ? Laura veut aller à l'université ?

Marcel n'en revenait tout simplement pas.

— Pis son char, lui ? Laura voulait pas s'acheter un char ?

Pour Marcel, cette propension pour les études ne tenait pas la route. Personne d'intelligent ne pouvait préférer les études à la possibilité d'avoir une auto.

Évangéline avait balayé l'objection de Marcel du revers de la main.

— Quand a' l'aura fini ses études, ta fille pourra s'acheter le char qu'a' voudra. A' l'aura pus jamais de problème d'argent.

— Ah ouais ? Ça, c'est vous qui le dites.

Sur ce, il s'était tourné vers Laura tout en repoussant son assiette avec le gâteau à peine entamé.

— Pis c'est quoi le cours que tu veux suivre ? Explique-moé ça. C'est quoi le cours qui va te donner une job assez payante pour pus jamais avoir de problèmes ? Calvaire, tu veux-tu devenir docteur, comme ta chère amie Alicia ?

Il y avait du sarcasme dans sa voix. Ébranlée, Laura avait tourné la tête vers sa grand-mère qui, elle, ne s'en était pas laissé imposer par Marcel.

— Pantoute. Ta fille sera pas docteur. A' veut toujours être maîtresse d'école.

— Ah ouais ? Depuis quand ça prend l'université pour devenir maîtresse d'école ? J'ai jamais vu ça, moé. La fille à Lionel, sa plus vieille, ben, est déjà maîtresse d'école, tu sauras, pis a' l'a même pas fait l'école normale. A' l'avait tellement des bonnes notes que les sœurs l'ont engagée tusuite après sa douzième année. Je le sais pasque c'est Lionel en personne qui me l'a dit. Y' était ben fier de sa fille... Comme moé je serais ben fier de ma fille si a' l'était maîtresse d'école tusuite pis qu'en plus, a' l'avait un char. Y' a pas besoin d'être neuf. Y en a des usagés qui sont ben propres. Tu peux pas dire le contraire, Laura : c'est pas tous les jours qu'on voit ça, une maîtresse d'école qui conduit son propre char.

Cette constatation semblait tellement logique aux yeux de Marcel qu'il crut un instant que Laura allait lui répondre qu'il avait raison. Il reprit sa cuillère et la tenant à mi-chemin entre l'assiette et lui, il attendit en fixant Laura.

— Ben, tu seras fier de ta fille dans trois ans, mon Marcel, si c'est ça que ça te prend pour être fier d'elle.

Évangéline avait répondu à la place de Laura. Mécontent, Marcel leva les yeux vers sa mère, comprenant que s'il y avait une discussion à y avoir, ce serait avec elle qu'il devrait la tenir. Encore une manigance dans son dos ! Marcel sentit la colère lui monter au nez. Il déposa brusquement sa cuillère dans l'assiette.

— Trois ans ? C'est ben que trop loin, ça ! Moé qui pensais en avoir bientôt fini avec Steinberg le samedi matin ! Ça a pas d'allure, ce que vous me dites là, la mère. Pas d'allure pantoute. C'est pas nécessaire d'aller à l'université, pis vous le savez, à part de ça. C'est juste du caprice. Pis en plus, ça coûte ben que trop cher, l'université. J'ai pas les moyens.

— Ça coûte petête un peu cher, c'est vrai, je m'ostinerai pas avec toé là-dessus, mais comme ta fille a du cœur au ventre, a' l'a déjà pas mal d'argent de côté. A' s'est privée de folleries, de sorties pis de linge durant toute une année pour ça. Pour le reste, on va s'en occuper, Bernadette pis moé.

À ces mots, Marcel avait eu la confirmation que toute cette histoire ne datait pas d'hier. Encore une fois, on n'avait pas tenu compte de lui. Le ton avait aussitôt monté.

— C'est ça, maudit calvaire ! Pis moé, pendant c'te temps-là, j'vas continuer à m'esquinter comme un malade juste pour faire rouler la maison pasque pus personne ici dedans va avoir d'argent pour autre chose que l'université de mademoiselle. Vous rendez-vous compte de ce que vous me demandez là, la mère ?

— Ben justement, on te demande rien pantoute. Ça te coûtera pas une cenne. J'viens de le dire : Bernadette pis moé on va compléter pour ce qui manque à Laura. Ben entendu, durant les vacances, ta fille va continuer de travailler au casse-croûte du coin pour payer son linge pis ses bebelles. Je te le dis : tu verras pas de différence avec astheure.

Marcel laissa échapper un rire sarcastique.

— On verra ben dans le temps comme dans le temps. Pas sûr, moé, qu'y aura pas de différence. Pis son char, lui ?

— Ben là, mon Marcel, je trouve que tu tournes en rond pas mal. Je te l'ai dit, t'à l'heure : le char, y' viendra plus tard, c'est toute. C'est pas une cassure, ça là, pis t'es toujours ben pas pour faire une syncope à cause d'un char, viarge !

Que répondre à cela ?

Marcel s'était contenté de promener un regard hermétique sur sa famille. Exception faite du petit Charles qui était concentré sur son gâteau, personne ne mangeait. Ça sentait la collusion, nul doute là-dessus, et lui, il s'était alors senti blessé.

Il avait quitté la maison comme il le faisait chaque fois que la situation tournait à la dispute. Mais au lieu d'aller à la taverne, il avait conduit une grande partie de la nuit, tournant en rond dans la ville comme la discussion avait tourné en rond, essayant de mettre un nom sur ce qu'il ressentait.

Il n'y était pas arrivé. C'était en partie de la colère, il le savait ; il avait toujours été prompt. Mais il y avait autre chose, et c'était cette autre chose qu'il aurait bien voulu être capable d'identifier, sans y arriver.

Ce matin, au réveil, après quelques heures d'un mauvais sommeil, le malaise était toujours présent.

Il avait alors fui la maison, n'ayant nulle envie de croiser qui que ce soit et il s'était réfugié à la boucherie.

Sa boucherie.

Il en était le seul maître et il était fier de voir qu'on venait des quartiers voisins pour acheter sa viande.

Marcel regarda autour de lui, ne comprenant pas qu'on puisse faire une grimace de dégoût devant un quartier de viande. À ses yeux, les carcasses suspendues à un crochet symbolisaient la réussite, l'abondance, la vie. Il était fier de pouvoir les transformer en escalopes, en steaks, en rôtis.

— Pis j'ai pas eu besoin d'un cours à l'université pour ça, calvaire !

Il frappa l'étal du revers de la main avec un relent de colère, mais, sans témoin à impressionner, il n'y mit pas l'énergie habituelle.

Il soupira en se relevant. Envie ou pas, il avait une journée à préparer.

S'approchant du comptoir longeant le mur, il prit un long couteau, l'affûta comme il savait si bien le faire pour rendre la lame tranchante comme un rasoir, puis il décrocha le quartier de porc qu'il déposa sur l'étal.

Ce matin, il ferait des côtelettes.

Rompu à ce travail manuel, Marcel n'avait plus besoin de s'y concentrer. Tant qu'il était prudent, le reste se faisait tout seul.

Tandis qu'il tranchait adroitement la viande entre les os, qu'il parait la pièce pour enlever juste ce qu'il fallait de gras et qu'il déposait les retailles dans un grand bol en acier pour en faire de la viande hachée un peu plus tard, c'est toute la discussion du souper de la veille qui tournait inlassablement dans sa tête.

Pourquoi avait-elle dérapé ?

— Pourquoi, maudit calvaire, la plupart des discussions avec la mère ou Bernadette finissent toujours par déraper ?

Marcel haussa les épaules. Il ne comprenait pas. Pourtant, durant le temps des élections, tout avait été pour le mieux. Et avec Évangéline et avec Bernadette. Mais hier...

Était-ce l'auto, l'université ou la sensation d'avoir été mené en bateau qui l'avait le plus déçu, le plus choqué ?

Marcel ne saurait le dire. Il y avait pensé une grande partie de la nuit et il ne savait toujours pas ce qui n'allait pas. Mais chose certaine, depuis hier à l'heure du souper, il avait l'impression d'avoir un rocher à la place du cœur et il trouvait cela douloureux.

Et ce qu'il y avait de plus douloureux encore, c'était de constater qu'il n'y avait personne autour de lui à qui en parler.

On ne parle pas de ces choses-là à un *chum* de taverne...

CHAPITRE 10

Quand nous boirons au même verre
La tisane des bons copains
Et qu'aux quatre coins de la terre
Le fiel tournera raisin
Quand nous allumerons nos pipes
Aux flambeaux d'une liberté
Payée au prix d'une salive
Et non à celui d'une épée
Ce jour, ce jour, je porterai feuille de gui
Ce jour, ce jour, je porterai feuille de gui

Feuille de gui
Jean-Pierre Ferland

Montréal, mardi 6 février 1962

Laura marchait à pas petits rapides, les yeux au sol pour garder le menton, la bouche et le nez enfouis dans un repli de son foulard, les deux mains glissées dans les manches de son manteau comme elle l'avait si souvent vu faire par les sœurs du couvent. Elle était partagée entre le froid, l'agacement et la curiosité.

À brûle-pourpoint, après des mois et des mois de silence, Francine l'avait appelée à l'heure du souper.

— Je... Allô... C'est moé, Francine. Faudrait que je te parle.

Même si le ton était indécis, Laura avait aussitôt compris que Francine ne rigolait pas. N'empêche qu'elle avait tenté de reporter l'entretien. Depuis qu'elle était à l'université, chaque soir de la semaine était très chargé.

— À soir ? Tu veux me voir à soir ? Ça ne pourrait pas attendre un peu ? J'ai de l'étude par-dessus la tête.

— Non, ça peut pas attendre.

En guise de réponse, Laura avait soupiré suffisamment fort pour que son amie l'entende à l'autre bout du fil. La répartie n'avait pas tardé.

— S'il te plaît...

Quand Francine décidait de mettre des gants blancs, c'est que c'était important. Laura avait fermé les yeux d'impatience. Important pour qui, pourquoi ?

— T'es ben sûre que...

— Oui, chus sûre. Envoye, dis oui.

Laura avait hésité encore une fois, une fraction de seconde. Mais elle savait déjà que ça ne servirait à rien d'insister. Quand Francine avait quelque chose dans la tête... Laura avait ébauché l'ombre d'un sourire. Francine resterait toujours Francine et elle était son amie. Pour un soir, elle pouvait bien se permettre une petite distraction.

— O.K. Donne-moi le temps de finir de souper pis j'arrive. Dans le fond t'as ben raison, ça fait longtemps que je ne suis pas allée chez vous.

— Non... Non, pas chez nous.

— Comment ça, pas chez vous ? Où c'est que tu veux que...

— Au parc. Celui avec des balançoires.

— T'es-tu malade, Francine Gariépy ? On gèle comme c'est pas permis depuis trois jours. Tu penses pas que...

— S'il te plaît, avait répété Francine.

Laura avait entendu l'urgence dans la voix de son amie.

— Bon, bon, c'est correct, avait-elle finalement accepté en fronçant les sourcils. Je mange mes deux dernières bouchées, je me change parce que je suis en jupe pis j'arrive.

C'est pour cette raison qu'en ce moment Laura marchait à pas pressés vers le parc en respirant dans son foulard parce qu'il faisait froid à pierre fendre.

La lune aidant, elle repéra tout de suite la silhouette de son amie, assise sur un banc tout au fond du parc. Laura leva la tête.

— Est mieux d'avoir une bonne raison ! Maudite marde qu'y' fait froid ! Pis c'est quoi l'idée de s'enfoncer dans le fond comme ça ?

Les mots murmurés par Laura s'élevèrent au-dessus d'elle en une fine brume blanchâtre que le froid et la nuit avalèrent bien vite. La neige, durcie par les nombreux va-et-vient des passants, lui permit de circuler facilement. En quelques instants, elle rejoignit Francine.

— Me voilà ! lança-t-elle en se laissant tomber sur le banc.

Francine tourna les yeux vers elle, esquissa un sourire et ramena son regard au sol.

— Merci, murmura-t-elle. Merci d'être venue. T'es ben la seule à qui je pouvais parler.

La curiosité de Laura l'emporta sur le froid.

— Maudite marde, Francine ! Ça a ben l'air important !

— Ça l'est. Mais je sais pas par où commencer pour t'expliquer... Je...

Francine détourna la tête.

Le parc était désert. Au loin, on entendait le bruit des autos sur l'artère principale. Il y eut un cri, suivi d'un rire. Francine se demanda si un jour elle saurait rire à nouveau, librement, sans contrainte, heureuse de sa vie, tout simplement. Puis, elle revint à Laura.

— Je sais vraiment pas comment t'expliquer ça.

Laura retint un soupir d'impatience. Non seulement elle avait froid, mais voilà que Francine semblait être dans une de ses journées d'indécision. Cela risquait d'être long. Elle décida donc de prendre les devants avant d'être complètement congelée.

— Patrick, hasarda Laura pour briser le silence, se disant que si Francine avait l'air aussi bouleversée et désemparée, il y avait de très fortes chances que le jeune homme soit impliqué dans la situation.

La question n'en était pas vraiment une. Alors, Francine ne répondit pas. Mais, à la manière dont elle haussa imperceptiblement les épaules, dans un geste à la lenteur infinie, Laura comprit aussitôt qu'elle avait misé juste. Son intuition ne l'avait pas trompée : il était bien question de Patrick. Elle attendit un instant, mais comme le silence semblait vouloir s'éterniser, elle se tourna franchement vers Francine qui semblait maintenant hypnotisée par le bout de ses bottes.

— Patrick veut te laisser ? proposa-t-elle, ne voyant pas autre chose pour que son amie soit perturbée à ce point.

— Oui... Non...

Francine semblait égarée dans ses pensées. Elle avait levé la tête et répondu sans se tourner vers Laura, le regard perdu loin devant elle. Puis, alors que Laura commençait à sentir l'impatience lui revenir de façon définitive et que le bout de ses doigts se mit à picoter de froid, Francine lança, prenant son amie au dépourvu :

— Non, c'est pas ça. Pas comme on l'entend d'habitude, entécas. Patrick veut pas casser. C'est pas ça qu'y' dit pis c'est pas ce que j'ai compris non plus. Si y a quèqu'un qui décide de quoi, ça va être moé. Juste moé. C'est de même que Patrick voit ça.

Laura avait de la difficulté à suivre le raisonnement de Francine.

— Pourrais-tu être un peu plus claire, Francine ? Parce que moi, je ne vois rien du tout dans ce que tu viens de me dire. Si Patrick veut pas casser, y' est où le problème ? Moi, j'en vois pas. Ce que je vois, par contre, c'est qu'on va se transformer en glaçons si ça continue.

Un long soupir posa un nuage de brume au-dessus de leurs têtes.

— Je le sais ben que c'est compliqué. Pourquoi c'est faire que je t'ai demandé de venir me voir, tu penses ?

— Parce que c'est compliqué... Ça, pas de problème, ça fait un boutte que je l'ai compris. Mais comment est-ce que je peux t'aider, ma pauvre Francine, si je ne sais même pas de quoi tu veux parler ?

— Je parle de moé pis Patrick.

— Jusque-là, ça va. Ça avec, imagine-toi don que je l'avais compris.

Laura soufflait sur le bout de ses mitaines tout en discutant. Un long frisson lui chatouilla le dos et les bras.

— Maudite marde, Francine, aboutis ! Tu m'as fait venir ici par un froid de canard pour me parler de toi et Patrick. Alors, parle-moi de toi et Patrick.

— C'est ça que j'essaye de faire, sainte bénite ! C'est juste que les mots viennent pas. Chus pas capable de le dire pour que tu comprennes... Moé, en dedans, là pis là, fit alors Francine en se pointant le cœur et la tête, je comprends toute ben comme faut. Mais pour le dire, par exemple, c'est pas pantoute la même affaire... Tu le sais, Laura, que j'ai jamais été ben bonne pour expliquer les affaires.

— Je le sais, approuva Laura, hochant vigoureusement la tête alors que de nombreux souvenirs du temps de leurs études au couvent lui revenaient brusquement.

Ce fut suffisant pour que l'impatience ressentie jusqu'à maintenant se transforme en affection sincère.

— Je le sais que t'as jamais été championne pour expliquer les choses, Francine, reprit alors Laura. Mais c'est pas grave. À deux, on devrait bien y arriver.

— Merci... Je le savais que je pouvais compter sur toé.

— Bon... Astheure, si t'es pas capable de dire ce que tu ressens, tu devrais peut-être essayer de te rappeler les mots que Patrick a employés. Si je me souviens bien, t'as toujours été bonne pour apprendre les choses par cœur.

— Ça c'est vrai. Pas de problème pour me rappeler ce que Patrick m'a dit : j'arrête pas de me le répéter depuis un mois.

Francine leva le menton et fermant les yeux, elle déclara

sur le ton qu'elle aurait pris pour réciter une fable :

— Patrick m'a dit que ça faisait un bon boutte qu'on se voyait souvent pis que ça pouvait pas continuer de même. Y' est rendu à vingt-cinq ans, pis y' veut s'établir. C'est de même qu'y' m'a dit ça : je veux m'établir dans vie...

Sur ce, Francine se tourna vers Laura, heureuse de constater que son amie semblait l'écouter avec sérieux.

— Ouais. Jusque-là, c'est correct. Je peux très bien comprendre qu'un gars de son âge ait envie de s'établir, comme Patrick l'a dit... Pis ? C'est tout ?

— Non, pas complètement... Mais c'est là, par exemple, que je sais pas ce que je dois comprendre pis ce que je dois faire.

— Alors ? Qu'est-ce qu'il a ajouté, ton beau Patrick, pour que ça soit si compliqué ?

— Y' m'a dit que pour s'établir dans vie, y' voulait une femme avec lui. Quand y' m'a dit ça, je pensais ben que ça y' était. Qu'y' allait me demander en mariage. Pis, d'une certaine façon, je pense que c'est petête ça... Je... C'est pour ça que je veux savoir ce que toé, t'en penses. Avant de me faire une opinion, j'veux savoir ce que toé, Laura Lacaille, tu penses du fait que Patrick veut être ben sûr que je l'aime. C'est de même qu'y' m'a dit ça : « Avant de m'engager, faudrait que je soye sûr que tu m'aimes. »

— Patrick a dit ça ? Je comprends pas. Y' est aveugle ou quoi ? Ça crève les yeux que tu l'aimes, ce gars-là, ma pauvre fille ! Y' doit ben être le seul à ne pas l'avoir remarqué.

— C'est pas exactement ça qu'y' a dit. Pas dans ces mots-là. Tu le vois ben que chus pas capable d'expliquer... Patrick le sait ben que je tiens à lui. Depuis le temps. Mais en même temps, y' a peur que ça soye son argent qui m'attire.

— Pardon ?

Laura n'en revenait tout simplement pas.

— T'es bien certaine de ce que tu dis là ?

— Ouais... Pourquoi ?

— Parce que ça ne se dit pas, des affaires de même. Voyons don, Francine !

— Pis pourquoi ça se dirait pas ? Je comprends pas. C'est vrai que lui, y' est riche pis pas moé. Tu peux pas dire le contraire. Envoye ! Explique-moé ça, toé qui es si savante, pourquoi c'est faire que Patrick a pas le droit de se poser c'te question-là ?

Laura ne répondit pas tout de suite. Elle détourna la tête un instant. Sans avoir à fournir le moindre effort, elle revit clairement le jeune contremaître qu'elle avait croisé tous les jours durant l'été où elle avait travaillé avec Francine. Patrick était un bel homme, c'était indéniable. Imbu de lui-même, sans aucun doute, légèrement prétentieux, mais beau. Elle avait vite compris qu'une femme comme Francine puisse être flattée qu'un homme tel que lui s'intéresse à elle. Le problème n'était pas là.

— Pauvre Francine...

Laura avait à peine murmuré le nom de son amie, et sa main enveloppée d'une grosse mitaine avait cherché la main gantée de Francine. Elle, la fille de dix-huit ans qui n'avait encore jamais embrassé un garçon, elle avait l'intime conviction d'être infiniment plus lucide que Francine. Si les sentiments de Patrick et Francine avaient été partagés, elles n'auraient pas été là toutes les deux à grelotter et à discuter d'un avenir improbable, Laura en était persuadée. Un homme amoureux ne se pose pas de telles questions.

— Peut-être bien que Patrick a le droit de penser à certaines choses comme la différence de richesse entre lui et toi. Mais il me semble qu'il n'avait pas besoin de t'en parler.

À mots détournés, pudiques, Laura tentait de faire entendre raison à Francine qui, malheureusement, ne partageait pas son point de vue.

— Comment veux-tu que je le sache si lui m'en parle pas ? C'est juste normal de toute se dire dans un couple.

— Tu crois ? Moi, vois-tu, je n'en suis pas du tout certaine. Réponds-moi bien franchement, Francine. Avais-tu vraiment besoin de savoir ce que Patrick pensait au sujet de la différence d'argent entre toi et lui ?

Francine ne répondit pas. Sa main jusque-là abandonnée à l'étreinte de Laura se retira tout doucement.

— Petête ben que t'as raison, concéda-t-elle. Je le sais pas. C'est le genre d'affaires que j'ai toujours de la misère à comprendre... Mais ce que je sais, par exemple, c'est que j'aime Patrick pis que j'ai pas envie de le perdre.

— Alors, dis-lui.

— J'y ai dit, inquiète-toé pas... Mais on dirait ben que les mots, ça suffira pas. Je... Patrick veut pas juste des mots.

La gêne emmêlée au froid mordant donnait au visage de Francine une teinte cramoisie jusqu'à la limite de son bonnet de grosse laine blanche.

— Patrick pense que c'est important pour lui d'être ben sûr que je l'aime. Y' dit que la seule façon de montrer à un homme qu'on l'aime, c'est de... c'est de... Tu me comprends, hein, Laura ? Pis moé, de la manière que je me sens quand chus proche de lui ou ben quand y' m'embrasse, j'ai quasiment envie de dire comme lui. Pis lui, de son bord, y' dit que la plus belle preuve d'amour qu'y' peut me donner, c'est de me laisser décider. C'est pour ça qu'y' dit que c'est à moé de décider. C'est sa preuve d'amour à lui. Si chus pas prête à y montrer que je l'aime comme lui y' veut pasque je l'aime pas assez pour ça, y' dit qu'y' va comprendre pis que j'entendrai pus jamais parler de lui. Comme ami. Pasque comme boss, j'vois pas comment je pourrais faire autrement que de le voir tous les jours.

— Voyons don, Francine ! Qu'est-ce que t'essayes de me dire là, toi ? T'es toujours ben pas pour... pour mettre la charrue devant les bœufs, toi, là !

— Pourquoi pas ? Après toute, c'est juste faire avancer le... la chose de quèques mois, si tu vois ce que je veux dire. Pis en même temps, ça me fait peur. C'est pour ça que je voulais te parler. Je veux juste t'entendre dire que c'est pas si grave de sauter la clôture quèques mois avant le mariage.

— Si c'était juste sauter la clôture... Pis si tu te retrouves enceinte ?

Francine haussa les épaules une seconde fois, mais avec une détermination farouche dans le geste, cette fois-ci.

— Ça arrivera pas. Chus sûre. C'est juste dans les photos-romans que ça arrive, des affaires de même.

Ce fut plus fort qu'elle. Laura laissa échapper un long soupir contrarié qui s'effilocha au-dessus de sa tête. Elle n'avait pas à aller très loin pour savoir qu'un accident pouvait arriver à tout le monde. Elle n'avait qu'à penser à Estelle et sa fille, Angéline, qui habitaient maintenant juste en bas de chez elle. Laura se tourna carrément face à Francine, bien déterminée à lui faire comprendre les vraies choses de la vie

— Francine, quand même! Arrête de te faire des accroires pis regarde la réalité en face, maudite marde. Des accidents, ça arrive pis plus souvent qu'on le pense. Pis c'est pas juste une affaire d'accident. Te rends-tu compte de ce que...

— Pis? coupa alors Francine, revenant à la préoccupation première de Laura. On aura juste à avancer la noce, c'est toute. Ça avec, ça arrive plus souvent qu'on le pense.

— Ah oui? C'est vraiment ça que tu penses? Ben là, j'en reviens pas.

Laura ne comprenait pas à quoi rimait cette discussion. Pourquoi lui demander son avis si Francine avait déjà prévu toutes les réparties et qu'elle comptait les contredire? Elle se releva d'un bond, comme si elle était munie d'un ressort trop remonté. Elle épousseta le bas de son manteau, cala sa tuque et remonta son col et son foulard.

— Je pense, Francine Gariépy, qu'on a plus rien à se dire pour l'instant. C'est pas mon avis que tu voulais avoir, c'est ma bénédiction. Je me demande bien pourquoi d'ailleurs. Chus pas ta mère. Mais dans le fond, ça n'a pas d'importance, vu que tu l'auras pas, ma bénédiction. Mais mon avis, par exemple, tu vas l'avoir même si t'aimeras pas ce que je vas te dire. Ce que je pense de tout ça, c'est que ton beau Patrick est juste un gars comme tous les autres. Y'est pas plus en amour avec toi que moi avec le boulanger. Le jour où il va avoir eu ce qu'il voulait, il va disparaître dans la brume pis t'entendras plus jamais parler de lui. Exactement comme il te l'a dit. Mais ça ne sera pas pour les mêmes raisons, par exemple. Astheure, tu vas m'excuser, mais j'ai de l'étude qui m'attend. Je le sais bien que pour toi, ça n'a aucun sens d'étudier comme je le fais, mais pour moi, c'est important. Aussi important que de passer des heures à se demander si on est prête à faire la pire gaffe de sa vie. Bonne soirée, Francine. Pis donne de tes nouvelles quand tu te seras décidée même si j'ai la curieuse impression que c'est déjà tout décidé d'avance dans ta tête pis que tu m'as juste joué la comédie.

Sur ce, Laura tourna les talons. Mais elle n'avait pas fait cinq pas qu'elle se retournait.

— Tu seras toujours mon amie, Francine. Toujours, quoi qu'il arrive. Même si j'ai l'air choquée, comme ça, je t'aime trop pour t'en vouloir vraiment. Mais des fois, je ne te comprends pas. Pas pantoute. Bonne nuit.

Les pas de Laura grincèrent dans le froid glacial de la nuit. La lune donnait une brillance laiteuse aux arbres du parc, et Laura pensa que c'était joli. Elle avait l'impression de marcher dans une carte de Noël.

Quand elle arriva au bout de l'allée qui donnait sur la rue, elle s'arrêta une seconde fois. Tournant la tête, elle aperçut Francine qui n'avait pas bougé de sa place. Laura eut la drôle d'idée que si Francine restait là une heure de plus, elle se changerait vraiment en statue de glace et elle-même ne pourrait lui reparler qu'au dégel du printemps, ce qui finalement serait une bonne chose puisque son amie ne pourrait se lancer tête première dans une aventure perdue d'avance. Puis Laura crut entendre le bruit d'un sanglot. Elle hésita un moment, tapant du pied pour se réchauffer puis elle décida de poursuivre sa route comme si de rien n'était. Tant mieux, même, si Francine pleurait. Cela voulait peut-être dire qu'elle avait pris ses avertissements en considération et qu'en ce moment, elle était en train de vivre sa première peine d'amour. Et une peine d'amour, cela devait se vivre seul. Laura en était persuadée même si elle ne connaissait pas grand-chose à l'amour.

* * *

L'hiver était passé en coup de vent, c'était le cas de le dire, coincé entre de longues périodes de froid digne du pôle Nord et quelques tempêtes mémorables. Bernadette n'avait jamais vu autant de neige dans les ruelles de Montréal. Mais elle avait tenu bon, enjambant parfois des bancs de neige plus hauts qu'elle, se frayant un chemin prudent entre les plaques de glace, troquant même à l'occasion sa jupe de travail pour un pantalon moins élégant tellement il y avait de neige ou qu'il faisait froid. Aujourd'hui, elle ne regrettait pas ses efforts. En ce début de mai où s'exhalait le parfum des lilas et soufflait une brise douce comme une caresse, son compte en banque arrondi et son tour de taille aminci étaient sa plus belle récompense. À l'approche de l'été, Bernadette Lacaille se permettait même de rêver à quelques jours de vacances, elle qui n'en avait jamais pris depuis qu'elle vivait en ville.

— Et tout ça grâce à mes rouges à lèvres, soupira-t-elle,

satisfaite, alors que pour une première fois de l'année, elle se berçait mollement sur le balcon avant de la maison.

Hier, à la demande de sa grand-mère, Antoine avait sorti les chaises du hangar, et cet après-midi, Bernadette pouvait enfin profiter d'un long moment de détente bien mérité avant de préparer le souper.

À son tour, tout comme Évangéline le faisait si souvent, Bernadette prit la rue à témoin de ses réflexions tandis qu'elle revoyait les mois qui venaient de passer.

L'automne dernier, inspirée par une certaine tendance qui faisait de Jacqueline Kennedy, la première dame des États-Unis, une référence dans le domaine de la mode, Bernadette avait investi une part de ses profits dans l'achat massif d'échantillons de rouges à lèvres de ce ton éclatant qu'on appelait maintenant le rose Kennedy. Deux cents petits bâtons de rouge, en plus de ceux fournis gracieusement par la compagnie. À chacune de ses visites, dans chaque sac de livraison, elle glissait un échantillon de rouge à lèvres, ce petit tube en plastique blanc, sans grande apparence et qui ne durait que le temps de quelques applications. Puis elle attendait un certain nombre de jours avant de rappeler ses clientes. En moins d'un mois, les commandes de rouge à lèvres ne se comptaient plus.

— Et si vous ajoutiez un fard à joues qui irait avec votre rouge à lèvres ? Vous savez, à notre âge, on peut tricher, des fois. Un p'tit peu de rouge, un p'tit peu de poudre pis on dirait un vrai miracle. Si vous avez quèques minutes, je pourrais passer vous voir. J'ai une valise pleine de nouvelles tendances à la mode !

En un an, Bernadette avait gagné en assurance, osait maintenant se proclamer conseillère en maquillage, se transformait au besoin en maquilleuse professionnelle, et son chiffre d'affaires avait plus que doublé !

Bernadette s'était découvert un sens des affaires que même Marcel, vendeur émérite de viandes et côtelettes en tous genres, n'aurait pas désavoué si Bernadette lui en avait parlé. Mais sur le sujet, elle se montrait d'une discrétion blindée ! Pas question que son mari se mêle de ses affaires, et comme le maquillage était le cadet de ses soucis, Marcel ne s'en portait pas plus mal.

Entre sa grogne devant les Maple Leafs de Toronto qui venaient de ravir la coupe Stanley aux Blackhawks de Chicago et certaines inquiétudes devant le froid diplomatique qui enveloppait la planète, Marcel se préparait à changer d'auto et il concentrait toutes ses énergies, tous ses loisirs sur la lecture des rubriques automobiles. Quant à Bernadette, elle attendait tout simplement que Marcel se décide à acheter son auto pour lui proposer de racheter son vieux Dodge beige et brun. Finis les pieds dans la gadoue. La madame Avon du quartier en avait plus qu'assez de se geler les orteils.

Bernadette donna un coup de talon pour remettre sa chaise en branle tout en surveillant le trottoir au bout de la rue. Il était quatre heures passées. Son petit Charles ne devrait plus tarder à apparaître. Maintenant qu'il terminait sa première année, Bernadette avait consenti à ce qu'il voyage seul entre la maison et l'école, à la grande satisfaction de Marcel.

— Enfin, calvaire ! Y' était temps que tu te décides.

Mais là encore, les blasphèmes de Marcel ne la touchaient plus. Aujourd'hui, Bernadette avait bien autre chose à penser qu'aux états d'âme de son mari.

À commencer par Laura qui terminait une première année à l'université. Encore quelques examens et ce serait fait. Bernadette n'attendait que les résultats de ces derniers examens pour parler vacances avec sa fille. Et son idée était bien arrêtée. Monsieur Albert devrait se passer des services de Laura Lacaille pour au moins deux semaines au mois d'août. Sa fille ne reprendrait pas le chemin des classes sans avoir récupéré un peu de forces. Bernadette avait été beaucoup trop inquiète l'an dernier quand sa fille avait eu sa mononucléose. Pas question de revivre cela.

Puis il y avait Antoine. Antoine qui continuait de dessiner d'abord et avant tout. Même s'il avait d'excellentes notes à l'école, Bernadette ne croyait pas qu'il voudrait aller à l'université. Mais ce n'était qu'une intuition, car Antoine parlait si peu. Bien sûr, aujourd'hui, elle était au courant de ses cours de musculation ; après deux ans, il aurait été difficile de garder le secret, et même si Marcel s'était moqué de son fils, elle, elle l'avait encouragé.

— Laisse faire ton père. Pour lui, y a juste le hockey qui compte. Moé, je trouve que t'as eu une bonne idée.

Bernadette n'avait cependant pas demandé pourquoi il ne lui en avait pas parlé avant. Elle n'avait pas osé. Les liens qui semblaient unir Évangéline et Antoine mettaient un éteignoir sur des élans du cœur qui ne demandaient qu'à s'exprimer. Un peu triste, Bernadette se disait que la vie lui ferait signe le jour où son fils aurait besoin d'elle. L'important était qu'Antoine semblait plus heureux, plus serein.

Et cela, c'est à Évangéline qu'elle le devait.

En pensant à sa belle-mère, Bernadette esquissa un sourire moqueur. C'est qu'il fallait la voir marcher, le long du trottoir, presque aussi vive qu'avant son accident. Bernadette se doutait bien que la canne n'était plus qu'une coquetterie qu'Évangéline rangeait à côté des parapluies dès qu'elle entrait dans la maison. Mais pourquoi lui en faire la remarque puisque la vieille dame était heureuse comme jamais depuis que sa sœur s'était installée dans le petit logement du rez-de-chaussée ? Le temps ne passait plus comme avant, monotone, coincé entre un repas, un lavage et quelques commissions. Non, maintenant, les heures filaient à toute allure et les journées ne suffisaient plus à faire tout ce qu'il y avait à faire. Estelle était une dame charmante, et l'aider n'était pas une corvée. Bien au contraire, c'était un plaisir. Quant à Angéline, elle était devenue une amie précieuse tant pour elle que pour Laura.

Bernadette poussa un long soupir de bien-être, le regard perdu au-dessus des maisons du bout de la rue.

Quand elle était venue s'installer ici en se mariant avec Marcel, jamais elle n'aurait pu imaginer que la rue d'Évangéline deviendrait un jour sa rue, à elle aussi. Pourtant, c'était le cas. Elle en connaissait les résidants, s'y était fait une bonne amie, Marie, surveillait les déménagements. Son univers était maintenant ici et s'il lui arrivait souvent de penser à Adrien avec un petit pincement au cœur, ce n'était plus le Texas qu'elle voyait comme décor à leur amour. Ses rêves éveillés se passaient maintenant à Montréal, ici, chez elle. Puis, quand l'ennui devenait tristesse, Bernadette se dépêchait de passer à autre chose. Elle avait tellement peur de perdre ses acquis qu'elle préférait qu'Adrien reste loin. Très loin. C'était mieux ainsi pour tout le monde.

— Te v'là, toé! Je te cherchais partout dans maison. Je pensais que t'étais encore chez ma sœur en bas.

Évangéline avait passé la tête dans l'embrasure de la porte.

— Ben non, la belle-mère! Comme vous voyez, chus assis ben tranquille sur la galerie. Ça fait du bien de se reposer un peu. J'ai l'impression que je passe mes journées à courir d'un bord pis de l'autre.

— Ça serait-tu ma sœur qui te fatigue comme ça? demanda alors Évangéline en s'installant sur l'autre chaise d'osier, une pointe d'inquiétude dans la voix. Me semblait aussi que ça te ferait ben que trop d'ouvrage.

— Que c'est que vous allez penser là, vous? Estelle, c'est un vrai rayon de soleil. Jamais un mot plus haut que l'autre, toujours un beau sourire. Le peu de temps que je passe avec elle dans une journée, c'est comme une récréation à travers tout le reste.

— T'es ben sûre de ça? Pasqu'y' faudrait me le dire si...

— Inquiétez-vous pas, la belle-mère. C'est pas Estelle qui me fatigue. Pas plus qu'Angéline. C'est deux vraies bénédictions, ces femmes-là.

— C'est vrai qu'y' sont ben fines, approuva Évangéline en donnant un bon coup de talon pour mettre sa chaise en branle.

316

Pour l'arrêter aussitôt du bout de l'autre pied.

— Cré maudit ! J'allais oublier... Depuis à matin que je trimbale ça dans ma poche pasque je veux te le montrer. C'est deux nouvelles. Une mauvaise, si je me fie à ce que j'ai lu. Pis l'autre... ben l'autre, t'en feras ben ce que tu voudras, mais pour moé, un dans l'autre, c'est une bonne nouvelle.

Se redressant à demi, Évangéline glissa la main dans la poche de son tablier pour en retirer une lettre et une petite brochure sous le regard intrigué de Bernadette.

— Je voulais te montrer ça avant que les enfants arrivent, fit alors Évangéline. Je trouve ça épeurant. S'y' fallait qu'on soye obligées d'en arriver là... Quin, lis ça, ma fille. Tu vas voir qu'on vit dans un ben drôle de monde.

Évangéline tendit alors la brochure.

— C'était dans malle à matin, en travers de toute le reste... Pis ? Tu lis-tu la même affaire que moé ?

Bernadette jeta un coup d'œil rapide sur le papier avant de lever un regard inquiet vers sa belle-mère.

— Ben voyons don, vous ! Un abri nucléaire... Que c'est que c'est ça, c't'affaire-là ? Je sais ben que ça va pas fort entre les communistes pis les États-Unis depuis l'histoire de la baie des Cochons à Cuba, mais quand même... M'en vas dire comme vous, c'est épeurant.

— Pis ça l'est encore plus quand je pense à mon Adrien qui vit justement aux États. Si le premier ministre pense à nous envoyer un modèle d'abri à se construire icitte au Canada, que c'est ça va être au Texas si la guerre recommence... Non, j'veux pas voir ça encore. Deux guerres dans une vie, c'est ben assez...

Évangéline reprit la brochure et la glissa dans sa poche.

— M'en vas en parler à Marcel comme de raison, c'est lui le chef de famille. Mais j'vas faire ça dans le privé. J'veux surtout pas que les enfants voyent ça... Après, on va cacher ça, c'te papier-là, à une place où y' pourront pas le trouver. Bon astheure que je t'en ai parlé, on va passer aux bonnes nouvelles... Adrien a écrit.

Tout en parlant, Évangéline brandissait une lettre que Bernadette aurait reconnue entre toutes. Le mot *avion* en rouge et bleu était la signature d'une missive d'Adrien.

— Ça faisait un boutte que j'avais pas eu de ses nouvelles, expliqua Évangéline en retirant trois feuilles de papier fin comme de la soie, mais quand j'ai lu sa lettre, j'ai compris pourquoi.

Curieusement, Évangéline ménagea une pause en hochant la tête comme si elle avait à réfléchir avant de poursuivre. Et tout aussi curieusement, son sourire s'éteignit.

— Astheure tu vas la lire, toé avec, poursuivit-elle après ce court silence. Pis je pense que la seule chose à faire, c'est d'être contente pour lui.

Bernadette fronça les sourcils, ne comprenant pas le message sibyllin de sa belle-mère ni son attitude. Et c'était bien la première fois que sa belle-mère l'invitait à lire une des lettres d'Adrien.

— Je vous suis pas, moé là ! fit-elle, circonspecte.

— Lis ! On verra ben après. Si je me fie à mes intuitions, j'aurai pas besoin de te faire un dessin pour que tu comprennes ce que je veux dire.

Bernadette hésitait à prendre la lettre qu'Évangéline lui

tendait, inquiète de ce qu'elle pourrait y lire. Voyant que Bernadette ne bougeait toujours pas, Évangéline déposa tout doucement les quelques feuilles sur les genoux de sa belle-fille.

— Tu le sais que je t'aime comme une fille, hein ?

— Ouais... Vous me l'avez déjà dit.

— Ben, c'est pour ça que je te donne la lettre d'Adrien. Pasque je t'aime comme une fille pis que je pense qu'entre une mère pis sa fille, y' devrait pas y avoir de cachotteries.

Peu habituée à exprimer ses émotions, Évangéline caressa malhabilement le bras de Bernadette, d'un geste un peu brusque.

— Même si c'est une bonne nouvelle, la nouvelle d'Adrien, je pourrais comprendre que toé, tu voyes les choses diffé-remment.

Bernadette avala sa salive, anticipant ce qui allait suivre.

— Pourquoi c'est faire que vous dites ça ? arriva-t-elle à dire, essayant de gagner du temps.

Bernadette sentait le rouge lui monter aux joues.

— J'ai-tu faite de quoi pour...

De la tête, Évangéline fit un grand geste de négation.

— T'as rien faite pantoute. T'es une bonne mère pis une bru dépareillée. Mais ça fait longtemps que j'ai compris ben des affaires, par exemple. C'est pas d'hier que j'ai remarqué la p'tite marque rouge en forme de cœur sur la fesse du petit Charles. La même qu'Adrien. Pis à la même place...

Bernadette détourna la tête, incapable de soutenir le regard de sa belle-mère. Ainsi donc, son secret n'en était pas un. Pourtant, Évangéline n'avait rien dit. Pas une remarque, pas un reproche. Pourquoi n'a-t-elle rien dit, sinon qu'elle l'aimait effectivement comme une fille ?

Émue, troublée par la révélation d'Évangéline, Bernadette dut prendre deux profondes inspirations avant d'être capable de parler.

— Comme ça, vous saviez ?

Évangéline ne répondit pas. Elle se contenta de donner un vigoureux coup de talon pour intensifier le bercement de sa chaise.

Bernadette prit alors les trois feuillets de la lettre et les reposa sur la petite table entre Évangéline et elle. Nul besoin de lire les mots qu'Adrien avait écrits ; elle savait ce que contenait la lettre.

— Comme ça, Maureen est enceinte, hein ? C'est ça que vous vouliez que je lise.

Tout en parlant, Bernadette avait reporté les yeux au bout de la rue à l'instant où le petit Charles faisait son apparition. Un fragile sourire éclaira ses traits puis elle reporta son attention sur Évangéline.

— Ouais, Maureen est enceinte. Pis y' semblerait que c'te fois-citte, ça va ben. A' l'a proche six mois de faite. C'est pour ça que je me suis dit que c'était petête l'occasion de te faire savoir que j'avais deviné ben des choses. Ça m'achalait de savoir la vérité à propos de ton p'tit dernier sans que toé, tu le saches. Comme ça, si un jour ça te pèse trop lourd sur le cœur, tu sauras qu'y a quèqu'un à qui tu peux parler... Moé, c'est toute ce que j'avais à dire. Ta vie t'appartient... Astheure, si t'as envie de te retirer dans ta chambre pour un p'tit moment, je pourrais comprendre ça. Fatigue-toé pas avec le souper, j'vas m'en occuper. Pis j'vas m'occuper du p'tit sacripant que je vois s'en venir là-bas. Mais avant...

Évangéline se pencha et ramassa la lettre pour en retirer la dernière page.

— Avant que tu rentres dans maison, j'aimerais ça que tu me lises un mot. Paraîtrait que c'est une nouvelle sorte de pelule, une pelule qui a ben aidé Maureen. C'est à cause de c'te médicament-là qu'a' l'a pas eu mal au cœur pis qu'a' l'a pas perdu son bebé comme les fois d'avant. C'est ça qu'Adrien m'a écrit. Pis c'est pour ça qu'y' a attendu aussi longtemps avant de nous annoncer la bonne nouvelle. Y' voulait être sûr de son affaire. Mais c'est un mot ben compliqué pis j'arrive pas à le lire comme faut. Regarde, c'est icitte, juste à l'avant-dernière ligne.

Même si elle avait les larmes au bord de paupières, Bernadette se pencha sur la lettre. Elle-même dut s'y reprendre à deux fois avant d'arriver à déchiffrer le mot.

— Thalidomide... Ouais, c'est ça qui est écrit: thalido-mide.

Évangéline fit la grimace.

— Tu parles d'un nom pour une pelule, fit-elle en relisant le mot à son tour, bien lentement. On dirait une sorte de maladie dégoûtante.

Puis elle leva la tête vers Bernadette.

— Tu connais-tu ça, toé, c'te médicament-là ?

— Pantoute. C'est la première fois que je vois ce mot-là... Si vous voulez, je peux en parler au pharmacien la prochaine fois qu'on va avoir besoin d'aspirine.

Évangéline balaya l'air devant elle du bout des doigts.

— Pas nécessaire. Si Adrien dit que c'est une bonne affaire, ça doit être une bonne affaire... Astheure, file dans ta chambre, ma pauvre enfant. Juste à te voir la face, c'est comme rien que le p'tit Charles va se poser des questions. T'as les yeux toute rouges... J'vas dire que t'as mal à tête pis que tu te reposes. On t'appellera quand le souper va être prêt.

À suivre...

Tome 5

Adrien
1962 – ...

NOTE DE L'AUTEUR

Adrien...

Je vais vous faire une confidence... J'avais hâte de le retrouver, ce cher Adrien. Et contrairement à Bernadette qui a eu de la difficulté à s'ouvrir à moi, lui, je sais qu'il m'attend. Je dirais même qu'il m'attend impatiemment. En fait, cela fait des années qu'il espère prendre la place qui lui revient dans cette histoire, sans jamais y arriver tout à fait.

Vous aussi, n'est-ce pas, vous l'aviez remarqué ?

À chaque tome, depuis 1954, Adrien se manifestait, plus ou moins directement. Il essayait de se glisser dans la trame de l'histoire de cette famille Lacaille, bouleversant, à l'occasion, l'ordre établi. Je ne sais pas pour vous, mais moi, je vous avoue que parfois cela m'agaçait de le voir s'imposer de la sorte, débarquant à l'improviste la plupart du temps. À quelques reprises, Adrien m'a fait l'impression d'être la mouche du coche et il m'a prodigieusement exaspérée avec des états d'âme que lui-même suscitait sans vraiment les comprendre.

« Voir qu'on peut aimer deux femmes à la fois ! » comme le dirait fort probablement Évangéline.

Non, je sais qu'Évangéline ne dirait pas cela. Après tout, elle est au courant de la situation entre son fils aîné et Bernadette et elle n'a rien dit. Ou si peu... Elle s'est même fait leur complice, partant tôt pour l'hôpital quand elle recevait ses traitements pour qu'ils puissent avoir un peu d'intimité. Drôle de mère, en fin de compte, à une époque où la religion sévissait encore jusque dans les chambres à coucher, d'autant plus qu'elle est une fervente pratiquante. Mais Évangéline sera toujours Évangéline, et je souhaite de tout cœur que ce Dieu en qui elle a une confiance absolue lui prêtera vie encore longtemps. Il y a tant de gens autour d'elle qui ont besoin de sa présence bourrue mais affectueuse.

N'empêche qu'à vivre assis entre deux chaises, Adrien peut bien, par moments, se demander où il en est !

Marcel n'a peut-être pas tout à fait tort quand il affirme haut et fort qu'il ne comprend pas son frère Adrien. Finiront-ils par se rapprocher?

J'ai souvent dit que vivre, c'est apprendre à faire des choix. Soit ! C'est une réalité, et j'y crois toujours fermement. Apprendre à devenir un adulte, c'est apprendre à faire les bons choix et à s'y conformer honnêtement. Mais il arrive parfois que la vie, justement, ne nous laisse pas le choix.

Adrien va le comprendre très vite et comme il est un homme de cœur, il saura probablement ce qu'il doit faire.

Bernadette pourra-t-elle l'aider? Cela, je ne le sais pas encore. La vie laisse parfois certaines latitudes qui orientent ce que nous aimerions faire. Ce que je sais, par contre, c'est que Bernadette a peur de perdre ses acquis et que cette façon de voir son existence amène bien des questionnements, des reculs, des chagrins.

Mais la famille Lacaille sait se tenir même dans l'adversité. Évangéline et Bernadette ne seront pas seules. Maintenant, la famille Lacaille s'est élargie. Il y a Estelle et Angéline. Il y a aussi Laura qui n'est plus une enfant, sans oublier, tout au bout de la rue, une jeune musicienne qui s'est attachée à cette famille comme si elle était la sienne et qui de loin observe bien des choses...

Et tout autour d'eux, il y a Francine et ses problèmes de cœur, Alicia et son amitié grandissante pour Laura, Charlotte et son mari qui deviendra important aux yeux des Lacaille, Cécile la docteur et son frère Gérard, toujours aussi généreux l'un que l'autre.

N'oublions pas Antoine qui, lui, n'arrive pas à laisser son passé derrière et qui essaie d'apprendre à devenir un homme. Il trouve cela difficile... En fait, il y a toute une famille qui continue de vivre et qui essaie de le faire du mieux qu'elle le peut!

P.-S. — Comme vous pourrez le constater, une partie de ce tome se déroulera au Texas. Pour permettre au texte de rester fluide et agréable, les dialogues seront en français. Je n'y ajouterai que quelques mots en anglais pour vous rappeler que dans la réalité de la famille Prescott, c'est en anglais que cela se passe. Bonne lecture.